À PROPOS DE L'AUTEURE

Megan Frampton publie des romances historiques sous son vrai nom, et des romances contemporaines sous le pseudonyme de Megan Caldwell. Elle aime la couleur noire, le gin, les beaux Anglais aux cheveux sombres et les boucles d'oreilles volumineuses — mais pas dans cet ordre. Elle vit à Brooklyn avec son mari et son fils. Suivez son actualité sur son site officiel : www.meganframpton.com

Le tumulte d'une héritière

Collection : VICTORIA

Titre original :
MY FAIR DUCHESS

Le visuel de couverture est reproduit avec l'autorisation de :

Femme : © ARCANGEL/2017 LAURA KATE BRADLEY/
ARCANGEL IMAGES
Réalisation couverture : C. ESCARBELT (HarperCollins France)

HARPERCOLLINS FRANCE
83-85, boulevard Vincent-Auriol, 75646 PARIS CEDEX 13
Service Lectrices — Tél. : 01 45 82 47 47

www.harlequin.fr

ISBN 978-2-2804-1815-7 — ISSN 2493-013X

MEGAN FRAMPTON

Le tumulte d'une héritière

Traduit de l'anglais (États-Unis) par
Léa Tozzi

Victoria

HARLEQUIN

À Scott et Rhys. Je vous aime.

Chère tante Sophia,

Comment allez-vous ? Je ne sais si je dois rire ou pleurer. Comme vous le savez, je suis maintenant à la tête du duché de Blakesley. Ne me demandez pas de raconter par quel miracle j'ai pu hériter d'un tel titre alors que je suis encore célibataire. Les notaires me l'ont expliqué quatre fois et, d'après le peu que j'ai réussi à comprendre, il semblerait que mes ancêtres possédaient une dérogation spéciale les autorisant à transmettre leurs biens à tous leurs descendants directs, que ce soit des hommes ou des femmes. Mon père (Dieu ait son âme) était bien trop porté sur la bouteille pour me préparer à une chose pareille. Ou à quoi que ce soit d'autre, d'ailleurs. Je n'ai donc pas d'autre choix que de me tourner vers vous. Depuis cet invraisemblable coup du sort, je me trouve dans notre demeure londonienne et m'apprête à entamer cette nouvelle vie à laquelle on ne m'a jamais préparée. Si je vous écris aujourd'hui, c'est donc afin de vous demander des conseils pour naviguer dans les méandres de la haute société. Je suis certes assez férue de natation (le valet de pied m'a appris à nager l'année de mes douze ans), mais ces eaux-là sont bien différentes. On pourrait même dire que c'est un véritable océan. Et je coule à pic.

Je vous serais donc extrêmement reconnaissante de me fournir quelques renseignements sur tout : la façon d'embaucher du personnel, de constituer une garde-robe digne de ce nom, de ne pas ennuyer la reine, de gérer plusieurs propriétés à la campagne, et sur les choses qui m'ont peut-être échappé tant mon désarroi est grand. Vous ai-je signalé que je nage en plein brouillard ?

En temps normal, j'aurais consulté un livre pour me sortir d'une situation délicate, quelle qu'elle soit. Hélas, aucun manuel n'explique ce qu'il convient de faire quand on a la surprise de devenir duchesse.

Bien à vous,

Genevieve, duchesse DE BLAKESLEY

P-S : Si par hasard il existe malgré tout un tel ouvrage, de grâce, donnez-moi son titre !

PP-S : Cela dit, je risque fort de m'endormir en pleine lecture, ces ouvrages-là sont d'un ennui !

Chapitre 1

Salon de Lady Sophia, 1845

— Il n'y a pas trente-six solutions.

Quand Lady Sophia lui passa la lettre, Archie sentit que son estomac se nouait. Et que sa vie soigneusement réglée était sur le point d'être bouleversée.

— Vous allez devoir vous rendre à Londres pour prêter main-forte à ma filleule.

Elle termina sa phrase en caressant Truffe, son petit chien, qui grogna en le regardant fixement. Comme si c'était sa faute !

Archie résista à l'envie de chiffonner le papier dans sa main.

— Mais la grande fête du 1er mai tombe dans quelques semaines ! dit-il en mesurant tout le désarroi qui perçait dans sa voix.

Il n'avait strictement aucune envie de rentrer à Londres. C'était justement pour cette raison qu'il avait pris ce poste en pleine campagne après avoir quitté son régiment de cavalerie, un an plus tôt. Sa famille habitait la capitale, et son père lui avait fait comprendre sans la moindre ambiguïté qu'il souhaitait ne plus jamais le revoir. Et, surtout, Archie n'avait aucune envie d'épauler une aristocrate désemparée qui souhaitait mettre un semblant d'ordre dans ses affaires. Certes, c'était ce qu'il faisait pour le compte de Lady Sophia. Mais, tout bien considéré, travailler pour elle était assez gratifiant. Et il ne tenait guère à ce que cela change.

— Il y a beaucoup à faire, ajouta-t-il.

Peut-être qu'en faisant vibrer la corde sensible de son employeuse…

Hélas, au fil du temps passé à son service, il avait fini par s'apercevoir que ce genre de tactique ne marchait guère. Alors à quoi bon nourrir de vains espoirs ?

— Ne m'avez-vous pas dit que Mr McCready était tout aussi compétent que vous ? demanda Lady Sophia. Vous m'avez assuré que, si vous veniez à tomber malade ou si d'autres soucis vous appelaient ailleurs, votre bras droit saurait vous remplacer sans la moindre difficulté.

Ça, c'était quand j'essayais de trouver du travail à l'un de mes hommes, songea Archie avec un certain agacement. *Pour le remettre en selle après des années passées à subir les horreurs de la guerre*. Bob avait d'ailleurs montré qu'il était d'une efficacité remarquable. Grâce à lui, Archie avait pu remettre de l'ordre dans la comptabilité et songer à faire fructifier les biens de Lady Sophia. Deux choses qu'elle avait toujours négligées.

Celle-ci déposa Truffe sur le tapis avant de lever la tête pour regarder Archie. À cet instant précis, il sut qu'il était condamné. Condamné à rentrer à Londres pour venir en aide à une femme manifestement assez évaporée et en faire une aristocrate puissante et fortunée.

Quel calvaire. Tout aurait peut-être été plus facile

s'il avait été abattu sur le champ de bataille. En tout cas, cela aurait été moins long.

— Voilà une affaire réglée.

Lady Sophia ponctua sa phrase d'un hochement de tête, ce qui fit voler ses boucles grises.

— Vous allez donc vous rendre auprès de la nouvelle duchesse et vous vous occuperez de ses affaires aussi efficacement que vous vous occupez des miennes. Mr McCready m'assistera pendant votre absence.

Archie étudia à nouveau la lettre.

— La duchesse de Blakesley est-elle de votre famille ? s'enquit-il.

Cela aurait expliqué pourquoi cette jeune femme s'exprimait de manière aussi puérile. Et pourquoi elle était la première surprise d'avoir hérité de ce titre. Il fallait vraiment être idiot pour ne pas prévoir cette éventualité. *Quand on est d'une famille noble, on se prépare à ce genre de choses, que diable !*

— Elle m'appelle tante Sophia, mais ce n'est pas vraiment ma nièce, vous l'aurez compris. C'est ma filleule, sa mère a épousé le duc de Blakesley. Ce n'est pas tous les jours qu'on voit une femme hériter d'un duché.

— Non, effectivement, admit-il en écho.

— Il n'empêche : c'est arrivé. Et comme je ne sais pas vraiment à quoi ressemble le quotidien d'une duchesse…

Archie serra les poings. *Parce que, moi, je sais à quoi ça ressemble, peut-être ?* Hélas, il n'y avait pas d'autre solution. Cette jeune femme avait appelé Lady Sophia à la rescousse parce qu'elle n'avait personne vers qui se tourner.

Mais, avec un peu de chance, elle était aussi évaporée

et optimiste que sa « tante ». Une hypothèse qui semblait de plus en plus crédible.

— La seule chose que Mr McCready est incapable de faire, ajouta Lady Sophia en se calant dans son fauteuil, c'est d'attirer l'attention de la gent féminine autant que vous, Mr Salisbury. Ce qui risque de le rendre plus efficace.

Sur ces mots, elle se pencha pour offrir à Truffe le dernier morceau d'un biscuit.

Archie ouvrit la bouche pour protester mais se ravisa. C'était vrai. Sans être prétentieux, il était conscient que les femmes se montraient plutôt sensibles à ses charmes. Lady Sophia recevait nettement plus de visiteuses maintenant qu'elle l'avait engagé. Ne venait-elle d'ailleurs pas de le lui avouer sans cacher son agacement ?

Et pour cause : elle l'appelait constamment au salon afin qu'il réponde à des dames qui se posaient des questions sur la façon de gérer une propriété. Pour la première fois de leur vie, de toute évidence.

Ce qui ne manquait pas de faire sourire Bob d'un air entendu. Rien ne lui échappait, à celui-là. Pour la peine, Archie le chargeait de répandre du fumier sur les plantes. Cela n'empêchait pas cette canaille d'afficher un rictus narquois mais, au moins, cela lui rabattait un peu le caquet.

— Et vous rentrerez dans un mois afin d'être parmi nous pour les festivités.

— Ou plus tôt si c'est possible, milady.

Et si la duchesse de Blakesley avait besoin de lui plus longtemps, tant pis pour elle ! Vivre à la campagne lui plaisait, il aimait cette existence tranquille et réglée comme du papier à musique. C'était bien différent du temps où il était au front, ou quand il était de service, tout simplement, mais c'était autrement plus intéressant que d'être le troisième rejeton d'un vicomte. Un vicomte qui l'avait renié quand il avait annoncé son intention de rejoindre les rangs de l'armée.

Mais qu'importe. Pour l'heure, il devait plier bagage et se lancer dans un combat d'un tout autre genre. En l'occurrence préparer une femme vraisemblablement aussi naïve et brouillonne que Lady Sophia à occuper une position pour laquelle elle n'était absolument pas faite.

Ce serait vraiment comme travailler avec de toutes jeunes recrues, en fait.

Madame la duchesse,

Vous serez probablement surprise de recevoir un courrier d'un homme que vous n'avez jamais rencontré. Par ailleurs, sachez que je n'ai pas pour habitude d'écrire à des femmes pour le moins extravagantes. Lady Sophia m'a montré votre lettre et m'a demandé de prendre la plume pour vous répondre, votre tante étant incapable de rester concentrée plus de deux minutes — car elle est très occupée, naturellement. J'espère de tout cœur que vous n'êtes pas aussi évaporée qu'elle mais, à en juger par votre courrier, je me berce d'illusions.

Je suis l'intendant de votre tante et mon travail consiste à aider Lady Sophia à organiser et gérer toutes ses affaires. Je suis en route pour Londres afin de vous apporter mon concours dans la mesure du possible.

Vous pouvez compter sur ma présence dans trois jours.

Bien respectueusement,

Mr Archibald Salisbury, capitaine à la retraite.

Telle fut la lettre qu'Archie envoya à ladite nièce — après quelques corrections minimes, bien entendu.

— Dans trois jours ?

Genevieve s'entendit pousser un petit cri étranglé. C'était bien la première fois qu'elle faisait une chose pareille. Elle n'en revenait pas.

Cela étant, elle n'avait jamais été duchesse. Avec un peu de chance, couiner comme une souris était très courant chez les aristocrates. Maintenant qu'elle en était une, elle s'y mettait elle aussi. C'était peut-être instinctif. Un peu comme quand elle s'était rendu compte qu'un bon roman était bien plus passionnant qu'un livre sur le battage du blé ou que l'un des autres ouvrages ennuyeux à mourir qui occupaient les rayons de la bibliothèque.

Alors avait-elle forcément besoin de ce Mr Archibald Salisbury, un intendant doublé d'un capitaine à la retraite par-dessus le marché ?

— Que se passera-t-il dans trois jours, ma chérie ?

Genevieve se tourna et sourit à sa grand-mère. Elles étaient assises dans « le boudoir de Madame la duchesse », comme on appelait cette pièce désormais, même si c'était autrefois le bureau de son père. De toute évidence, les duchesses n'avaient pas besoin de travailler. Cependant, c'était bien son intention. Pourquoi n'existait-il pas une espèce de manuel sur la question, comme elle l'avait demandé à sa marraine ? *Le Quotidien d'une duchesse et autres occupations particulières*, par exemple. Ou *Comment être une duchesse sans passer pour une idiote*, tiens.

— Un certain Mr Archibald Salisbury.

Capitaine à la retraite, ajouta-t-elle dans sa tête.

— C'est l'intendant de Lady Sophia, expliqua-t-elle. Elle l'envoie ici afin qu'il réponde aux questions que je me pose.

— Tu n'avais qu'à faire appel à moi, enfin ! s'insurgea sa grand-mère. La preuve. Quand Byron a réclamé à manger ce matin, je ne suis pas restée les deux pieds dans le même sabot.

L'intéressé — la boule de poils installée sur ses genoux — leva la tête et regarda Genevieve d'un air endormi, une patte tendue dans le vide.

— Si seulement c'était si simple, grand-mère, dit-elle d'un ton attendri, avant de baisser les yeux vers la lettre de Mr Salisbury. Nous verrons bien s'il peut nous prêter main-forte.

Et si ce n'était pas le cas, elle n'aurait qu'à enchaîner les catastrophes… Ce qu'elle avait fait jusque-là.

Sa grand-mère leva la tête, plus ou moins dans sa direction. Elle était presque aveugle. Difficile de lui demander un avis sur la façon de s'habiller. Entre autres choses.

— Tu t'en sortiras très bien, j'en suis sûre.

Son aïeule accompagna ces mots d'un sourire chaleureux et d'une tape sur la tête de Byron.

C'était si réconfortant — et si terrifiant, d'une certaine façon — de voir combien sa grand-mère avait confiance en elle. Un sentiment qui était partagé par ses domestiques, chez elle, dans le Traffordshire — là où elle avait passé les vingt premières années de sa vie.

Et pourtant, elle ne savait absolument pas se comporter comme une véritable aristocrate. Enfin, à part la fois où elle avait obligé la cuisinière à l'appeler « Votre Altesse » parce qu'elle se prenait pour la princesse du royaume des Neiges. Mais elle avait neuf ans, à l'époque.

Elle aurait dû passer moins de temps à inventer toutes ces fadaises et prendre conscience du fait qu'elle pouvait se retrouver un jour à la tête d'un duché. Ce qui semblait plus qu'improbable à l'époque. Et tout le problème était là d'ailleurs. Depuis bien longtemps, un petit tour de passe-passe royal permettait que les femmes de sa famille aient pleinement le droit d'hériter du titre de duchesse, à condition qu'il n'y ait pas d'héritier direct. Seulement, personne n'avait osé penser que cela arriverait un jour.

Genevieve n'avait même pas fait son entrée dans le grand monde ! Les missives qu'elle avait envoyées à son père pour lui demander son autorisation étaient restées lettre morte. Elle était donc demeurée à la campagne, ce qui lui convenait très bien. Et puis d'abord, qui l'aurait aidée à se préparer à un tel événement ? On en aurait peut-être profité pour lui trouver un mari, sûrement un homme qui aurait payé son père pour avoir le privilège de devenir son époux. Alors non merci.

Son père s'étant remarié après la mort de sa mère, tout laissait croire qu'il aurait un fils, l'héritier à qui il aurait transmis ce fameux titre. Résultat : rien n'aurait permis de penser que Genevieve deviendrait un jour duchesse. Sauf qu'il n'avait pas eu d'autre enfant. Après quoi, il avait perdu sa deuxième épouse. Et désormais, il était parti, lui aussi.

Au bout du compte, les seules personnes qui s'étaient

un tant soit peu intéressées à elle étaient les domestiques de la demeure où elle avait grandi. Des gens qui l'avaient aimée, qui avaient été gentils avec elle, qui lui avaient donné des livres, des gâteaux, et souriaient quand elle expliquait l'intrigue alambiquée d'un roman qu'elle venait de dévorer. Mais qui ignoraient totalement la marche à suivre pour devenir une duchesse digne de ce nom.

Elle aurait dû remercier le ciel pour cette chance inespérée. Sauf que son père ne l'avait pas préparée du tout à cette vie d'aristocrate. De toute évidence, celui-ci s'était lui-même très mal acquitté de son rôle. Il avait largement préféré profiter de la vie londonienne plutôt que de se pencher sur la gestion de ses terres ou d'autres corvées du même genre. Elle le revoyait en train de lui faire une bise avant de marmonner quelque chose d'un air approbateur. C'était le souvenir le plus marquant qu'elle avait de lui.

Par bonheur, les propriétés familiales avaient toujours rapporté de quoi financer la vie de bâton de chaise qu'il avait menée. Mais, selon toute vraisemblance, il faudrait les reprendre en main pour qu'elles ne périclitent pas. Encore une mission pour laquelle elle n'était pas taillée.

Cela lui rappela que dans trois jours à peine elle allait recevoir de l'aide. En l'occurrence, celle de Mr Salisbury, ce parfait inconnu. Une aide dont elle avait grandement besoin. La preuve : cette situation la faisait couiner comme une souris !

Geneviève agita une clochette, ce qui fit sursauter sa grand-mère et Byron. Des bruits de pas se firent entendre, et la porte s'ouvrit pour laisser entrer le majordome.

— Madame la duchesse a appelé ?

Jusque-là, Chandler lui avait témoigné un respect

sans faille. Mais elle l'avait déjà observé à la dérobée, et il semblait atterré.

Comment lui en vouloir ? Elle faisait exactement la même tête quand elle se regardait dans le miroir.

Une fois de plus, elle se contentait de faire semblant d'être la princesse du royaume des Neiges. C'était plus facile que d'affronter la réalité.

— Un certain Mr Salisbury doit arriver dans quelques jours, dit-elle d'un ton froid et détaché.

Elle espérait faire illusion, du moins…

— C'est l'intendant de ma tante Sophia, il supervisera mes affaires jusqu'à ce que nous trouvions quelqu'un en mesure d'occuper ce poste.

Lui donnait-elle trop d'explications ? Pas assez ? Pourquoi était-elle incapable de le savoir ? Oh ! tout simplement parce qu'on ne l'avait pas élevée en la prévenant assez tôt qu'elle se retrouverait dans une telle situation. Cela lui était tombé dessus, au terme de toutes sortes de coups du sort et de disparitions tragiques.

— Bien, milady, répondit Chandler en s'inclinant.

On aurait dit qu'il se montrait un peu moins distant — parce qu'elle se comportait comme une duchesse devait le faire ? Et puis d'abord, depuis quand attachait-elle tant d'importance à l'opinion des gens qu'elle venait de rencontrer et qui travaillaient pour elle ?

Depuis cet instant précis, en fait. Depuis qu'elle avait compris une chose importante : un simple mot de travers pouvait fragiliser sa position et sa capacité à assumer son rôle.

Pourvu que ce Mr Salisbury soit aussi cérémonieux, courtois, efficace — et ennuyeux évidemment — que son courrier le laissait penser ! La dernière chose dont elle avait besoin, c'était que quelqu'un vienne encore troubler sa sérénité.

— Milady ?

Genevieve s'apprêtait à offrir un bout de fromage à Byron. L'animal prit un air dubitatif puis outré en voyant sa main rester en suspens.

— Oui ?

Si elle se trouvait si souvent assise là dans le boudoir, c'était parce que sa grand-mère se déplaçait beaucoup plus facilement au milieu des meubles de cette pièce. Elle finirait bien par changer la décoration — tout le mobilier était abîmé, vieux, voire les deux à la fois — mais elle comptait faire en sorte que tout reste plus ou moins à la même place. Ce qui éviterait à sa grand-mère de faire une mauvaise chute.

— Mr Salisbury est là.

Chandler posa son regard perçant sur Byron et plissa les paupières. Un geste tout aussi éloquent que s'il avait livré le fond de sa pensée. De toute évidence, il voyait d'un mauvais œil qu'un animal traîne dans la maison. Et il y avait fort à parier qu'il ne la tenait pas en plus haute estime, d'ailleurs. Du coup, elle préférait se moquer de ce qu'il pouvait penser, que ce soit d'elle ou de son chat.

— Faites-le entrer, Chandler.

Elle prit une grande inspiration et posa les mains sur ses cuisses, en roulant le bout de fromage entre deux doigts pour former une petite boule. Un spectacle qui semblait hypnotiser l'énorme félin. Seigneur, elle devait avoir l'air d'une sorcière. Elle avait senti que sa coiffure était défaite au moment d'entrer dans la pièce, mais il lui avait fallu aider sa grand-mère qui bataillait avec ses aiguilles à tricoter. Puis c'était le chat qui était venu quémander de quoi manger. Et voilà que Mr Salisbury, le fameux capitaine à la retraite, était sur le point d'entrer. Un homme aussi distingué et — forcément — aussi ennuyeux que lui ne manquerait pas d'être choqué par une telle désinvolture. Et par une telle chevelure.

Il n'empêche : en matière d'étiquette, une duchesse célibataire qui vivait seule avec sa grand-mère et un chat glouton pour seul entourage était bien pire qu'une chevelure en bataille.

— Mr Salisbury.

Sur ces mots, Chandler s'écarta pour laisser son visiteur entrer.

Oh ! Seigneur.

Cet homme était si grand qu'il semblait occuper tout l'encadrement de la porte, bloquant la lumière qui se déversait par les hautes fenêtres du couloir. Tout d'abord, Genevieve ne vit guère qu'une immense silhouette. Puis il pénétra dans la pièce, et elle put mieux voir. Là, ce fut comme s'il l'avait complètement empêchée de respirer. Oh ! il était simplement planté là, son chapeau entre ses mains tout aussi impressionnantes que sa carrure. Mais il n'en restait pas moins troublant, si troublant qu'elle en avait le souffle coupé, maintenant qu'elle pouvait l'observer tout à loisir. Il était d'une beauté si sauvage qu'elle peinait à en croire ses yeux. Et pourtant, il était bien là, avec ces cheveux noirs à peine bouclés, ce nez aquilin au-dessus de cette bouche charnue et ces yeux bleus qui ne la lâchaient pas. On aurait dit qu'il avait le pouvoir de lire au fond de son âme.

Ce qui était pour le moins déstabilisant — le mot n'était pas trop fort.

Quant à sa stature… elle était impressionnante, et ce n'était pas peu dire. Oh ! il y avait sûrement d'autres mots, bien moins convenables. Des mots qui faisaient partie du vocabulaire des femmes qui se coiffaient délibérément comme des sorcières. Il était grand, avec des épaules larges et une taille fine. Il se tenait au milieu de ce salon avec grâce et aisance, mais on aurait dit qu'il pouvait bondir comme un fauve d'une seconde à l'autre. Pour passer à l'attaque, pour se défendre, pour…

Ça suffit. Si elle commençait à penser à ce genre de choses…

— Madame la duchesse ?

Les sourcils froncés, il la regardait comme s'il était tombé sur un drôle d'oiseau. Ce qui ne semblait pas tellement lui plaire.

C'était cette même expression qu'elle avait lue sur le visage de la plupart des gens depuis qu'elle avait hérité. Elle n'aurait pas dû s'en attrister. Avec quelqu'un de moins impressionnant, cela n'aurait pas été le cas. Mais avec cet homme d'une telle prestance, sans compter cet air martial (digne d'un capitaine, ça oui), eh bien cela semblait la peiner, manifestement.

Au bout du compte, le pire, avec la condition de duchesse, c'était peut-être cette incapacité à maîtriser quoi que ce soit.

De toute évidence, elle n'assumait pas son rôle, et cela l'obsédait vraiment. Il fallait qu'elle fasse rapidement des progrès. Faute de quoi, elle sombrerait dans le doute. *Ressaisis-toi, Genevieve !* s'ordonna-t-elle.

— Oui, Mr Salisbury, dit-elle en parlant suffisamment bas pour ne pas bafouiller.

Ou gémir.

— Merci à vous d'être venu. Et aussi vite !

Le temps de jeter un œil en direction de Chandler, elle ajouta :

— Ce sera tout.

Le majordome se retira en refermant la porte derrière lui. Ils étaient désormais seuls, lui, elle et…

— Oh ! euh… Permettez-moi de vous présenter ma grand-mère.

— Madame la duchesse douairière…, dit-il en avançant pour s'incliner devant elle.

Genevieve la vit glousser et tendre la main.

— Mon Dieu, non, je suis Lady Halbard. Ma fille était la mère de Mme la duchesse.

Comment sa grand-mère avait-elle pu deviner que cet homme était si beau ? Impossible de s'y méprendre, elle était bel et bien en train de… minauder ! Enfin, à la façon d'une femme de soixante-six ans. C'est-à-dire qu'elle s'agitait sur son fauteuil en souriant, presque avec coquetterie.

Les seules fois où elle avait vu sa grand-mère se comporter de cette façon, c'était en présence de leur boucher, à l'époque où cette dernière avait de meilleurs yeux.

— Ravi de faire votre connaissance, milady.

En l'entendant glousser à nouveau, Genevieve eut presque envie d'avoir dix ans de nouveau. À cet âge-là au moins, elle pouvait lever les yeux au plafond en toute impunité.

— Si tu n'y vois pas d'inconvénient, grand-mère, nous avons des affaires à régler, Mr Salisbury et moi.

Quand la vieille dame fit mine de se redresser, l'intendant de Lady Sophia l'attrapa par le coude et elle se leva avec un sourire radieux.

— Nous vous laissons tranquilles. Allez, Byron !

Hélas, le chat faisait mine de ne pas comprendre qu'il avait un prénom. Et qu'il devait se montrer obéissant.

— Byron ? demanda Mr Salisbury.

Seigneur, il devait se croire dans une vraie maison de fous…

— Oui, comme le poète. *Childe Harold*, vous connaissez ?

— Euh… Cela va sans dire.

On le sentait affligé par la platitude de cette conversation. Difficile de lui donner tort.

— C'est notre chat.

— Je vois.

Il semblait surtout convaincu que cette discussion était sans queue ni tête…

— Je lui ai parlé, une fois, dit sa grand-mère d'un ton rêveur.

— Au poète, pas au chat, s'empressa d'ajouter Genevieve.

— C'était le plus bel homme du monde.

Genevieve trouva la force de sourire. De toute évidence, son aïeule avait eu une longue expérience de la beauté masculine.

— Laisse-moi t'aider, grand-mère, dit-elle en se plaçant de l'autre côté du fauteuil.

Excuse bien commode pour remettre un peu de distance entre elle et cet homme si prévenant. Et certainement plus beau que Lord Byron. Elle secoua la tête. Ah non, elle n'allait quand même pas commencer !

— Merci, cher ami, dit sa grand-mère en tapotant le bras de leur invité. Je suis ravie de faire votre connaissance. J'espère que vous saurez aider ma petite-fille, quoi qu'elle vous demande.

Comme si cela ne suffisait pas, elle ponctua son commentaire vague et quelque peu tendancieux avec un gloussement entendu.

Genevieve sentit son visage s'empourprer. C'était si gênant ! Sa grand-mère ne pouvait pas s'en rendre compte, évidemment. Mais lui, oui. Ce constat la fit rougir de plus belle.

Ils attendirent que la porte se referme tandis qu'elle tâchait de retrouver son calme.

Mr Salisbury croisa les bras sur son torse.

— Bien, Madame la duchesse, dit-il alors. En quoi puis-je vous aider ?

En quoi pouvait-il l'aider ? La liste était tellement longue ! Et puis cet homme avait l'air si sévère, planté là, si beau, si grand. Et certainement conscient qu'elle était une vraie catastrophe ambulante.

Alors par où commencer ?

Madame la duchesse,

Vos domestiques sont un ramassis d'incapables. Après avoir étudié votre situation, je vous conseille de ne garder que quelques-unes des personnes actuellement à votre service et d'embaucher des gens qui sauront faire leur travail et tenir votre maisonnée comme le mérite une femme de votre rang, malgré les circonstances pour le moins surprenantes qui vous ont valu d'accéder à ce titre. Voici la liste des serviteurs qui mériteraient, à mon sens, d'être gardés : à vrai dire, elle se résume au majordome, peu importe son nom.

Les autres devraient être renvoyés sur-le-champ. Peut-être aurez-vous besoin d'une liste des postes à pourvoir… Sûrement, même, quelle question ! Je vais la rédiger de ce pas. Il conviendra au plus vite de demander les services d'une gouvernante, d'une cuisinière, d'un valet de chambre, d'un cocher et d'un intendant. Ils seront à même d'embaucher les personnes qui travailleront sous leurs ordres.

Bien respectueusement,

Mr Archibald Salisbury, capitaine à la retraite

Cher Mr Salisbury,

Pourquoi m'écrivez-vous une lettre alors que nous vivons sous le même toit ?

Je vous remercie pour ce courrier, même si la raison de ce geste continue de m'échapper. Mes manières vous déplaisent-elles ? Pensez-vous qu'une femme ne devrait jamais devenir duchesse à la place d'un homme ? Ni aimer les chats ? Vos conseils me seront d'une grande aide et je ne manquerai pas de vous demander comment mettre en œuvre les changements que vous suggérez. Dois-je tous les renvoyer d'un seul coup ? Est-ce même à moi de me charger de cette besogne ? Mais, au fait, pourquoi Chandler est-il le seul de mes domestiques qui trouve grâce à vos yeux ?

Bien à vous,

La duchesse de Blakesley

Chapitre 2

— Parce que c'est le seul qui semble avoir conscience que la maisonnée d'une duchesse n'est pas une pétaudière !

La réponse claqua dans l'air au moment où Archie pénétra comme un boulet de canon dans le boudoir. C'était dans cette même pièce qu'il l'avait rencontrée pour la première fois. Elle, la duchesse. La femme qui se retrouvait à la tête de cette demeure, des terres et de la fortune du duché de Blakesley, et ce pour une raison assez inexplicable. Encore que non : elle lui avait déjà tout expliqué, mais il en avait conclu que les ancêtres de cette jeune femme étaient aussi évaporés qu'elle. Comment avaient-ils pu prendre de telles dispositions testamentaires ?

Il s'arrêta net. Il venait de faire exactement ce qu'il reprochait aux uns et aux autres, hormis le majordome — Chandler, ça y est, son nom lui revenait. Il ne traitait pas la duchesse comme la personne la plus importante qui vivait ici (après tout, la reine Victoria ne risquait guère de leur rendre visite), mais comme une de ses subordonnées. Comme si elle était sous ses ordres.

Cela dit, c'était bien ce qui l'amenait ici, non ? Il devait donc la traiter comme une simple recrue. Et, en l'occurrence, une recrue qui n'avait absolument pas les armes pour se défendre. Dans le cas de la jeune femme, les armes en question étaient une attitude distinguée, un personnel efficace et — à en juger par la tenue qu'elle portait lors de leur première rencontre — une garde-robe élégante.

Que pouvait-il faire pour elle, exactement ? Il avait encore du mal à le dire. Mais une chose était sûre : elle avait besoin de son aide.

Elle était assise sur le sofa, exactement comme la première fois, avec ce qui semblait être un tambour à broder à la main. Sauf qu'elle ne donnait pas l'impression de travailler à son ouvrage. Le cercle en bois était posé sur ses genoux et elle regardait dans le vide. Ses yeux se tournèrent brusquement vers lui quand il ouvrit la bouche.

Il ne s'attendait pas à ce qu'elle soit si… jeune. Et attirante. Et célibataire. Ce qu'il aurait pourtant dû deviner grâce aux explications de Lady Sophia. Enfin, à part la beauté.

Elle n'était pas vraiment belle au sens strict du terme. Il avait fréquenté un grand nombre de belles femmes, il avait été spontanément attiré par leurs charmes, mais ce n'était pas la même chose avec elle. Non, elle avait quelque chose de magnétique, il émanait d'elle une aura de mystère qui l'attirait vers elle. Est-ce que certaines personnes avaient les propriétés physiques d'un aimant ? Il n'en savait rien.

Voilà d'ailleurs pourquoi mes études n'ont jamais été un grand succès, pensa-t-il avec amertume. Il préférait largement affronter la réalité. À l'époque, lui et ses hommes avaient toujours eu besoin d'un cap. On leur donnait un ordre et en avant, marche ! Il n'avait jamais eu à se demander si telle chose attirait telle autre.

Jusqu'à maintenant.

Alors pas question que tout ceci le détourne de sa mission.

— Bonjour, Mr Salisbury.

La femme-aimant en question le regardait avec une curiosité presque amusée. Sans doute parce qu'il venait, à son grand dam, de passer un temps fou à se demander ce qu'elle lui inspirait. Chose qu'il n'avait jamais faite non plus. Il n'avait pas envie d'éprouver quoi que ce soit, il voulait simplement agir !

En interrogeant le personnel, il avait appris que la duchesse n'avait pas de garde-robe. Pire : elle n'avait pas non plus de femme de chambre attitrée. Même si la façon nonchalante dont elle était habillée ne le laissait guère deviner. Sa robe était de travers. On aurait dit que quelqu'un s'était contenté de la lui passer et qu'elle avait enfilé les manches à la va-vite. Il eut soudain envie d'approcher, de poser les mains sur elle et… d'arranger tout cela.

Non. Il avait beau aimer l'ordre et les choses bien à leur place, pas question de faire une chose pareille.

Archie s'éclaircit la gorge et esquissa une révérence. Il n'espérait qu'une chose : remplir la mission qui l'avait conduit jusqu'ici et partir juste après. Tiens, et s'il se chargeait lui-même de répandre le fumier, en guise de punition ?

— Bonjour, Madame la duchesse.

Il marqua une pause. Une étrange sensation traversa tout son être. Une sorte de… malaise. Là encore, c'était bien la première fois. Il connaissait sa place, sa position, son rôle, et il s'en acquittait. Point final.

— Merci d'avoir répondu à mon courrier.

— Asseyez-vous donc, Mr Salisbury, dit-elle tout bas en accompagnant sa phrase d'un geste gracieux. Je vais sonner pour…

— Non, intervint-il. Je n'ai pas le temps de prendre le thé. D'ailleurs, je n'ai pas soif. Merci, milady.

Un peu trop tard, il finit par indiquer la sonnette et ajouter :

— Mais si vous souhaitez qu'on vous en apporte…

Les joues de la jeune femme s'empourprèrent vivement. Intéressant. Avec un peu de chance, elle était fort timide et il ne faisait que réagir à la gêne qu'on percevait chez elle, tout simplement.

C'était sûrement cela, d'ailleurs. Elle n'était pas une espèce d'aimant et lui, un élément qui se laissait attirer. Il se montrait sensible aux autres, voilà tout. Il n'aurait jamais cru qu'une chose pareille lui arriverait un jour, mais cette explication était préférable à l'autre hypothèse.

— Je n'ai pas envie de thé.

Au lieu de le regarder, elle fixa un coin de la pièce si ostensiblement qu'il tourna la tête dans la même direction, lui aussi.

Il n'y avait rien, hormis une sorte de lustre richement décoré. Le genre d'objets dont raffolait Lady Sophia.

— Très bien, dit-il en reportant les yeux sur elle.

Il la jaugea. Telle était sa mission : il devait l'amener à se fondre dans son nouveau rôle. Il fallait absolument qu'il comprenne la matière première qu'il aurait à travailler. Cette femme était étonnamment jeune, vu sa position, mais guère plus que lui, en tout cas. Elle avait de grands yeux noisette cerclés de vert, légèrement en amande, ce qui lui donnait un air de nymphe des bois. La teinte acajou de ses cheveux, si intense, lui rappelait la robe d'un cheval qu'il possédait jadis, Ombre. Elle était coiffée très simplement, sans ces cascades de boucles qu'affectionnaient tant de femmes. Ce qui n'avait d'ailleurs aucun sens. Pourquoi avoir une masse de cheveux devant les yeux ?

Il n'empêche : il aurait préféré qu'elle suive cette mode, car sa coiffure toute simple mettait en valeur les traits délicats de son visage ainsi que son cou de cygne. Et il n'avait pas envie d'avoir ce genre d'image à l'esprit. En temps normal, son admiration se portait plutôt sur les manœuvres des meilleurs stratèges.

Mais, en un sens, toute cette histoire faisait partie d'une tactique. Une façon de garder son honneur et d'assurer l'avenir du pays en préparant une duchesse à assumer ses responsabilités. Un coup stratégique. Rien de plus.

Archie prit une grande inspiration. Il devait se concentrer sur ces questions de personnel, de garde-robe et de préparation aux devoirs de duchesse. Pas sur ces histoires de charme magnétique, de simplicité tout en délicatesse ou d'autres choses dans ce goût-là.

Surtout pas.

Oh non… Mr Salisbury était tout aussi beau qu'au moment de leur première rencontre. Et toujours aussi peu désireux de s'asseoir.

Genevieve avait caressé l'espoir que c'était le fait de se retrouver à proximité d'un gentleman qui l'avait tant troublée — elle avait rarement eu l'occasion d'en côtoyer un, à dire vrai. Ses contacts avec les hommes s'étaient jusqu'à présent limités à des jardiniers, des valets de pied ou autres. La propriété où elle avait grandi n'avait même pas un majordome attitré. Son père avait décrété que ce n'était pas nécessaire puisqu'elle était la seule à vivre là-bas.

Mais ce n'était pas tout. Non content d'être d'une beauté extraordinaire, l'intendant de sa marraine était entré dans la pièce comme s'il avait été le maître des lieux. Alors qu'elle-même avait encore du mal à croire que cette maison lui appartenait. Ce qui était bien le cas, pourtant. Il s'était déjà fait son idée sur les domestiques, même s'il venait tout juste d'arriver. Hélas, elle était bien en peine d'en faire autant — et tant pis si elle vivait ici depuis près d'un mois ! Un mois qu'elle avait passé à se demander ce qu'elle devait mettre en œuvre maintenant qu'elle était devenue duchesse. Elle avait beau se gendarmer, tout cela l'agaçait profondément…

De toute évidence, elle était censée décider que certaines personnes pouvaient garder leur emploi, et d'autres pas.

Certes, il était capitaine (à la retraite). Sans doute la fermeté était-elle indispensable chez les militaires. Elle avait du mal à croire qu'on puisse être sur le champ de bataille, s'arrêter brusquement pour regarder son compagnon d'armes, et lui demander : « Devrions-nous attaquer ? À mon avis, c'est le moment de le faire, mais qu'en pensez-vous très cher ? »

En tout cas, il refusait tout aussi catégoriquement de prendre le thé, ce qu'elle trouvait très agaçant. Qui pouvait dire non à une petite tasse ? C'était une institution en Grande-Bretagne, que diable ! La boisson sans laquelle aucune décision ne pouvait être prise dans ce pays ! Elle sentit une pointe de colère — toute légitime — l'envahir. Fort heureusement, elle avait cessé de se répéter que cet homme était très attir…

Oh non, voilà qu'elle recommençait ! Et dire qu'il ne lui faisait même pas le plaisir de prendre une simple tasse de thé…

— Souhaitez-vous boire autre chose ? se surprit elle à demander.

D'une voix qui n'était guère assurée, hélas.

Oh ! comme elle aurait voulu ravaler la banalité qu'elle venait de dire ! Ce n'était pas avec ce genre de bévues qu'elle serait un jour une duchesse digne de ce nom.

Mr Salisbury fronça les sourcils. Il semblait hésiter. Voilà qui faisait plaisir à voir ! Il était en train de peser le pour et le contre, et de réfléchir, sans forcément savoir d'emblée ce qu'il voulait.

— Non, je vous remercie, finit-il par dire d'une voix qui semblait sous-entendre qu'elle avait été bête de poser la question.

Et elle qui avait douté de son assurance ! Cette réponse était pleine d'aplomb. Et le ton sans appel.

Elle sentit ses joues s'empourprer. Une fois encore. Elle semblait condamnée à toujours avoir le visage en feu, décidément… Et après ? Piquerait-elle un fard dès qu'il ferait ou dirait quelque chose, ou dès que quelqu'un (comme sa grand-mère la veille) parlerait de ce diable d'homme ? Était-elle donc si faible face à ses charmes ?

Plus vite elle apprendrait ce qu'on attendait d'elle, mieux ce serait. Pas question que cet homme prenne l'ascendant sur elle. Elle aurait à tout moment les joues en feu tant elle était mal à l'aise. Et elle serait privée de thé.

Voilà pourquoi elle osa poser la question qui lui brûlait les lèvres. Elle n'avait pas la moindre idée de ce qu'il convenait de faire ou pas, et ils le savaient tous les deux. Mais ce n'était pas comme si cette question pouvait le déstabiliser, après tout. L'interroger de manière directe était la meilleure façon d'obtenir les réponses dont elle avait tant besoin.

— Quelles qualités devraient avoir les domestiques d'une duchesse, d'après vous ?

— Ils doivent se montrer loyaux, efficaces, compétents et respectueux.

Dès que Mr Salisbury prenait la parole, c'était avec autorité, même s'il ne faisait que rappeler douloureusement des évidences. Mais peut-être n'y avait-il rien d'étonnant à cela. Peut-être avait-elle vécu sans savoir des choses qui tombaient sous le sens pour le reste du monde. À moins que ce soit à cause de lui, tout simplement. C'était un homme tellement… plein d'aplomb.

Un constat qui lui fit — une fois de plus — monter le rouge aux joues.

Non. Elle ne pouvait pas — ne devait pas — laisser ses pensées vagabonder ainsi. Pas alors qu'elle était dans l'obligation d'apprendre comment être une vraie duchesse. Pas question de s'acquitter de ses devoirs de manière déplorable, à l'image de son père qui n'avait pas été à la hauteur de son statut de duc. Elle avait bien remarqué comment les domestiques regardaient ce dernier, et comment ils parlaient des biens qui partaient à vau-l'eau par sa seule négligence. Elle avait observé les conséquences de cette négligence chez les enfants qui lui lançaient des regards accusateurs quand elle partait faire les courses en ville avec la cuisinière — des regards d'enfants qui avaient faim. Dès qu'elle avait été en âge d'agir, elle avait apporté son aide aux plus nécessiteux quand c'était possible, mais ce n'était pas suffisant.

Elle n'avait jamais voulu de ces responsabilités. Elle avait presque frémi d'horreur en prenant conscience que le destin de la famille Blakesley serait entre ses mains. Mais, dès que l'agitation était retombée, elle avait ressenti le besoin étrange d'être à la hauteur de son rang. Et de faire en sorte que son nom inspire le respect, et non la moquerie.

Pour y parvenir, elle avait besoin de l'aide de Mr Salisbury, car il semblait de bon conseil, même si un étrange sentiment s'immisçait en elle quand elle le voyait.

— Par quoi devons-nous commencer ?

Il l'observa d'un air étonné, avant que son visage ne s'illumine.

— Oh ! par les embauches.

Avait-elle vraiment mis un temps fou pour lui répondre ? Sans doute. Contempler la beauté extraordinaire de cet homme aurait pu l'occuper toute la journée. Les autres dames se contentaient-elles de l'admirer depuis leurs fauteuils, elles aussi ?

Si c'était bien le cas, pourquoi sa tante Sophia ne l'avait-elle pas prévenue ? Enfin, cela l'aurait obligée à écrire une drôle de lettre…

Chère Genevieve,

Je vous envoie mon intendant afin qu'il vous apporte son aide. Ne vous inquiétez pas, mais il est d'une beauté extraordinaire, et vous risquez fort de rester bouche bée quand vous ferez sa connaissance.

Tâchez de ne pas l'observer avec trop d'insistance, je vous en conjure, cela semble le mettre mal à l'aise.

Elle retint un soupir et fit mine, in extremis, de s'éclaircir la gorge. À quoi bon espérer ? Même si sa tante était de cet avis — ce qui était fort improbable, vu qu'elle ne se préoccupait que de Truffe, son petit chien —, elle ne lui aurait jamais confié ce genre de pensées.

— J'ai établi une liste, répondit Mr Salisbury en posant une feuille de papier sur la table à côté d'elle, avant de reculer.

Comme si elle allait le mordre…

Les dames avaient-elles l'habitude de le faire ? Elle ne leur en aurait pas tenu rigueur. Cet homme était à croquer !

Elle attrapa le papier, qu'elle survola du regard. C'était ce qu'il lui avait déjà écrit dans sa lettre, mais avec quelques indications sur les missions de chacun, « préparer les menus et les repas » pour la cuisinière, « se charger de tous les véhicules » pour le cocher, et ainsi de suite.

Genevieve poursuivit sa lecture en hochant la tête avant de s'apercevoir d'une chose. Mr Salisbury la pensait-il à la fois stupide et mal préparée à la nouvelle position qu'elle occupait ? À en juger par ce qu'elle lisait, oui. Elle avait bien fait de ne pas lui proposer de thé. Il ne méritait même pas un simple verre d'eau !

Visiblement, il n'était pas sûr qu'elle connaisse les prérogatives d'une cuisinière puisqu'il avait cru bon d'ajouter juste à côté que cela consistait à « préparer les menus et les repas ». Comme si une cuisinière avait d'autres missions !

Soudain, elle sentit son visage s'empourprer de plus

belle. Mais, cette fois, ce n'était pas à cause de l'apollon qui se trouvait dans la pièce. Enfin, si, c'était bien à cause de lui, mais pas parce qu'il était incroyablement beau.

— Mr Salisbury…

À peine eut-elle commencé sa phrase qu'elle s'entendit gémir, une fois de plus. Les yeux clos, elle prit une grande inspiration. Pourvu qu'elle arrive à se calmer !

— Mr Salisbury.

Voilà qui était mieux. Elle n'avait pas l'air de trembler comme une feuille.

— Avez-vous l'impression que je fais n'importe quoi ?

Elle garda les yeux fixés sur lui, avec l'espoir que le feu qui lui colorait les joues s'apaiserait. En tout cas, pas question de baisser la tête. D'ailleurs, on aurait dit qu'il pensait la même chose, car ils se contentaient de s'observer l'un l'autre, sans un mot… Tout passait par le regard.

Tout bien considéré, songea Genevieve, la situation était à son avantage. Regarder cet homme était une vraie joie pour les yeux. Mais pouvait-il en dire autant d'elle ? Oh ! elle savait qu'elle n'était pas hideuse, mais elle n'était pas aussi attirante que Mr Salisbury. De toute évidence, d'autres personnes possédaient cette même beauté fulgurante : elle finirait donc par s'y habituer, au fil du temps. Avec un peu de chance, s'entraîner à regarder des gens magnifiques — Mr Salisbury, par exemple — lui donnerait les armes nécessaires pour affronter la bonne société.

Et si elle lui exposait cette intéressante analyse ? Cela la fit glousser. Il semblait avoir une piètre opinion de son intelligence. Alors, si d'aventure elle lui demandait de rester assis dans un fauteuil afin qu'elle l'observe fixement plusieurs heures d'affilée, il se conforterait dans cette idée, c'était certain !

Il pinça les lèvres en la voyant réprimer un rire. Ah, elle venait de le blesser, maintenant ! Tout se passait à merveille, décidément.

— Pardonnez ma franchise, milady, mais vous donnez l'impression de naviguer à vue.

Une fois encore, il avait parlé d'un ton plein d'aplomb, hélas. Genevieve acquiesça légèrement avant de prendre conscience de ce qu'il venait de dire.

C'était vrai, mais était-ce une façon très courtoise de présenter les choses ?

— Dans ce cas, vous devriez peut-être retourner auprès de Lady Sophia.

— Pourquoi ? répliqua-t-il d'un air sincèrement étonné.

Cette fois, elle sentit une vraie colère monter du plus profond de son être. Et, au moment où elle ouvrit la bouche, cette rage avait eu le temps d'enfler, de grandir, et elle explosa :

— Parce que vous doutez de mes capacités ! Parce que, depuis votre arrivée, vous n'avez fait que vous montrer désagréable avec moi !

— Je ne suis là que depuis trois jours, répondit-il d'un ton pincé. Je n'ai guère eu l'occasion de me montrer désagréable. Vous ne savez pas quoi faire, vous l'avez écrit vous-même à votre tante, dans cette lettre où vous l'incitiez à m'envoyer auprès de vous. Que vouliez-vous donc que je fasse ?

Les bras croisés sur son torse, il haussa un sourcil.

Elle aurait aimé le forcer à rabattre de sa superbe.

Au lieu de quoi, elle leva les mains en signe d'agacement. L'agacement qu'il lui inspirait. Qu'elle s'inspirait à elle-même. Parce qu'il avait raison, même s'il le lui démontrait de façon très brutale.

— Très bien.

Cette fois, Genevieve ne gémit pas. Elle était étonnée d'entendre cette pointe de dédain dans sa voix. Les yeux fermés, elle prit une grande inspiration. *Compte jusqu'à dix, Genevieve, et ensuite…*

— Je suis navrée, Mr Salisbury.

Elle avait parlé plus calmement, en se mordant la lèvre pour s'empêcher de monter dans les aigus.

— Je suis tellement… dépassée. Par toute cette situation. J'ai vraiment besoin d'aide, et je suis heureuse que vous soyez là.

Même si je ne vous ai pas demandé de me prendre de haut par la même occasion… Voilà ce qu'elle aurait souhaité ajouter, mais elle poursuivit :

— Peut-être pouvons-nous travailler ensemble. Après quoi, vous n'aurez qu'à retourner auprès de Lady Sophia. Je suis sûre qu'elle a besoin de votre aide pour régler certaines affaires.

Mr Salisbury hocha la tête à nouveau. Et il baissa son sourcil hautain, fort heureusement.

— C'est ce que je désire également, milady.

Il désigna le papier qu'elle avait toujours à la main.

— Et je me dois de vous présenter mes excuses. Je ne me suis pas encore réadapté pleinement à la vie civile, et il m'arrive d'oublier que je ne suis pas à la tête d'un régiment. Mes suggestions peuvent sonner comme des ordres, votre tante me l'a déjà fait remarquer. Et si nous reprenions ?

Il accompagna ces derniers mots d'un sourire conciliant.

Genevieve sentit alors ses genoux se mettre à trembler, ce qui était pour le moins surprenant vu qu'elle était assise.

Cet homme était déjà d'une beauté extraordinaire quand il gardait un air neutre. Mais quand il souriait… Saperlotte, il était absolument sublime, et si attirant qu'elle se demandait si des femmes s'étaient déjà pâmées devant lui, incapables de se relever après avoir contemplé tant de splendeur.

Quoi qu'il en soit, elle avait intérêt à ne pas trop penser à ce genre de choses. Et pas seulement parce qu'il était à son service — leur relation ne sortirait jamais de ce cadre, quoi qu'il advienne. D'ailleurs, même si elle faisait attention aux rumeurs (ou à sa réputation au sein de la bonne société, ce qui revenait à peu près au même), il ne donnait pas le sentiment de s'intéresser à elle de cette façon. Et pour cause : il semblait penser qu'elle avait toutes les peines du monde à saisir des évidences.

Comme le fait qu'une duchesse digne de ce nom ne s'autoriserait jamais à épouser un homme s'il n'était pas un parti convenable, aussi beau et intelligent soit-il.

Subitement, elle entendit un son étrange s'échapper de sa bouche. Un soupir. Oh non. Ce n'était pas faute de se répéter que les duchesses ne soupiraient pas !

— Milady ?

Mr Salisbury semblait hésiter. Forcément. Lui qui paraissait déjà douter de ses capacités en tant que duchesse, il devait en plus se poser des questions sur sa santé mentale !

Plus vite ils régleraient cette affaire, mieux ce serait.

— Merci, j'accepte vos excuses. Commençons à discuter de ce que nous devons faire, qu'en dites-vous ?

Elle avait lancé ces derniers mots d'un ton joyeux, certes, mais surtout de façon à ne pas passer pour une écervelée.

— Parfait.

Il sembla un instant sceptique, avant de retrouver l'air détaché qui lui était coutumier.

Chère Madame,

Me voilà encore en train de vous écrire alors que nous vivons sous le même toit. Pourquoi cela ? Je n'en sais rien. Peut-être pour ne pas sembler brutal, ce qui m'arrive parfois. Vous souhaitez vous présenter au grand monde sous votre meilleur jour. Ce qui est tout à fait compréhensible. Je ne saurais donc trop vous conseiller de bien vouloir m'écouter et me laisser nous ménager du temps afin que nous puissions travailler ensemble dans ce sens.

L'expérience me l'a prouvé : on n'atteint son but qu'en s'en fixant un. Logique. Voyons-nous quand il vous conviendra (mais pas à l'heure du thé je vous prie) pour déterminer ces objectifs et mettre au point un plan de bataille avec toute la stratégie nécessaire pour les atteindre.

Bien respectueusement,

Mr Archibald Salisbury, capitaine à la retraite

Chapitre 3

Archibald entendit frapper à la porte. Cela faisait seulement trente minutes qu'il avait demandé à un valet de pied (bientôt appelé à quitter la maison) de remettre une lettre. De deux choses l'une : soit il s'agissait d'une coïncidence, soit, en fin de compte, ce domestique travaillait correctement et méritait de garder sa place.

— Entrez ! lança-t-il en se levant du bureau auquel il s'était assis pour travailler.

Lady Sophia avait envoyé un courrier avec les mêmes six ou sept questions posées de dizaines de façons différentes. Il avait donc essayé de synthétiser ses explications pour s'éviter de perdre un temps précieux.

Il entendait Bob s'esclaffer d'ici.

— Mr Salisbury ?

C'était la duchesse. Forcément, il n'avait affaire qu'à elle ! Oh ! cela ne le dérangeait pas, loin de là. Mais il ne tenait pas à analyser ce qu'il ressentait, voilà tout.

Il se dirigea vers la porte pour ouvrir.

— Entrez, milady.

Elle s'exécuta. Il garda la porte ouverte et jeta un œil dans le couloir. Pas question que les domestiques jacassent. Encore qu'il était un employé de la maison, lui aussi. Pour l'instant le couloir était désert. Si leur entrevue était brève, elle passerait inaperçue.

Il passa à côté d'elle pour tirer la chaise du bureau afin qu'elle prenne place. C'était le seul endroit pour s'asseoir, en dehors du lit. Et il n'allait quand même pas lui proposer de s'installer là !

— Oh non, je n'ai pas besoin de m'asseoir, je suis simplement passée vous poser une question.

Elle termina sa phrase en se laissant tomber sur la chaise — en dépit de ce qu'elle venait de dire — et regarda alentour avec grand intérêt, manifestement.

Rien d'étonnant. C'était sûrement la première fois qu'elle entrait dans la chambre d'un gentleman. À moins que… Après tout, il savait si peu de chose sur sa nouvelle recrue !

Il resta debout, les mains dans le dos, les yeux posés sur elle. Il aurait aimé lui dire qu'il était parfaitement inconvenant de faire irruption dans sa chambre de cette façon, sans compter la curiosité manifeste avec laquelle elle observait son nécessaire de rasage. Mais il y avait quelque chose de naturel dans sa façon de le faire. Il n'avait pas envie qu'elle perde cette qualité, même s'il voulait qu'elle soit plus consciente de son statut.

D'autant que ce spectacle lui plaisait, il devait bien l'admettre.

— Vous ne vous asseyez pas ? finit-elle par dire, les sourcils froncés. Vous avez un drôle d'air et…

Elle agita les mains.

— Un drôle d'air quand vous me regardez comme ça de haut. C'est déjà assez dur pour moi de faire ça.

— Faire quoi, milady ? demanda-t-il en s'installant au bord du lit.

Au lieu de répondre, elle lui tendit un bout de papier tandis que ses joues rosissaient. Il effaça la courte distance qui les séparait en se penchant pour l'attraper. Il comprit alors de quoi il s'agissait.

— C'est ma lettre. Celle que je vous ai adressée, précisa-t-il.

Ce détail n'avait sans doute pas échappé à la duchesse, mais dans le doute…

Celle-ci leva les yeux au plafond, les bras croisés sur sa poitrine.

— Je sais bien que c'est votre lettre. Je suis venue vous la rendre.

— Eh bien ?

Y avait-il un problème ? En tout cas, il devait s'assurer que le valet de pied ne serait pas renvoyé. Car il avait été d'une diligence remarquable !

— Pourquoi me montrez-vous ma lettre ? demanda-t-il d'un ton aussi calme que possible.

Mais ce n'était sûrement pas l'impression qu'il renvoyait.

Elle la lui arracha des doigts et tapota dessus avec son index.

— Parce que vous continuez de m'écrire alors que nous vivons sous le même toit. Pourquoi, Mr Salisbury ?

Archie ouvrit la bouche — une fois de plus — pour répliquer, mais il n'y parvint pas. La question de la duchesse resta en suspens un long moment, trop calme, trop silencieux.

Il finit par se lever du lit et commença à parler. Avant même de réfléchir à ce qu'il allait dire.

— Vous ne semblez pas savoir qui je suis, milady.

Elle sembla déstabilisée par cette réponse, ce qui était

bien normal puisque les présentations étaient déjà faites. Elles l'avaient été avant même qu'ils se rencontrent, d'ailleurs. Tout comme il savait dès le départ qu'elle venait tout récemment d'accéder à une position à laquelle personne ne l'avait préparée. Pourtant, il ne la connaissait pas. Et elle ne le connaissait pas non plus.

Il commença à faire les cent pas, avant de s'apercevoir qu'il lui tournait le dos. Inutile de se montrer aussi grossier. Résultat, il se plaça tout au bout du tapis, en s'interdisant d'en bouger par peur d'avoir l'air irrespectueux.

— Ma famille ne voulait pas que j'achète une charge d'officier. Mon oncle a compris pourquoi je tenais à partir et il m'a aidé à la payer. Mais ce que je voulais, ce que je voulais vraiment…

À vrai dire, il ne le savait pas lui-même avant de se lancer dans cette explication.

— C'était que le monde tourne rond. Pour préserver ce qui va bien et pour changer ce qui va de travers.

Il s'interrompit, soulagé qu'elle ne l'ait pas interrompu. Elle l'avait écouté d'un air pensif, les mains posées sur les cuisses, sa lettre en main.

— Et je trouve les choses beaucoup plus claires quand je peux les coucher sur le papier, les voir sous forme de mots. J'aime avoir le temps nécessaire pour réagir et pour me préparer. La vraie vie est une bataille, et qui n'a rien de prévisible.

Il avait fini par détester le chaos, peut-être même l'avait-il toujours détesté, ce qui l'amenait à faire de son mieux pour changer les choses. En tout cas, prendre la peine d'envoyer une lettre puis d'obtenir une réponse l'aidait à garder la tête froide. À s'organiser. Et à ne pas faire d'erreur.

Il comprenait maintenant pourquoi il avait choisi ce poste d'intendant. Au moins, il pouvait organiser les choses à loisir.

— Tout cela me semble très logique, finit par dire Genevieve en ponctuant sa phrase d'un grand hochement de tête. Je n'aurais pas dû être obnubilée par ma petite personne et voir cette lettre comme une forme de reproche. Une manière de me dire que vous ne m'appréciez pas.

— Je ne vous connais pas assez bien pour porter un tel jugement.

Cette phrase était assez dure à entendre, il fallait le reconnaître. Mais c'était la vérité. Quoi qu'il en soit, elle ne parut pas s'en offusquer. Elle se contenta de ricaner en regardant un point dans un coin de la pièce, derrière lui.

Cette fois, il fut assez intelligent pour ne pas tourner la tête dans la direction où elle regardait. Le trouvait-elle désagréable à regarder ? Il savait qu'il passait pour un bel homme mais, avec un peu de chance, elle n'était pas de cet avis !

Ce qui le rendit curieux de découvrir ce qu'elle pensait de lui.

Le problème, c'était qu'il ne devait pas avoir ce genre d'envies, pas alors qu'il était là pour s'acquitter d'une mission. Une mission, s'il remplissait sa tâche correctement, qui amènerait la duchesse à ne jamais avoir à parler de la condition sociale subalterne dans laquelle il se trouvait, si ce n'était pour vanter ses mérites professionnels. Le but n'était pas non plus qu'elle vienne dans sa chambre pour s'asseoir sur le seul siège disponible, à deux pas d'un lit — le lit où il dormait !

— Comme nous allons travailler ensemble, nous avons intérêt à mieux nous connaître. Qu'en dites-vous ?

Elle accompagna sa question d'un de ses fameux regards francs — et qu'importe si elle tourna la tête aussitôt après vers un coin de la pièce. Il y avait quelque chose de presque sensuel derrière ces mots.

Bon sang, pourquoi fallait-il qu'il se rappelle qu'il était un homme attiré par les plaisirs de la chair, là, maintenant ? C'était parfaitement inconvenant ! Mais elle avait l'air si… si courageuse et enthousiaste. À la voir toujours ainsi dépenaillée, il n'avait qu'une envie : remettre de l'ordre dans ses vêtements. D'ailleurs, s'il commençait par les retirer tous avant de les remettre, après avoir pris le temps nécessaire pour observer tout cela de plus près…

Arrête tout de suite, Archie, s'intima-t-il.

En pure perte, hélas. Même s'il était habitué à obéir aux ordres.

— Et comment souhaitez-vous que nous fassions plus ample connaissance, milady ? demanda-t-il d'un ton prudent.

Au lieu de la regarder, il fixa le mur derrière elle. Malheureusement, il y avait là un portrait qui semblait être l'œuvre de quelqu'un qui n'était pas du genre à lésiner sur le rouge. Ce même rouge qui montait si souvent aux joues de la jeune femme quand… Bref, il se sentait encore plus mal à l'aise que s'il s'était contenté de la regarder.

Oh ! la regarder n'était pas une torture, loin de là. À part bien sûr pour la tranquillité de son esprit. Qui souffrait le martyre.

Pas de doute, il avait intérêt à remplir sa mission

pour retrouver le cocon familier où il vivait aux côtés de Lady Sophia, Truffe et toutes ces dames en admiration devant lui.

La duchesse lui adressa un sourire si éclatant qu'il faillit en tomber par terre. Un sourire radieux, exubérant, qui laissait entrevoir — non, qui montrait clairement — que cette jeune femme était aussi délicieuse que mystérieuse. Qu'elle avait même le pouvoir d'un aimant.

Et il était irrésistiblement attiré par elle.

— Pas question de laisser des employés partir avant de les avoir remplacés.

Genevieve avait parlé d'un ton ferme, sans préciser à Mr Salisbury qu'elle se sentait très mal à l'aise vis-à-vis de ses domestiques actuels. Ce n'était pas leur faute s'ils avaient servi sous les ordres de son père, qui les avait sûrement traités comme il l'avait traitée elle : en les ignorant.

Et elle avait passé une bonne partie de ce premier mois à éviter de les croiser. En un sens, elle les avait ignorés à son tour, mais ce n'était pas pour le plaisir de voir à quel point elle pouvait se montrer irresponsable.

— En fait, dit-elle en tâchant de donner l'impression que cette idée venait de lui traverser l'esprit, j'aimerais voir comment ils se comportent maintenant que vous êtes là et que je m'apprête à faire mon entrée dans le grand monde.

Avant de prononcer cette phrase, elle n'avait pas pris conscience que cette perspective la terrifiait au plus haut point. Par conséquent, il valait mieux qu'elle s'attelle à cette tâche au plus vite. Au moins, elle en serait débarrassée.

À l'entendre, on aurait pu croire qu'elle parlait d'une visite chez le dentiste et non de ses débuts dans la haute société… Non, vraiment, il y avait de quoi rire !

— Et si nous descendions dans le petit salon pour établir un plan, des listes, ce genre de choses ?

En quoi consistaient ces fameux plans, listes et autres dispositions à prendre, elle n'en avait pas la moindre idée. Restait donc à espérer que Mr Salisbury le saurait pour elle…

— Peut-être pourrions-nous décider d'un calendrier pour mettre en place les différents changements, continua-t-elle alors qu'ils traversaient le couloir.

— C'est exactem…

Il s'interrompit brusquement tandis que des bruits de pas précipités résonnaient dans l'escalier. Pas moins de trois personnes, dont Chandler, surgirent devant leurs yeux.

— Madame la duchesse, ces gens ne…

Chandler fut muselé par le gémissement d'une femme qui venait d'atteindre le palier. Elle était mince et plutôt grande. Pas autant que Mr Salisbury, mais au-dessus de la moyenne tout de même. Elle portait un nombre de rubans aussi élevé que celui de ses années — et elle n'avait rien d'une jouvencelle. Avec toutes ces fanfreluches, elle ressemblait à ces poteaux autour desquels on danse aux fêtes de village, le printemps venu. Genevieve sentit un fou rire s'emparer d'elle mais elle s'arrêta net devant le regard inflexible de Mr Salisbury.

De toute évidence, les duchesses ne riaient pas. Ou du moins, pas d'après le spécialiste en la matière qu'elle accueillait sous son toit.

— Et vous êtes ? demanda-t-il en pinçant les lèvres.

Un aplomb plein de morgue pouvait-il permettre de désamorcer une situation potentiellement gênante ? Voilà qui expliquait peut-être pourquoi il était un expert ès duchesses…

La femme ouvrit la bouche et écarquilla les yeux, avant de tourner lentement la tête tout en détaillant chaque centimètre du corps magnifique de Mr Salisbury.

Genevieve retint un soupir. Si seulement elle avait eu autant d'audace pour se lancer dans ce genre d'examen !

— Je suis Lady Houghtsman, je suis la cousine au deuxième degré de la duchesse.

— Cousine éloignée, mais il est toujours temps de renouer des liens, ajouta l'homme à ses côtés.

Tout essoufflé, il se tenait derrière celle qui était manifestement son épouse, un peu en retrait, et il était tout aussi fin qu'elle, mais plus petit. Il avait ôté son chapeau, révélant quelques rares mèches de cheveux bruns plaquées sur le sommet de son crâne à grand renfort de pommade. On aurait dit un toit en chaume.

— Et je suis Lord Houghtsman.

Il se plaça devant sa femme en tournant son chapeau entre ses mains.

— Nous sommes venus dès que nous avons appris la mort brutale de votre père. Toutes nos condoléances.

Genevieve tiqua. Cet homme n'avait pas l'air spécialement navré. Cela dit, elle non plus. Difficile de regretter quelqu'un qu'elle avait à peine connu.

— Ravie de faire votre connaissance, dit-elle en amorçant une révérence.

Mr Salisbury tendit aussitôt la main et l'attrapa par le coude pour la retenir. Elle se tourna vers lui pour protester, mais elle se ravisa en le voyant secouer lentement la tête.

Mais oui, bien sûr ! Elle n'était plus obligée de s'incliner avec autant de déférence. Elle n'était plus la jeune femme qu'on avait oubliée au fin fond de sa campagne. Elle était la duchesse de Blakesley, que diable, et il lui fallait inspirer le respect.

Il n'empêche : elle n'avait pas apprécié que Mr Salisbury lui rappelle cette réalité de manière aussi brutale. Elle comptait bien lui dire sa façon de penser plus tard.

— Accepteriez-vous de…

Elle le sentit resserrer son étreinte autour de son coude, la coupant net au beau milieu de sa phrase.

Pourquoi donc refusait-il de laisser les gens prendre le thé ?

Et surtout, pouvait-il arrêter de la traiter comme une enfant ?

— La duchesse ne reçoit pas de visites pour le moment, dit-il d'une voix encore plus grave que d'habitude.

On aurait dit qu'elle sortait du tréfonds de son être.

— C'est ce que je leur ai expliqué, Madame la duchesse, intervint Chandler de ce ton hautain qui lui était coutumier.

Genevieve tendit l'oreille. Chandler avait parlé d'une voix pincée à peine audible, comme si seuls certains membres de l'aristocratie étaient à même de l'entendre. Un peu comme quand sa grand-mère annonçait qu'on allait leur apporter le thé avant même que les domestiques passent le pas de la porte, alors que pour sa part Genevieve n'avait rien entendu.

Mais, après tout, elle avait bien coutume de couiner comme une souris…

— Mais la duchesse est de notre famille.

La femme s'avança pour lui attraper les mains.

— Et nous avons fait un très long voyage pour la voir !

L'étau qui lui retenait le coude se desserra, et elle résista à l'envie de se frotter le bras pour que le sang se remette à circuler.

— Si vous voulez bien patienter quelques instants, Mme la duchesse vous recevra dans le petit salon.

Mr Salisbury adressa un signe de tête à Chandler, qui s'inclina sans broncher. Curieux. Pourquoi s'était-il exécuté aussi rapidement ? Était-ce parce que Mr Salisbury était incroyablement viril, parce qu'il parlait d'un ton plein d'aplomb ou parce qu'il paraissait en mesure de foudroyer du regard quiconque oserait lui désobéir ?

Peut-être les trois.

Cette idée la mit d'assez mauvaise humeur.

— C'est parfait. Merci, Madame la duchesse, dit Lord Houghtsman tandis que son épouse plissait les yeux, la bouche grande ouverte.

Chandler tendit le bras pour les conduire au rez-de-chaussée.

Genevieve resta seule en haut des marches avec son coude endolori et la mine sombre de Mr Salisbury pour toute compagnie. Avant même de pouvoir articuler un mot, elle l'entendit souffler tout bas :

— C'est pire que ce que je craignais.

Puis il se tourna pour lui lancer un regard accusateur.

— Avez-vous beaucoup de gens de cette espèce dans votre famille ? Le genre de personnes qui sortent de nulle part avec toutes sortes de desiderata ?

Elle se mit aussitôt sur la défensive, même si elle n'avait rien fait de mal — si ce n'est d'appartenir à une famille dans laquelle ce genre de parasites étaient nombreux, effectivement.

— Tout à fait, oui, acquiesça-t-elle vigoureusement. D'après ce que j'ai entendu et observé moi-même, tous mes proches ressemblent de près ou de loin à Lord et Lady Houghtsman.

Ce qui expliquait sans doute pourquoi elle avait été élevée par des domestiques.

— Voilà le genre de choses que j'aurais aimé savoir plus tôt, répondit-il d'un ton pincé.

Elle lui lança un regard furieux.

— Depuis quand partageons-nous des secrets, Mr Salisbury ? Seriez-vous curieux d'apprendre que je déteste le goût du citron et que ma famille est remplie de personnes atroces ?

Les poings plantés sur les hanches, elle le vrilla du regard. Tout son corps frémissait sous le coup de la colère.

— Avouez qu'on ne partage pas ces choses-là avec quelqu'un dont on vient de faire la connaissance !

À ceci près que de son côté il s'était déjà ouvert à elle, il fallait bien l'admettre. Sauf qu'elle n'avait pas envie de penser à cela pour le moment, même si sa façon de se confier l'avait vraiment touchée.

Chose surprenante, il lui adressa un de ces sourires capables de faire tomber les dames en pâmoison.

— Voilà ! C'est comme ça que vous devez naviguer sur ces eaux. Exactement comme ça.

Elle haussa un sourcil.

— Êtes-vous en train de me dire que, pour être une duchesse digne de ce nom, je dois me montrer irascible ? répliqua-t-elle.

Elle poussa un soupir navré avant d'ajouter :

— Et moi qui croyais qu'il fallait simplement se montrer juste avec les gens, les respecter, et avoir une idée générale de ce que cette position implique. Ces qualités sont celles qu'on attend de bons domestiques, pas d'une duchesse qui se respecte. C'est plus ou moins ce que vous m'avez dit, n'est-ce pas ?

Pas étonnant qu'elle s'acquitte si mal de son nouveau rôle. Les personnes qui lui avaient appris à vivre étaient pleines de bonté, elles traitaient les autres avec respect et savaient ce qu'elles faisaient — et c'étaient des domestiques.

À l'opposé de ce qu'elle était censée être, apparemment.

Il hésita, mais finit par hocher la tête d'un air approbateur. Ce qui agaça aussitôt Genevieve.

— Bien, on dirait que je dois m'occuper des gens de ma famille, poursuivit-elle en posant le pied sur la première marche.

Pour s'arrêter aussitôt dès qu'il lança :

— Laissez-moi vous aider.

Il avait parlé d'une voix sincère. Chaleureuse presque. Pas comme pour lui donner un ordre, pour une fois, mais bien pour lui demander la permission.

Elle parvint finalement à reprendre son souffle et à croiser son regard, mais elle ne se sentait pas à deux doigts de défaillir comme ces dames de la bonne société. C'était même le contraire : l'éclat farouche et déterminé qu'il y avait dans le regard de Mr Salisbury la poussait de l'avant.

— Oui, merci, dit-elle.

Elle ne savait pas comment il pouvait l'aider davantage — ou du moins quel genre d'aide il comptait lui apporter. Mais peu importait de quoi il s'agissait, elle en avait envie.

En tout cas, cela ne voulait pas dire qu'elle avait envie de lui. Pas du tout, même !

— Oui, merci.

Archie sentit la pression retomber. Comme toujours avant une grande bataille. Il savait ce qu'il avait à faire, et il le ferait. La duchesse de Blakesley n'était pas une évaporée, contrairement à ce qu'il avait cru au début. Il l'avait mal jugée en la comparant à Lady Sophia et aux autres dames du monde qu'il avait rencontrées. Il restait qu'elle ignorait tout de ce qui l'attendait et qu'elle en était bien consciente, ce qui rendait ses bévues encore plus navrantes. Tout ce qu'elle lui avait dit, de vive voix ou par écrit, n'était qu'un grand appel au secours. Et pourtant ils avaient attendu jusqu'à ce moment pour se parler sans détour.

Laissez-moi vous aider. Oui, merci. Six petits mots, mais qui voulaient dire beaucoup pour lui.

Il voulait la voir comme la femme qu'elle allait devenir. Celle qu'elle deviendrait avec son aide, la femme confiante et sûre d'elle qui pour l'instant se cachait derrière cet air hésitant et ses robes de travers, il le sentait. Pourvu qu'elle ne perde pas la joie et la bonté dont elle faisait montre de façon si criante — il suffisait de penser à ses tergiversations de façade pour ne pas se séparer tout de suite des incapables qui lui servaient de domestiques, à la gentillesse avec laquelle elle traitait sa grand-mère, ou bien à la vivacité avec laquelle elle lui courait après pour le bombarder de questions. Il n'empêche : il l'aiderait à dissimuler ses sentiments pour qu'on ne profite pas d'elle.

Hélas, Lord et Lady Houghtsman étaient certainement les premiers d'une longue liste de parents éloignés prêts à grappiller trois sous !

Ils descendirent l'escalier et firent halte dans le couloir principal.

La duchesse plissa le nez en regardant la porte du petit salon, qui aurait eu besoin d'un bon coup de peinture. Comme le reste de la maison, cette pièce avait connu des jours meilleurs. Il allait devoir mettre les bouchées doubles s'il comptait revenir chez Lady Sophia à temps pour la grande fête du 1er mai.

— Les pots de colle qui vous servent de parents ont assez patienté.

Il ne put s'empêcher de s'approcher d'elle pour lisser la manche de sa robe. Là, il tendit la main vers sa taille. Le tissu du vêtement était tout froissé.

— Arrangeons ça d'abord, dit-il d'un ton brusque.

— Oh ! dit-elle, la tête baissée, pendant que ses joues rosissaient. Ma femme de chambre est… Euh, eh bien ce n'est pas vraiment ma femme de chambre.

Elle termina sa phrase en remettant sa robe d'aplomb, à la hâte, ce qui aida quelque peu. Pour autant, les Houghtsman prêteraient ils attention à la tenue de la duchesse ? Rien n'était moins sûr. Ils devaient être obnubilés par le spectacle des billets de banque qui dansaient dans leur tête.

C'était donc à lui d'empêcher que leurs rêves deviennent réalité. Au même moment, il vit les yeux de la jeune femme s'écarquiller sous le coup de l'inquiétude.

— Milady, ces gens ne sont pas là parce qu'ils se préoccupent de votre bien.

Étonnamment, elle laissa échapper quelque chose qui ressemblait fort à un soupir agacé. Et elle leva les yeux au plafond. Il éclata de rire, c'était plus fort que lui. Puis elle répondit d'un ton moqueur :

— Vous croyez, Mr Salisbury ? Je suis sûre qu'ils se soucient grandement de la bonne santé de mes finances et de toute l'influence qu'une duchesse peut avoir. Si je le leur demandais, ils seraient plus qu'heureux de gérer ma fortune de bien des façons. En échange d'une somme rondelette, cela va sans dire.

Elle leva les yeux à nouveau. En un sens, cela la rendait encore plus séduisante. Pourtant, en temps normal, il n'appréciait pas particulièrement les femmes qui bousculaient les codes de la bonne société. Mais celle-ci était de toute évidence l'exception qui confirmait la règle. Beaucoup de règles, même.

— Pour tout vous dire, ces gens de ma famille sont de vraies plaies. Allons négocier avec eux, Mr Salisbury.

Elle le prit par le bras avant de hocher la tête d'un air déterminé.

— J'ignore peut-être la façon dont une duchesse dirige sa maisonnée, ce qu'elle doit porter pour être à la hauteur de son rang ou les usages des bals, mais je sais comment repérer un proche aux intentions douteuses. Et Dieu sait si j'ai de l'expérience dans ce domaine ! marmonna-t-elle en se dirigeant vers le salon.

Chandler était debout devant la porte, prêt à ouvrir. Les yeux du majordome passèrent de la duchesse à Archie, et il hocha la tête.

— Les Houghtsman ont demandé du sherry, mais

je leur ai répondu que j'attendrais votre arrivée pour les servir, milady.

De toute évidence, Chandler était tout aussi résolu à ne pas transiger sur les convenances.

— C'est parfait, Chandler, répondit-elle en levant fièrement le menton. Nous ne servirons pas de sherry. J'espère que nos invités ne s'attarderont pas.

Archie aurait aimé pousser le cri de guerre de son régiment pour encourager cette volonté d'en découdre, mais l'usage l'interdisait. Dommage.

Au lieu de quoi, il lui sourit tandis que le majordome ouvrait la porte. Mais, quand elle lui rendit son sourire, il fut surpris par sa propre réaction face à cette détermination nouvelle qu'elle affichait.

Comme une pointe… d'admiration ?

Cher Mr Salisbury,

Me voilà contrainte d'adopter votre manière de communiquer. Car Dieu sait que, si j'essayais de vous parler de vive voix, je risquerais fort de pousser un de mes couinements de souris. Même si j'ai conscience que vous êtes animé des meilleures intentions du monde, veuillez éviter de m'indiquer ce que j'ai à faire si d'aventure nous ne sommes pas seuls. Je sais parfaitement que je peux commettre des erreurs — et que cela m'arrivera encore. Mais ces erreurs seront les miennes, et je refuse que quelqu'un donne l'impression de me mener à la baguette, et qu'importe si vous êtes un capitaine à la retraite.

La duchesse de Blakesley

Chapitre 4

— Madame la duchesse.

Lady Houghtsman avait pris la parole dès leur entrée dans la pièce. Elle s'était levée, tout comme son époux qui manipulait un céladon représentant une bergère, l'une des porcelaines posées sur la table à côté du canapé où ils avaient pris place.

Genevieve eut de la peine pour cette petite bergère.

Le petit salon n'était pas aussi mal en point que le reste de la maison mais donnait l'impression qu'on n'avait pas touché à la décoration depuis cinquante ans : le papier peint virait au jaune et les meubles semblaient avoir été conçus pour des Lilliputiens. Elle grimaça en imaginant Mr Salisbury et son physique de géant s'installer sur une des chaises. Mais, comme il ne semblait pas souvent s'asseoir, cela n'était sans doute pas un problème.

— Merci d'avoir attendu.

Elle choisit délibérément de ne pas s'asseoir, elle non plus. Et pas seulement parce que les sièges avaient l'air inconfortables.

— Quel est le but de votre visite ?

Lady Houghtsman sourit d'un air approbateur,

comme on sourirait à un enfant qui vient de résoudre une addition compliquée ou de faire rouler un cerceau sur plusieurs mètres.

Mais pas comme à une duchesse capable de se faire obéir d'un simple geste. Genevieve aurait aimé être investie d'un tel pouvoir — ou donner cette impression, du moins.

— Comme nous vous l'avons dit, nous sommes venus vous apporter notre aide dans cette période difficile. Mon mari est très apprécié pour ses qualités d'expert en matière d'investissements, et nous savons que vous bénéfic…

— Non merci, lâcha-t-elle avant que Lady Houghtsman ait pu terminer sa phrase.

Celle-ci lui lança un regard surpris. Quelques rubans flottèrent tristement tandis qu'elle secouait la tête.

— Non merci ? répéta-t-elle.

— Non. Merci. Vous ne souhaitez que mon bien, vu ma situation, je le sais, et je vous demanderai certainement conseil dès que j'en éprouverai le besoin.

C'est-à-dire jamais, se promit-elle.

— Je suis touchée que vous ayez fait un si long voyage, reprit-elle. Mais vous auriez dû vous contenter d'écrire une lettre.

L'occasion était trop belle pour ne pas lancer un regard moqueur à Mr Salisbury.

— C'est-à-dire que… nous espérions rester quelques jours.

Lady Houghtsman ne manquait pas d'aplomb, il fallait bien le reconnaître ! Genevieve prit donc un air navré pour répondre :

— Je suis désolée. Mon intendant ici présent vient

d'embaucher des ouvriers pour lancer des réparations qui s'imposent grandement. Nous manquons vraiment de place.

Et elle assortit sa phrase d'un geste désemparé.

Pour autant, il était clair qu'il n'y avait aucun ouvrier dans la maison. Les Houghtsman regardèrent tous les deux Mr Salisbury, comme si c'était lui qui se cachait derrière ce refus !

C'était le cas, en partie, mais Genevieve était bien trop consciente des entourloupes dont les membres de sa famille étaient capables pour les laisser loger ici.

Parfait. De toute évidence, elle apprenait à se comporter comme une duchesse digne de ce nom grâce à ces gens mal intentionnés. Et si elle en embauchait quelques-uns ? Ils passeraient leur temps à lui demander de l'argent, ce qui l'obligerait à toujours les prendre de haut.

— Bien, j'imagine que nous n'avons plus qu'à nous trouver une chambre dans une auberge, dit Lord Houghtsman en attrapant le bras de son épouse alors qu'elle semblait sur le point de répliquer.

— Ce serait préférable, oui.

Mr Salisbury ne dit pas rien de plus. Au reste, ce n'était pas nécessaire : le ton qu'il avait employé à leur arrivée laissait clairement entendre ce qui se passerait s'ils refusaient de partir.

Les rubans de Lady Houghtsman s'agitèrent dans tous les sens lorsqu'elle se leva, sans un mot. Elle se borna à regarder Mr Salisbury et Genevieve, comme s'ils leur cachaient des choses.

Ce n'est pas vrai ! Voilà ce qu'elle aurait voulu lui crier.

Et pourtant, elle aurait aimé que ce soit le cas

*
* *

— Bien, tout s'est passé comme prévu.

L'air amusé, Genevieve attrapa la bergère en porcelaine pour l'examiner de plus près. Elle eut soudain l'impression que Mr Salisbury se retenait de ricaner. Voilà qui allait illuminer sa journée. Elle l'avait fait rire !

— Je vous ai sous-estimée, milady, dit-il.

Ces mots et la façon dont il les avait prononcés lui réchauffèrent tout le corps, jusqu'au bout des pieds. Des pieds glissés dans des chaussures aussi banales que hideuses, mais cela ne l'empêchait pas de se sentir bien.

— Sous-estimée ? Comment ? J'exige des détails.

Elle lui adressa un grand sourire, savourant ce moment qu'ils semblaient partager. Un moment provoqué par ce qui risquait bien d'être la première d'une interminable série de visites désagréables, mais un moment mémorable quand même. Et il n'y en aurait sûrement pas beaucoup. Bientôt, Mr Salisbury repartirait, et elle devrait rester en tête à tête avec elle-même.

Ce qui était une perspective peu réjouissante.

Il lui rendit son sourire en plissant le coin des lèvres d'un air moqueur.

— Vous savez prendre les rênes, finalement.

Cette remarque la fit frissonner, sans qu'elle sache pourquoi.

— Mais aussi tenir votre cap. En l'occurrence, les forcer à partir, même si ce n'était pas des plus agréables.

— Oh ! ça…

Elle avait beau balayer ce compliment d'un geste de la main, au fond de son cœur, elle était folle de joie.

— Je ne suis pas novice en la matière.

Mr Salisbury pencha la tête, l'air inquisiteur.

— Pour être honnête, à la campagne, j'étais la seule représentante de ma famille. L'une des rares, du moins. Dès que nos proches se présentaient sur le pas de la porte avec l'espoir de trouver mon père sur place, c'était moi qui traitais avec eux.

Elle haussa les épaules, comme si cela n'avait pas d'importance. Pourtant, cela en avait bel et bien.

— Je ne pouvais pas leur donner ce qu'ils voulaient, alors j'insistais pour qu'ils partent.

Leurs regards se croisèrent et elle sourit.

— Et puis ma grand-mère est arrivée. Elle ne voulait rien, enfin, si, rien qu'une chose…

Genevieve sentit sa gorge se nouer en se remémorant cette époque.

— Moi.

Aucune de ces personnes abjectes ne voulait d'elle. C'était à peine s'ils daignaient la regarder. À un âge où elle était trop jeune pour comprendre, elle avait continué d'espérer que quelqu'un aurait envie de prendre soin d'elle, de la traiter comme un membre à part entière de la famille. De leur famille. Mais personne ne l'avait jamais fait, et elle avait fini par se rendre compte que sa famille de substitution, le petit groupe de domestiques qui l'entouraient et, ensuite, sa grand-mère étaient les seuls à tenir à elle.

S'ils avaient eu les moyens de lui donner quelques ressources et de l'aider à se trouver un mari convenable, ils l'auraient fait, elle le savait. Bien souvent, trop souvent pour qu'elle l'oublie, elle avait souhaité qu'ils soient sa vraie famille et que son père, ce gentleman distant qui ne lui prêtait jamais la moindre attention, n'ait aucun lien de parenté avec elle.

— Je suis désolé.

Mr Salisbury semblait sincère, et ses mots tout simples lui allèrent droit au cœur. Elle reprit rapidement son souffle.

— Rassurez-vous, tout va bien, se hâta-t-elle de répondre.

Cependant, c'était tout le contraire à l'époque, jusqu'à ce qu'elle comprenne que sa grand-mère n'attendait vraiment rien de sa part, pas plus que de celle de son père, qu'elle appelait « l'homme qui avait épousé sa fille ».

Oui, elle avait sa grand-mère, désormais, ainsi qu'un groupe hétéroclite de domestiques qu'elle avait dû laisser derrière elle, dans cette demeure où elle avait longtemps habité. Des gens certains qu'elle s'en sortirait à merveille. Et c'était bien son intention. Pas question de les décevoir. Le jeu en valait la chandelle !

— Vous savez que vous pouvez compter sur mon aide, quoi qu'il arrive.

Mr Salisbury avait parlé d'un ton sans réplique. Il tenait à l'assurer de son soutien, rien de plus. Malgré tout, Genevieve commença à sentir une vague de chaleur l'envahir. Et puis ce furent au tour de ses joues de rosir, une fois encore.

Elle détourna la tête pour qu'il ne s'en aperçoive pas.

— Merci, Mr Salisbury.

Elle prit une profonde inspiration et expira par le nez. Si seulement son cœur pouvait cesser de battre la chamade et son imagination d'inventer mille et une choses ! Elle avait peut-être l'air d'un cheval épuisé d'avoir trop galopé, mais il valait mieux qu'il ne remarque pas la façon dont ses joues s'empourpraient chaque fois qu'il apparaissait devant elle dans toute sa splendeur. Car elle sentait confusément que cette émotion qui l'envahissait n'était plus exactement la même que celle qu'elle avait ressentie au moment de leur première rencontre. Plus du tout, en fait.

Archie l'avouait bien volontiers : il ne s'attendait pas à ce que la duchesse se montre aussi déterminée face à Lord et Lady Houghtsman. Mais il s'agaçait de constater à quel point ce spectacle l'avait émoustillé. Résultat : il avait une folle envie de venir tout près d'elle et… de profiter de tant d'ardeur, tout simplement. Sauf que c'était une idée tout à fait inconvenante.

Et puis elle avait détourné la tête, ce qui l'avait refroidi. Un peu comme si elle l'avait rejeté, alors qu'il n'avait rien fait du tout !

Finalement, il avait regagné sa chambre pour dresser l'inventaire de ce qu'ils avaient à faire. Au bout du compte, il était bien plus important que prévu.

Il lui fallait à présent établir la liste des membres du personnel qui méritaient d'être gardés, et de ceux qu'il fallait remercier. Il commençait à se dire que peut-être une toute petite partie d'entre eux devait s'en aller. Chandler avait fait de son mieux, incontestablement, mais cela se bornait à ce qu'un majordome était en mesure de gérer quand le maître des lieux se moquait éperdument de ce qui concernait la bonne tenue de sa maison.

Avec la duchesse, c'était tout l'inverse. Mieux : elle se souciait aussi du bien-être de tous les habitants des lieux, y compris de ceux qui ne nettoyaient pas la grille de l'âtre convenablement, qui cassaient des verres ou qui mettaient bien trop de sel dans les plats.

Cela dit, hésiterait-elle à se séparer d'un domestique s'il osait laisser son satané thé refroidir ?

En tout cas, il y avait des postes à pourvoir, et il savait comment y remédier. Le temps d'attraper une feuille de papier sur sa pile qui diminuait à la vitesse de l'éclair, il écrivit un bref courrier à l'agence de placement qui lui avait permis d'entrer au service de Lady Sophia. À l'époque, il venait de débarquer à Londres après avoir quitté son régiment. Ce serait un excellent point de départ pour étoffer le personnel de la duchesse.

Soudain, on frappa à la porte. La duchesse entra sans attendre qu'il l'invite à ouvrir. Et s'il avait été à moitié nu, ou quelque chose dans ce goût-là ? Hélas, cette idée fit naître bien d'autres images dans son esprit. Ah non, hors de question de s'aventurer sur cette pente ! Pas maintenant. Pas alors qu'elle était au beau milieu de sa chambre. Une fois encore.

— Mr Salisbury, je me demandais si vous accepteriez de m'accompagner en ville, j'ai des affaires de duchesse à régler.

Archie se leva et secoua la tête avec un rictus.

— Pénétrer sans prévenir dans la chambre d'un gentleman ne fait pas partie de vos obligations de duchesse, dit-il en étouffant un ricanement. Mais vous le savez déjà, n'est-ce pas ?

Il marqua une pause.

— Vous avez sûrement de bonnes raisons de me solliciter, cependant.

Cette réponse parut soulager la duchesse.

— Oui, Dieu merci. J'en ai d'excellentes, même. Si on m'empêche de sortir pour me dégourdir les jambes, je serai dans l'obligation d'arpenter les couloirs comme un lion en cage. Inutile d'en arriver là, non ? La bonne société peut tolérer que je mette le nez dehors, mais pas que je fasse les cent pas dans toute la maison.

Elle marqua une pause.

— Et je sais que les duchesses n'ont pas à gérer leurs affaires toutes seules. C'est justement pour cela que vous êtes là. Pour vous assurer que je n'ai pas à faire ce genre de choses. Seulement…

Le visage de la duchesse parut soudain s'assombrir. S'était-elle replongée dans des souvenirs désagréables ?

— Je me suis habituée à la solitude. Je n'apprécie guère qu'on me traite en duchesse du soir au matin.

— Vous avez donc envie d'être seule… avec moi ? dit-il en laissant percer une pointe d'humour dans sa voix.

— Voilà, c'est bien ça ! s'esclaffa-t-elle. J'ai envie d'être seule avec vous.

Les mots étaient sortis tout seuls. Trop tard. Elle écarquilla les yeux et ses joues commencèrent à rosir. Inutile de le nier, il était sous le charme.

Ce qui était une très mauvaise idée.

— Enfin… J'aimerais sortir. Avec vous. Seule.

Elle leva les yeux au plafond et esquissa une grimace.

— Je ne peux pas ouvrir la bouche sans dire de bêtises. C'est aussi pour cette raison que vous êtes là. Allons, sortons, Mr Salisbury, et rendons visite aux gens qui seront certainement ébahis de me voir seule avec vous.

La duchesse secoua la tête une dernière fois avant de se diriger vers la porte. Elle jeta malgré tout un œil derrière elle pour s'assurer qu'il la suivait.

Ce qui était bien le cas. Oh que oui.

Un instant plus tard, Chandler refermait la porte derrière eux. C'était une journée splendide, malgré une certaine fraîcheur. Mais le soleil brillait et, de toute évidence, les gens s'affairaient, partout. Pour rien au monde il n'aurait voulu être ailleurs.

— Et où allons-nous ? demanda-t-il.

Elle réfléchit, les sourcils froncés.

— Figurez-vous que j'hésite encore, répondit-elle en haussant les épaules. Dois-je rendre visite à ceux qui ont géré tous les biens du duché ? Je n'arrive même pas à dire « mes » biens, c'est vous dire si tout cela m'est étranger. J'espérais également acheter quelques cadeaux pour les envoyer aux membres de mon personnel, à la maison.

Son visage s'adoucit.

— Ma cuisinière n'est venue qu'une fois à Londres, quand elle était petite, et elle m'a toujours parlé de la fois où elle avait goûté des pâtes de fruit. J'aimerais bien lui en envoyer un paquet.

— Nous ferons donc un saut chez un confiseur après notre premier rendez-vous.

Il marqua une pause au bas de l'escalier.

— Souhaitiez-vous qu'on sorte le fiacre ? Je suis navré, je n'y ai même pas pensé. Où se trouve l'étude de votre avoué ?

La duchesse sortit un morceau de papier de sa poche et fronça les sourcils après l'avoir lu.

— Moi non plus, je n'y ai même pas pensé, pour être honnête, avoua-t-elle en lui tendant le papier. Et je ne sais pas où l'étude se trouve. Est-ce que vous connaissez bien Londres ?

Il attrapa le papier, le cœur serré devant cette question posée sans malice. Son identité n'était pas un mystère, mais il ne tenait pas à expliquer qu'il connaissait Londres comme sa poche. Que sa famille, d'après ses informations, habitait ici, quelques rues plus loin. L'idée qu'il puisse les croiser, mais surtout qu'ils le voient, lui, ici, le transperça comme un coup de poignard.

— Ah, oui, nous devrions prendre la voiture, s'empressa-t-il de dire, en notant d'un œil distrait que l'adresse en question était bien loin de là.

S'ils étaient enfermés dans un fiacre, le risque d'apercevoir des gens de sa connaissance était moindre. Si seulement il pouvait régler ces histoires au plus vite ! Il n'aurait plus qu'à retourner au service de Lady Sophia et à son existence stable et bien organisée. En toute tranquillité.

Il essaya de ne pas se dire qu'elle serait aussi bien plus plate…

La porte s'ouvrit derrière eux, et ils se retournèrent. Chandler avait passé la tête par l'embrasure.

— Avez-vous besoin de quelque chose, milady ?

— Oui, Chandler. La voiture, je vous prie.

Elle ponctua sa phrase d'un grand sourire, et Archie se sentit chavirer. Si seulement les choses avaient été plus simples. Il aurait pu aller où bon lui semblait sans avoir à éviter sa famille par tous les moyens.

Genevieve était incapable de s'empêcher de regarder par les fenêtres de la voiture, même si elle savait pertinemment qu'une femme de son rang n'avait pas à être aussi curieuse. Intéressée. Enthousiaste.

Hélas, elle avait tellement de choses à changer chez elle. Et parfois l'envie lui manquait, il fallait bien l'avouer. Si être duchesse l'obligeait à rester adossée contre les coussins de la banquette et à contempler sa propre splendeur, la perspective ne l'enthousiasmait guère. Premièrement, comment rester immobile, collée à une banquette, alors que la ville entière s'offrait à son regard ? Deuxièmement, elle savait mieux que personne que sa splendeur était toute relative…

Alors que celle de Mr Salisbury était incontestable. Quand elle n'était pas fascinée par ce qu'elle voyait derrière la fenêtre, elle se permettait de le regarder du coin de l'œil. Il était assis face à elle, les mains négligemment posées sur les genoux. Le haut de son chapeau frôlait le toit de la voiture, vu sa grande taille. Il avait surpris quelques-uns de ses regards, mais il n'avait rien dit. Depuis qu'ils avaient pris place à l'intérieur, il était très taciturne, ce qui ne lui ressemblait guère. C'était à peine s'il avait marmonné quelques mots quand elle lui avait posé des questions sur ce qu'elle voyait.

— Mr Salisbury, tout va bien ?

Si elle ne le lui demandait pas franchement, comment savoir ? Elle désigna la fenêtre.

— Nous sommes au cœur de Londres, c'est un vrai régal pour les yeux. Cependant, le spectacle n'a pas l'air de beaucoup vous enthousiasmer.

Elle s'interrompit, pensive.

— C'est peut-être parce que vous connaissez bien cette ville. Le paysage vous laisse un peu froid. Moi, je trouve merveilleux de partager quelque chose avec quelqu'un. Tout est beaucoup plus amusant, vraiment.

Genevieve haussa les épaules, et la nervosité la gagna.

— Seulement, vous n'êtes pas moi. Pourtant, j'aurais bien aimé partager les gâteaux au citron de ma chère cuisinière avec vous. Cela aurait été un crime de ne pas le faire !

Il ne répondit pas tout de suite. Il se contenta de la regarder avec une drôle d'expression dans le regard. Comme s'il essayait de mieux la cerner, tout comme elle-même essayait de se repérer dans ce qu'elle voyait par la vitre. Mais il y avait sûrement autre chose.

— Je suis navré, milady, finit-il par dire. Tout va bien, je suis juste un peu troublé de retrouver Londres après une si longue absence.

Là-dessus, il pinça les lèvres. Avait-il le sentiment d'en avoir trop dit ? Il n'avait pourtant pas dévoilé grand-chose.

— Ah, répondit-elle simplement avec un hochement de tête.

Elle faisait mine d'avoir compris. Or il n'en était rien. Car il n'avait guère expliqué pourquoi il était si taciturne. Mais peut-être avait-il ses raisons…

— Je suis d'ici, vous savez, finit-il par avouer au bout de longues minutes de silence.

Elle se tourna pour le regarder.

— C'est ce que j'avais compris, puisque vous savez où nous allons.

Il secoua la tête avec un geste d'impatience qu'il semblait s'adresser à lui-même.

— Non. Enfin, si, mais ce n'est pas ce que je veux dire. En fait… Il se trouve que je suis un Salisbury.

— Je le savais déjà, figurez-vous.

— Non. Il y a une information que vous devez connaître, même si cela n'a peut-être guère d'importance.

Soudain, il parut presque hésiter. Et cela suffit à déstabiliser Genevieve, qui commença à échafauder toutes sortes d'histoires plus invraisemblables les unes que les autres. Et s'il était un criminel évadé de prison ?

Et s'il ne s'appelait pas Salisbury, contrairement à ce qu'il prétendait ? Et s'il avait fait écrire par quelqu'un d'autre toutes ces lettres qu'il lui envoyait ?

— De quoi s'agit-il ?

— Je suis le fils du vicomte Salisbury. Son troisième fils, pour être exact. Tout ce que je vous ai déjà raconté sur moi est vrai, mais j'ai omis de vous dire que ma famille habite certainement à Londres, et que je n'ai pas envie de prendre le risque de tomber sur eux.

Il désigna l'intérieur du véhicule.

— Voilà pourquoi j'ai voulu que nous prenions la voiture au lieu de faire le chemin à pied.

Genevieve le vit déglutir avec peine.

— Je ne voulais pas vous mentir, sur quoi que ce soit, sachez-le.

— Merci.

Ce n'était pas important. Pas à ses yeux, du moins. Il aurait pu être le prince de Galles en personne, cela n'aurait rien changé. Tout ce qui comptait, c'était qu'il lui apprenne à assumer sa nouvelle vie. Pour être honnête, elle ne savait même pas… Non, saperlotte, il fallait qu'elle pose la question !

— En quoi vos origines seraient-elles un problème ?

Il lui adressa un regard inquisiteur qui faillit la faire s'agiter sur la banquette… voire se recroqueviller sur elle-même. Puis il sembla s'adoucir.

— Vous n'avez pas compris, alors ?

— Non, vraiment pas.

Cette fois, elle était plus qu'heureuse de lui avouer son ignorance. Il la connaissait suffisamment pour ne pas s'en formaliser.

Il leva les yeux vers le plafond avant de répondre, d'une voix lente et mesurée :

— Je suis… Je suis du même monde que vous. Nous pourrions… Oh ! ce ne serait guère convenable, mais nous pourrions…

Il s'interrompit. Elle réfléchit intensément avant de comprendre.

— Vous voulez dire que…

— Oui, si les gens découvrent qui je suis et à quel monde j'appartiens, ils risquent fort de cancaner. Bien plus que si je n'étais qu'un simple intendant issu d'une famille sans relief particulier.

— Oh ! cela ne doit pas poser de problème, dit-elle en balayant ses doutes d'un revers de la main.

Ce qui était aller un peu vite en besogne, elle devait le reconnaître. Seulement, comment pouvait-on colporter des rumeurs sur leur compte si personne ne les connaissait ? Et puis s'il était d'une famille noble, en quoi était-ce si important ? Ce n'était pas comme s'ils allaient vraiment devenir intimes. Il n'était là que le temps de remplir sa mission, une mission que sa tante Sophia lui avait imposée.

Et, quelque part au fond de lui, il devait souffrir de savoir que sa famille était là mais qu'il ne pouvait pas — ou qu'il ne voulait pas — les voir.

— Souhaitez-vous rester dans la voiture tandis que je m'occupe de mes affaires ? s'enquit-elle.

Il tourna les yeux vers elle, et ses traits se durcirent.

— Bien sûr que non, ce serait inconvenant. Vous ne devriez même pas être là, seule avec moi. Il vous faudrait un chaperon et une femme de chambre.

— Ma grand mère déteste sortir, et j'ai horreur de la

forcer. Ensuite, je n'ai pas encore de femme de chambre, répondit-elle très calmement. Je n'ai pas d'autre choix que de faire appel à vous, Mr Salisbury.

Elle accompagna ces mots d'un sourire. Qu'il lui rendit au bout d'un long moment, même s'il semblait forcé.

Cher Mr Salisbury,

Merci de m'avoir fait confiance. C'est un tel soulagement de savoir que vous n'êtes ni un criminel en fuite ni le prince de Galles en personne, mais juste vous-même. Je vous sais gré de m'avoir accompagnée dans mon excursion d'aujourd'hui et j'ai hâte de vous voir au dîner. Et, oui, voilà que je vous écris encore, alors que nous vivons sous le même toit.

La duchesse de Blakesley

Chapitre 5

— Et comment s'est passée ta journée, ma chérie ?

Lady Halbard se tourna vers sa petite-fille avec un sourire.

— Très bien, grand-mère.

Archie jeta un œil dans sa direction. La duchesse n'avait pas sa voix habituelle. Ce ton sans joie fit naître en lui une sensation diffuse. De l'inquiétude ?

— Qu'avez-vous fait, alors ? poursuivit la vieille dame en attrapant un verre d'eau qu'elle porta à ses lèvres pour se désaltérer.

— Mr Salisbury m'a accompagnée jusqu'à l'étude qui gère les affaires du duché. Mes affaires, en somme.

Elle avala une gorgée de vin et fronça les sourcils, comme si le breuvage n'était pas à son goût, avant d'ajouter :

— Il y a du pain sur la planche, grand-mère.

Elle marqua une pause, pendant laquelle il s'interrogea. Devait-il prendre la parole pour lui rappeler qu'il était là pour l'aider ? Non, elle le savait. Et puis les valets de pied se tenaient en rang d'oignon derrière leurs fauteuils. Pas question que le personnel commence à se poser des questions sur la relation entre la duchesse et son intendant à titre temporaire.

Le fait qu'il dîne en sa compagnie ce soir n'avait déjà rien d'anodin. Oh ! il partageait régulièrement les repas de Lady Sophia, mais c'était à la campagne, et son employeuse n'était pas une jeune et belle aristocrate célibataire dont le rang était aussi important que sa fortune.

Heureusement, la duchesse reprit la parole, et il put se dispenser d'intervenir :

— Mais je compte bien m'y atteler, car il n'y a pas d'autre solution, après tout !

Ah, elle avait retrouvé son ton guilleret, quel soulagement ! Il finit par se détendre. Si quelque chose l'avait impressionné chez cette femme, c'était bien ses nerfs d'acier, en plus d'une grande sensibilité. En règle générale, il fallait choisir entre ces deux qualités. Mais elle avait l'une et l'autre.

— Si, ma chérie, tu as le choix, dit sa grand-mère d'un ton malicieux. Tu pourrais refuser d'agir et laisser les biens du duché péricliter. Au moins, tu ne serais pas importunée par tous ces gens de la famille.

Archie écarquilla les yeux devant ce que venait de lâcher la vieille aveugle. Il n'avait pas l'habitude d'entendre des commentaires aussi francs et directs.

Au moins, il savait d'où la duchesse tenait son humour et sa spontanéité. Et il ne pouvait pas s'empêcher de s'en réjouir. Cela rendait les choses bien plus simples. On savait à quoi s'en tenir, avec elle. Elle était gentille, honnête et franche.

— Et si je me laissais convaincre ? Ma cervelle de moineau n'aurait plus à se soucier de ces questions-là.

La duchesse avait répondu avec la même malice. Comment ne pas s'étonner qu'elle ait survécu à ce qui avait tout l'air d'une enfance morne et solitaire ? Mais il y avait eu de la place pour l'amour, elle l'avait mentionné. L'amour du personnel de la maison, pas des siens, mais de l'amour quand même.

Archie, lui, n'avait jamais vraiment reçu d'amour, que ce soit de la part de ses parents ou de celle des domestiques. Son père était un homme aussi guindé que distant, et sa mère l'était encore plus. Il aurait dû faire ce que ses parents exigeaient de lui, à savoir épouser une femme issue d'une famille aussi riche et renommée que la sienne. Au lieu de quoi, il avait rejoint l'armée.

Dans son enfance, il avait toujours aimé ses frères, mais son aîné s'était laissé convaincre de marcher dans les pas de leur père. Quant à son autre frère, il avait décidé d'entrer dans les ordres. Une très longue période s'en était suivie, durant laquelle tout ce que ce dernier disait était plus ou moins tiré de la Bible, ce qui était vite devenu lassant.

— Mr Salisbury.

Lady Halbard avait penché la tête, l'air pensif, et il s'aperçut qu'il avait laissé son esprit vagabonder. Parler de sa famille à la duchesse avait fait resurgir tous ces vieux souvenirs qu'il avait préféré oublier.

Fort heureusement, il n'avait croisé personne de sa connaissance durant les quelques heures qu'avait duré sa sortie en ville avec la duchesse. Le soulagement qu'il éprouvait le gênait presque. À sa place, la jeune femme aurait sans doute pris la direction de la maison de ses parents pour tirer les choses au clair sans tarder.

Mais peu importait. Il avait une mission, un plan de bataille à suivre.

— Oui, milady ?

— Maintenant que vous êtes là depuis quelques jours, dites-moi quelle attitude doit adopter ma petite-fille, d'après vous.

Cela faisait près d'une semaine à présent, mais il avait l'impression d'être arrivé quelques heures plus tôt, tout au plus.

Le regard tourné vers la duchesse, Archie commença :

— Eh bien je lui conseillerais de se préparer à ce nouveau rôle comme si un combat décisif l'attendait.

— Voilà bien une réponse de capitaine à la retraite, murmura la duchesse en réponse.

Ce qui n'empêcha pas Archie de poursuivre :

— Et, pour être préparée, elle aura besoin de s'équiper en conséquence.

Pourvu qu'elle ne prenne pas ombrage de ce qu'il venait d'affirmer. Mais, si c'était le cas, elle lui ferait savoir sa façon de penser. À n'en pas douter.

— Je songe notamment à une nouvelle garde-robe, à une connaissance précise de tout ce qu'impliquent une position et un titre pareils. Il lui faudra également du personnel.

— C'est une grande chance que vous soyez là, dans ce cas, conclut Lady Halbard avec un sourire réjoui. Car je ne peux pas l'aider à choisir sa garde-robe, pour des raisons que vous devinerez aisément, et mes connaissances sur les autres sujets sont limitées. Mais soyez sans crainte, je garderai un œil sur ma petite-fille — si je puis m'exprimer ainsi.

La tête penchée en arrière, la duchesse partit dans

un grand éclat de rire. Lady Halbard en fit autant. Archie les regarda à tour de rôle. Il n'avait jamais été emporté dans un tel… tourbillon d'exubérance. Et cela lui plaisait assez. C'était plutôt étrange pour lui, en fait, mais une chose était sûre : cela rendait le quotidien nettement plus joyeux.

— Ton Mr Salisbury est un homme exquis.

Genevieve vit sa grand-mère porter sa tasse de thé à ses lèvres. Une lueur malicieuse lui illuminait le visage.

— Ce n'est pas *mon* Mr Salisbury, répliqua-t-elle fermement.

Ce qui risquait fort d'inciter sa grand-mère à multiplier les allusions et les sous-entendus.

— Il a l'air charmant, en tout cas.

Elle reposa sa tasse sur la soucoupe. Hormis le tintement de la porcelaine de Chine, le silence régnait sur la pièce. Leur chat Byron s'était assoupi sur les genoux de sa maîtresse. Un peu plus tôt, il n'avait pas caché son mécontentement quand elles avaient pénétré dans la pièce.

— Comme si tu ne savais pas que c'est un homme splendide ! soupira Genevieve. Tu l'as deviné le jour même où tu l'as rencontré. Je me demande comment tu as fait sans même le voir.

Sa grand-mère eut un sourire satisfait.

— Les femmes ont une réaction bien particulière quand elles se retrouvent en présence d'un bel homme. J'ai entendu la façon dont tu as repris ton souffle quand il est entré, Vivy. C'est qu'il doit être beau à se damner. Décris-le-moi.

Genevieve sentit son cœur se serrer. Le décrire ?

Comment s'y prendre ? Sa grand-mère ne tarderait pas à deviner que Mr Salisbury avait pris une place grandissante dans sa vie, même en quelques jours.

Très bien. Elle allait s'exécuter. Il suffisait qu'elle refrène son enthousiasme. Ce qu'elle avait bien du mal à faire.

— Il est grand, commença-t-elle d'un ton prudent. Il a des cheveux très bruns et légèrement bouclés, des yeux bleus…

Aussi bleus qu'un ciel d'été…

— Et il a des… des mains immenses.

Sa grand-mère hocha la tête.

— Des mains immenses. J'aurais dû m'en douter.

Là-dessus, elle haussa un sourcil, l'air soucieux.

— Mais n'oublie pas : Mr Salisbury a beau être un gentleman hors pair, tu ne peux pas…

Elle s'interrompit, les lèvres plissées.

— Je sais, grand-mère.

Crois-moi, je suis consciente de ce que quelqu'un de mon rang a le droit de faire ou non. Elle s'en souvenait chaque fois qu'elle était confrontée à un nouveau problème à résoudre, sans savoir comment s'y prendre. C'était d'abord pour cette raison qu'il était là, pas pour l'épouser, ce qui aurait été une terrible erreur.

— Je ne vais pas oublier qui je suis, promis.

De toute manière, comment l'oublier ?

Chère Madame,

Vous avez besoin d'une nouvelle garde-robe. Tout le monde s'accorde à le dire, y compris votre grand-mère aveugle. Il est également nécessaire que nous vous trouvions une femme de chambre digne de ce nom, car on a l'impression que la vôtre s'amuse à ramasser tous vos vieux vêtements pour les rouler en boule et sauter dessus. J'ai déjà pris la liberté de contacter une agence de placement afin de pourvoir ce poste et ceux que j'estime indispensables au sein de votre maisonnée.

Bien sincèrement,

Mr Archibald Salisbury

Chapitre 6

— Où me conseillez-vous d'aller pour que je me constitue une nouvelle garde-robe ?

Archie ne broncha même pas quand la duchesse surgit dans sa chambre après avoir à peine frappé. Il ne voulait pas que le personnel parle de ses fréquentes discussions avec leur maîtresse, et qu'importe si certains ne tardaient pas à s'en aller. Il s'était donc mis à travailler dans sa pièce attitrée, qui était bien plus que sa chambre à coucher. C'était là qu'il écrivait des lettres quand il avait besoin de communiquer avec elle. Cela l'arrangeait.

Seulement, il n'avait pas pris en compte la spontanéité de la jeune femme. Bien souvent, la réponse qu'elle lui adressait arrivait après elle. On avait l'impression que, une fois sa missive écrite, elle ne pouvait pas attendre que le valet de pied la lui remette : il fallait qu'elle pose ses questions elle-même ! Comment empêcher les domestiques de jaser, dans ces conditions ? Elle était passée pas moins de cinq fois en l'espace de trois jours, et il ne prenait même plus la peine de se lever. Mais elle lui faisait quand même signe de s'asseoir.

Il posa sa plume et se passa la main dans les cheveux. Ils commençaient à prendre de la longueur, et une mèche n'arrêtait pas de lui tomber devant les yeux. Chaque fois qu'il l'écartait, il remarquait que la duchesse semblait troublée. Il faisait donc en sorte de rabattre cette mèche rebelle aussi souvent que possible. Saisir ce regard lui plaisait. De là à savoir ce qu'il signifiait…

— Je ne suis pas expert en matière de mode féminine, milady.

Il se souvenait de l'endroit où sa mère avait l'habitude de se rendre, des années plus tôt, mais ces magasins étaient-ils encore le meilleur endroit où s'approvisionner ? Et il n'avait personne vers qui se tourner pour poser des questions. La seule dame qu'il connaissait était debout devant lui, vêtue d'une robe délavée qui ne lui allait guère. Comme toutes ses autres tenues.

— Non, j'imagine, mais vous avez sûrement une petite idée.

Elle se désigna d'un geste, l'air navré.

— La dernière fois que j'ai eu droit à une robe neuve, c'était quand ma grand-mère m'a acheté celle-ci. Et c'était il y a au moins trois ans. Pas étonnant qu'elles soient toutes si hideuses.

Elle baissa les yeux vers sa tenue. Difficile de la contredire. Ce n'était clairement pas le genre de robe qu'une duchesse se devait de porter.

— Oh ! je pourrais sûrement arpenter Bond Street en frappant à toutes les portes de boutiques. Je n'aurais qu'à attendre qu'une couturière arrive pour prendre mes mesures.

Elle lui lança un regard amusé pour lui faire comprendre qu'elle plaisantait. Mais, venant d'elle, cela n'avait rien d'étonnant.

— Oh ! et si je me rendais à une soirée dans cette

tenue ? Je pourrais interroger des femmes mieux habillées que moi et savoir qui confectionne leurs vêtements.

Elle fronça les sourcils à mesure qu'elle semblait imaginer la scène.

— Mais cela voudrait dire que je ferais ma première apparition en public dans une tenue assez déplorable, et je ne veux pas que les gens commencent à se dire que je ne suis pas à la hauteur de mon rang.

Devant la voix hautaine de la duchesse, Archie dut effacer son sourire. Certes, cette femme avait un sens de l'humour réjouissant, mais elle avait également tendance à se laisser emporter tout aussi facilement dans la conversation. Bref, s'il voulait qu'elle reste concentrée, il devait avoir l'air aussi sérieux que possible.

Enfin, avoir l'air sérieux *et* éviter d'écarter régulièrement sa mèche rebelle.

Archie la vit alors lever la main, et il se cala contre le dossier de sa chaise. À en juger par sa mine grave, elle avait trouvé la solution d'elle-même.

— Non, je sais. Nous allons interroger quelques femmes de chambre, et leur première mission sera de s'assurer que je suis habillée comme il faut. Pas question que je sorte en public tant que les gens risquent de prendre peur en me voyant.

Elle leva les yeux au plafond.

— Cela dit, juger quelqu'un sur sa tenue vestimentaire ou sur son apparence générale me semble un peu facile.

— Hélas, c'est ce que les gens ont l'habitude de faire dans la haute société, milady, fit-il remarquer.

Pour sa part, il n'avait jamais souffert d'être jugé sur son apparence. De fait, c'était l'une des raisons pour laquelle Lady Sophia l'appréciait. Lorsqu'il expliquait quelque chose, il pouvait dire quand elle n'écoutait pas — parce qu'elle était simplement là à le regarder.

Serait-il capable d'en faire autant avec la duchesse ? Cela ne serait guère convenable, et ce n'était pas comme s'il souhaitait la convaincre de se laisser aller à… Absolument pas !

Archie tenta de chasser ces idées de ses pensées.

— Voilà qui me semble être un excellent plan, milady. D'ailleurs, ajouta-t-il en montrant la lettre qu'elle avait dans la main, vous remarquerez que j'ai déjà lancé des recherches pour vous trouver une femme de chambre.

Elle répondit par un grand sourire.

— Je l'aurais parié ! Je vais demander qu'on prépare le fiacre, si cela vous convient, Mr Salisbury.

— Tout à fait, milady.

Il résista au besoin de lui avouer qu'il pouvait voir la vraie femme qui se cachait derrière cette robe modeste, mais cela aurait été très déplacé de sa part.

Elle plissa les lèvres avant d'ouvrir la bouche, mais se ravisa et se contenta de hocher la tête. Il s'interrogea. Qu'avait-elle été sur le point de lui dire ? Et surtout, pourquoi était-il aussi curieux de le savoir ?

Genevieve devait bien l'avouer : le charme de Mr Salisbury ne faiblissait pas au fur et à mesure qu'elle passait du temps avec lui. Pire : il était loin d'être bête, contrairement à ce qu'elle avait cru lors de leur première rencontre. C'était un homme avisé, qui prenait le temps de réfléchir avant de donner son avis. Un avis toujours sensé et intelligent.

Il lui avait préparé des listes pour l'aider à déterminer ce qu'elle devait faire, et comment.

Enfin, pas forcément ce qu'elle devait faire en personne, car il semblait bien que les duchesses n'avaient pas à agir directement, mais il y avait des choses dont elles devaient s'occuper. Tandis que Chandler préparait sa propre liste de recommandations pour le personnel — à savoir qui méritait de rester, qui méritait de partir et quels postes étaient à pourvoir —, Mr Salisbury avait établi une liste de ses biens.

Et elle était longue.

Elle était furieuse que son père l'ait laissée avec une telle pagaille sur les bras. On l'avait formé pour devenir duc, il savait donc pertinemment que détenir ce titre lui donnerait des responsabilités. Mais, d'après Mr Salisbury, la propriété partait à vau-l'eau et avait besoin de travaux, même si elle ne tombait pas non plus en ruine. Pas encore.

En résumé son père ne l'avait en aucune manière préparée à prendre sa succession et avait laissé les choses se dégrader au fil du temps en toute connaissance de cause. Ce qui la rendait encore plus furieuse.

Malgré tout, cela lui permettait de passer du temps avec Mr Salisbury. Archibald. Une mèche de cheveux n'arrêtait pas de lui tomber sur le front. Il la repoussait de sa main aux doigts longs et virils. Ce geste la fascinait, sans qu'elle sache pourquoi. Et puis il y avait sa façon d'entrer dans une pièce — sans la moindre hésitation, comme s'il avait tous les droits d'être là. S'attendait-il aussi à ce qu'on lui obéisse au doigt et à l'œil ?

Sans doute était-ce en partie à cause de sa grande beauté, mais elle n'était sûrement pas la première à trouver cet homme attirant. Cela avait sûrement trait à son caractère, donc. Il avait souhaité rejoindre les rangs de l'armée, avec sa hiérarchie, ses ordres, etc.

Elle admirait le choix qu'il avait fait, même si elle ne le comprenait pas.

— Je vais chercher mon châle, dit-elle.

Il referma les doigts autour de son bras, l'arrêtant net dans son élan.

— N'allez pas le chercher vous-même. Demandez à quelqu'un de s'en charger. C'est ce que quelqu'un de votre condition ferait, expliqua-t-il de cette voix rauque qui ne manquait jamais de la faire frissonner des pieds à la tête. Mais ne donnez pas l'impression de demander un service.

Il s'approcha d'elle, si près qu'elle pouvait voir ses pupilles noires au milieu du bleu de ses yeux immenses.

— Entraînez-vous sur moi.

Elle battit des paupières.

— M'entraîner sur vous ? bafouilla-t-elle.

Tout son corps semblait se concentrer sur son poignet, autour duquel il avait refermé les doigts. Elle fixa l'endroit où leurs peaux se touchaient.

Brusquement, il la lâcha, comme s'il s'était brûlé.

— Oui, dit-il d'une voix encore plus rauque. Entraînez-vous sur moi. Assumez le fait que vous êtes dans votre bon droit. Dites-moi ce que je dois faire, milady.

Oh ! Seigneur. Avant cet instant, elle n'avait pas songé à ce qu'elle aurait aimé le voir faire. Mais maintenant, elle en avait une idée bien précise.

Et ce n'était pas l'attraper par le poignet.

Elle déglutit avec peine et vit les yeux de Mr Salisbury

suivre les mouvements de sa gorge. Ce qui la fit frémir de plus belle.

— Je ne peux pas faire ça.

Je ne peux vraiment pas. Sans quoi, vous sauriez ce que je veux, c'est-à-dire…

Saperlotte. Elle voulait qu'il l'embrasse. Qu'il pose ces lèvres charnues sur les siennes et que leurs langues se mêlent — c'était la mode, paraissait-il. Elle avait envie de savoir comment c'était d'être touchée par cet homme. Et surtout comment c'était de le toucher, lui.

Genevieve avait senti la force de ce bras viril lorsqu'il l'avait conduite à la salle à manger pour le dîner. Mais cela n'avait pas satisfait sa curiosité. Que se passerait-il et qu'éprouverait-elle si elle se retrouvait blottie dans ses bras ?

Elle dut empêcher son imagination de galoper. Sans quoi, elle allait se couvrir de honte. Et lui aussi. Certes, il avait certainement l'habitude que des femmes le dévorent des yeux, mais se jetaient-elles à son cou pour autant ?

Et le fait qu'elle était à présent duchesse, aussi inattendu que cela fût, devait-elle le jeter aux orties ?

Non, c'était impossible. Absolument impossible. Elle le savait pertinemment. Et pourtant, ces mots, ces mots tout simples — « Entraînez-vous sur moi » — avaient déclenché en elle un véritable incendie, dévastateur, irréfrénable.

— Pouvez-vous m'apporter mon châle, s'il vous plaît ?

Elle-même se trouvait hésitante. Presque tremblante. Mais pouvait-elle lui expliquer pourquoi ? En réalité, elle ne lui avait pas posé la question qui lui brûlait les lèvres, à savoir : « Pourriez-vous m'embrasser, s'il vous plaît ? »

— Ça ne marchera jamais.

Mr Salisbury croisa les bras sur son torse, qui parut encore plus large. Avait-il conscience de ce qu'il provoquait chez elle ?

— Souvenez-vous de la colère qui vous animait face à Lord et Lady Houghtsman. Je veux la retrouver.

— Quoi ? Je n'ai pas envie d'être en colère, enfin !

Elle avait passé bien trop de temps à se fâcher — parce que les membres de sa famille se moquaient d'elle comme d'une guigne, parce qu'elle avait l'impression que tout le monde l'avait complètement oubliée, hormis les gens qui étaient payés pour se souvenir d'elle.

— Non, pas en colère. Pleine d'autorité, plutôt. C'est ce qu'on attend de vous.

Il la désigna d'un grand geste.

— Regardez-vous.

Et elle savait qu'il ne parlait pas de sa robe hideuse.

— Vous êtes intelligente, forte et pleine de bon sens.

Et belle aussi ? Voilà ce qu'une partie d'elle-même aurait aimé demander.

— Vous avez la jeunesse, la richesse et la beauté.

La beauté, vraiment ?

— Vous n'avez pas à solliciter quoi que ce soit. Ce sont les autres qui doivent vous le donner.

— Si je vous suis, vous me conseillez de déambuler ici et là en demandant ce qui me chante ?

Genevieve eut du mal à s'empêcher de cacher son scepticisme.

Mr Salisbury croisa une nouvelle fois les bras sur son torse impressionnant et acquiesça.

— Oui, c'est exactement ça, dit-il en levant le menton vers elle. Essayez encore. Je sais que vous en êtes capable.

Il avait l'air déterminé. Implacable. Impérieux.

— Très bien, répliqua-t-elle en sentant une vague de colère naître en elle.

Il fallait qu'elle la fasse monter afin de demander son châle. Non, afin d'exiger son châle.

— Apportez-moi mon châle, s'il vous plaît, dit-elle d'un ton qu'elle espérait péremptoire.

Il hocha la tête en se balançant d'un pied sur l'autre. Impossible de ne pas le regarder bouger, de ne pas contempler la grâce virile et la force de ce corps.

— C'est mieux. Mais employez le moins de mots possible.

— Mon châle ! lança-t-elle tout haut avant de s'esclaffer en voyant sa réaction.

Il en était resté les yeux écarquillés, la bouche grande ouverte, et il avait même décroisé les bras.

— J'ai fait ce que vous m'avez demandé, non ? dit-elle sans s'arrêter de glousser.

Il secoua la tête, et sa fameuse mèche lui tomba sur le front. Genevieve colla les mains l'une contre l'autre pour ne pas être tentée de l'écarter elle-même.

— Vous m'avez très bien compris, milady, gronda-t-il avant d'esquisser une espèce de rictus.

Comme s'il se sentait obligé de sourire.

— Appelez-moi Genevieve, lâcha-t-elle d'instinct.

Il pencha la tête comme s'il n'en croyait pas ses oreilles.

— Et pourquoi pas, vu que nous travaillons ensemble ? argua-t-elle. Et puis je n'aime pas toutes ces formules creuses…

— C'est pour cette raison que je suis là, milady, répliqua-t-il sèchement. Il serait très inconvenant que je vous appelle par votre prénom. Et si quelqu'un m'entendait faire une telle chose… Cela entacherait la façon dont les gens vous voient.

— Très bien.

Si seulement le monde de l'aristocratie était moins guindé. Et lui aussi !

— En revanche, vous pouvez vous contenter de m'appeler par mon prénom quand nous sommes absolument seuls tous les deux, non ? Si personne ne peut nous entendre…

Sans surprise, cette phrase lui inspira toutes sortes de scènes très séduisantes. Elle les imagina seuls ensemble quelque part — dans un endroit où il aurait fait horriblement chaud, par exemple. Pour ne pas se dessécher sous l'effet de la chaleur, il aurait été obligé de retirer sa veste. Peut-être son gilet, aussi. Pour sa part, elle aurait ôté ses chaussures et ses bas… Et son imagination ne voulait pas s'arrêter là !

Seigneur, comment pouvait-elle inventer des choses pareilles ?

— Vous pouvez m'appeler Archibald, si vous le souhaitez.

Entendre ce ton résigné lui fit froncer les sourcils.

— Archibald est un prénom idéal pour un homme pondéré jusqu'aux bouts des ongles, répondit-elle. Et ce n'est pas vraiment votre cas, n'est-ce pas ? Certes, vous êtes organisé. Un peu trop, peut-être…

Elle évita de s'esclaffer devant son air outré.

— Mais c'est une grande qualité dans votre profession actuelle, je ne peux donc pas m'en plaindre, s'empressa-t-elle d'ajouter. Il n'empêche : je ne veux pas vous appeler Archibald.

Elle prit un malin plaisir à prendre un ton pompeux

pour prononcer son prénom. Il haussa un sourcil — le signe que cela l'amusait, avec un peu de chance.

— Que préféreriez-vous, mil… Genevieve ?

— Laissez-moi réfléchir, répondit-elle en se tapotant la lèvre de l'index. Il faudra que cela reflète parfaitement votre personnalité, sans que cela semble aussi… aussi policé qu'Archibald.

— Mes amis m'appellent Archie, lâcha-t-il d'un ton raide.

— Archie ? C'est parfait ! s'exclama-t-elle avec un grand sourire. Soyez sans crainte, je ne commettrai pas d'impair si d'aventure nous ne sommes pas seuls, promis. Ce nom sera réservé aux moments où nous ne serons rien que vous et moi.

Genevieve marqua une pause, puis leva le menton pour le regarder. Ce qui n'était pas évident vu qu'il la dépassait d'une bonne tête.

— Archie, mon châle, je vous prie, lança-t-elle d'un ton impérieux.

— Tout de suite, Genevieve, répliqua t il.

D'une voix étranglée.

Genevieve,

Entraînez-vous sur moi quand bon vous semble.

Archie

(Courrier jamais envoyé.)

Chapitre 7

Archie se tenait juste derrière la duchesse. Enfin, Genevieve — sans doute pouvait-il l'appeler de cette manière dans sa tête. Elle descendait l'escalier, le menton bien haut, son châle délicatement jeté sur ses épaules. Parce qu'il l'avait remis d'aplomb entre-temps.

Il était allé le chercher lui-même après cette petite scène. Il avait demandé où il pourrait le trouver à la femme de chambre, qui avait eu l'air terrifiée. Inutile de se leurrer : cela ferait jaser à l'office, mais il n'aurait qu'à faire taire les discussions d'un regard noir. Et d'un haussement de sourcils. Il était passé maître dans l'art d'inculquer la discipline du temps où il servait dans l'armée.

En revanche, il semblait incapable de faire taire ce que Genevieve lui inspirait. Elle voulait qu'il l'appelle par son prénom — et il avait fallu qu'elle le lui demande dans sa chambre à coucher, par-dessus le marché ! Elle avait ri de lui, et avec lui, ce qui avait rendu ce moment entre eux aussi léger qu'une bulle de champagne. Parce qu'elle était ainsi, tout simplement. Une bonne partie de ce qu'il ressentait depuis quelque temps — cette impression de légèreté, justement — venait de là.

Il n'avait jamais rien éprouvé de semblable en présence de Lady Sophia ou des dames qu'il avait pu croiser depuis qu'il était à son service. S'il n'y avait pas réfléchi, c'était parce qu'il n'avait pas l'habitude de ce genre de choses. Était-il impatient à l'idée de les voir ? Non, à part peut-être Lady Sophia, qui avait vraiment un cœur d'or, même si elle lui tapait parfois sur les nerfs.

Genevieve, en revanche… C'était une femme hors du commun. Elle était unique en son genre et ne ressemblait à aucune autre. Elle le déstabilisait. Comme si la vie soigneusement ordonnée qu'il menait jusqu'alors avait basculé.

Et voilà qu'elle hantait son esprit, alors même qu'un intendant n'avait pas à penser autant à son employeuse, surtout si elle était duchesse. Un rictus amer lui vint aux lèvres.

Il n'empêche : même s'il l'avait rencontrée du temps où il était encore le fils d'un vicomte, il n'aurait pas été digne de lui faire la cour. Si une seule raison devait le convaincre d'arrêter de penser à elle, c'était bien celle-là. Malgré tout, c'était impossible. Parce qu'il ne pouvait pas ou parce qu'il ne voulait pas ? lui souffla une petite voix dans sa tête.

La réponse ne se fit pas attendre. *Peu importe, la question n'est pas là. C'est interdit, un point c'est tout.*

Et pourtant, il était là. Parce qu'elle avait besoin de lui. Par conséquent, il pouvait bien s'autoriser à penser à elle, non ? Mais pas de cette façon, c'est tout.

Archie garda les yeux fixés sur le dos de Genevieve, sur ses courbes, sur cette façon qu'elle avait de marcher d'un pas décidé. Confiant, même.

— Ça promet, marmonna-t-il.

La jeune femme s'arrêta pour se retourner, ses yeux écarquillés d'un air curieux.

— Pardon ? dit-elle.

Sentir ce regard s'attarder sur lui, et surtout sur sa bouche, lui donna l'impression qu'elle était presque en train de l'embrasser. Il dut se forcer pour reprendre son souffle.

— Non, rien, répliqua-t-il d'un ton aussi neutre que possible. Je me rappelais quelque chose que j'aurai à faire plus tard.

Il dut se forcer pour ne pas grimacer en s'entendant répondre. Car ce qu'il aurait vraiment voulu faire était tout à fait inconvenant.

La duchesse acquiesça comme si tout cela était parfaitement rationnel. Ce qui était loin d'être le cas.

— Je vous en prie, asseyez-vous, Madame la duchesse. Vous aussi, Mr Salisbury.

Archie se retint de hausser un sourcil. Contre toute attente, Miss Ames ne trahissait pas la moindre nervosité. Une duchesse venait pourtant de faire appel à elle. Mais, d'après ce qu'il avait entendu dire, l'agence de placement que dirigeait cette jeune femme avait désormais l'habitude de travailler pour les membres de l'aristocratie. Quelques-unes de ses protégées avaient même fini par épouser leurs employeurs ! Ce qui ne risquait pas d'arriver dans leur cas précis.

Hors de question.

— Merci.

Genevieve prit place sur une chaise et tourna la tête vers lui. Il attendait que Miss Ames s'installe à son tour.

— Mr Salisbury vous a-t-il informée du but de notre visite ?

Elle semblait hésitante. Certes, ce n'était qu'une simple conversation avec la directrice d'une agence de placement, mais elle devrait apprendre à s'exprimer avec plus d'aplomb.

Serait-ce une excuse pour passer encore plus de temps avec elle ?

Bon sang, encore cette petite voix… Non, Genevieve en avait vraiment besoin.

Besoin de ton aide, mais pas de toi.

— Oui, et j'ai pris la liberté de demander à certaines personnes inscrites dans mon agence de passer afin que vous puissiez les rencontrer. La première sera là dans dix minutes.

Miss Ames jeta un œil à la pendule posée sur le bureau en désordre qui se trouvait à l'autre bout de la pièce, dans un coin.

— Formidable ! s'exclama Genevieve en souriant à son interlocutrice.

Bien. Il faudrait aussi qu'il lui apprenne à dissimuler son exubérance. Une duchesse n'avait pas à faire de grands sourires, à trop montrer d'émotion. Et, surtout, elle n'avait pas à manifester tant d'enthousiasme.

Autant de choses dont Genevieve avait l'habitude.

— Je suis très heureuse que cela vous convienne, répondit Miss Ames en lui rendant son sourire.

— Seriez-vous libre dès demain ? Si vous avez besoin de quelques jours supplémentaires, je n'y verrai aucun inconvénient.

Tandis que Genevieve regardait la dernière candidate de la journée d'un air avenant, Archie se retint de grogner. Décidément, elle avait encore du chemin à faire avant d'agir en toutes circonstances comme une aristocrate à part entière. Seulement, jusqu'à quel point pouvait-il lui enseigner à mettre sa gentillesse naturelle entre parenthèses ? Et, d'ailleurs, était-ce souhaitable ?

Cela étant, voilà qui leur permettrait de passer encore plus de temps ensemble… Histoire qu'elle s'entraîne sur lui.

— Oh non, milady, j'attends de retrouver du travail depuis trop longtemps.

Miss Ames avait convié trois personnes à passer cet entretien d'embauche. De toute évidence, cette Miss Clarkson et Genevieve avaient immédiatement décidé de s'entendre.

— Quand vous irez voir Mrs Hardwick, dites-lui que c'est moi qui vous envoie. Elle a fabriqué des tenues splendides pour Lady Mowlton, et je suis sûre qu'elle en fera de même pour vous.

Lady Mowlton était la précédente employeuse de la jeune femme. Elle avait quitté Londres pour suivre son mari en Inde, mais Miss Clarkson n'avait pas été du voyage.

— Merci, tout se passera à merveille, je n'en doute pas un instant !

Tout en donnant sa réponse, Genevieve jeta un œil en direction d'Archie, les sourcils légèrement froncés.

— Si c'est possible, j'aimerais lui rendre visite sans plus tarder, dit-elle d'un ton interrogateur.

— C'est tout à fait possible, répondit il.

S'ils avaient été seuls, il lui aurait rappelé de se montrer plus sûre d'elle…

— Formidable ! s'exclama-t-elle avec un sourire qui faillit l'aveugler.

— Quant à moi, je vous dis à demain, milady.

Miss Clarkson se leva.

— Merci pour votre aide, Miss Ames, dit-elle en se tournant vers la directrice de l'agence. Je pense que nous nous entendrons fort bien, Madame la duchesse et moi.

— J'en suis persuadée ! répondit l'intéressée.

— Tout s'est bien passé. Moi qui croyais que nous aurions du mal à trouver la perle rare ! Et puis Miss Clarkson est entrée et j'ai eu comme une intuition.

Genevieve s'adossa à la banquette de la voiture avec un soupir satisfait.

— Vous devriez vous contenter de l'appeler Clarkson. Pas Miss Clarkson.

— A-t-on des privilèges dans le seul but de faire des phrases réduites à leur plus simple expression ? D'abord, vous avez voulu me faire dire : « Mon châle. » Et maintenant : « Clarkson. » Quelques mots supplémentaires ne seraient pas de trop, surtout si cela permet d'être poli.

L'entendre bougonner était absolument réjouissant. Il n'avait jamais trouvé quelque chose d'aussi charmant. Décidément, il avait du mal à se reconnaître depuis quelque temps…

Ne l'entendant pas répondre, elle haussa les épaules et poursuivit :

— Maintenant, rendons-nous chez la couturière. Vous êtes sûr que cela ne vous dérange pas de m'accompagner ? Miss Clarkson pourrait s'en charger, mais elle n'a pas encore pris son poste, et nous n'avons pas de temps à perdre. Sans compter que je ne la connais pas aussi bien que je vous connais vous.

— Avec grand plaisir, répondit-il.

Et, pour lui, ce n'était pas qu'une simple formule de politesse.

— Merci pour votre aide, vraiment, continua-t-elle en se penchant pour lui poser la main sur le genou.

Soudain, elle resta pétrifiée. Venait-elle de prendre conscience de ce qu'elle avait fait ? Il s'aperçut d'une chose, lui aussi : cela ne le dérangeait pas, bien au contraire.

— Navrée, je n'aurais pas dû.

Vous n'avez pas à vous excuser, croyez-moi. Une fois de plus, la petite voix avait résonné dans la tête d'Archie.

— Vous n'avez pas à vous excuser, mad… Genevieve. Tant que vous ne faites pas ce genre de choses avec…

Brusquement, il eut toutes les peines du monde à finir sa phrase. La simple idée qu'elle pourrait être intime avec un autre homme suffit à ce que son regard se trouble. Et il serra les poings.

— J'aime la façon dont vous dites mon prénom, dit-elle doucement. Ce n'est pas très courant pour moi. On m'appelle Lady Genevieve depuis que je suis toute petite.

Elle regarda par la fenêtre, mais on sentait bien qu'elle laissait défiler ses souvenirs devant elle. Ce qu'il y avait dehors ne l'intéressait pas.

— Ma grand-mère m'appelle Vivy, et maintenant je suis « Madame la duchesse » pour la plupart des gens.

— Eh bien, Genevieve, je suis honoré que vous m'autorisiez une telle familiarité.

— Notez bien que j'ai dû insister ! remarqua-t-elle dans un grand éclat de rire. Merci. Au moment de me rendre à Londres pour assumer mes responsabilités, j'ignorais que j'aurais la chance de trouver un ami. Quelqu'un à qui je peux parler, qui comprend ce dont j'ai besoin et qui m'aide à m'en sortir.

S'entendre rappeler qu'il n'était là que pour lui permettre d'assumer ses responsabilités lui fit l'effet d'un coup de poing dans l'estomac, même si elle ne voulait sans doute pas être blessante. Il retira la main qu'il venait de poser sur la sienne et croisa les bras sur son torse pour ne pas être tenté de recommencer. Là, il reçut un nouveau coup de poing en la voyant prendre une mine douloureuse et contrite. Comme s'il n'y avait qu'elle qui avait agi de façon inconvenante dans cette voiture, alors qu'elle se contentait d'être elle-même, rien de plus !

Formidable. Tout allait de travers. Voilà ce à quoi songeait Genevieve pendant que la voiture traversait Londres. Elle n'avait pas fait exprès de le toucher, de lui attraper la main. La vérité, c'était que… cela lui semblait normal. Elle avait grandi au milieu de ces gestes de tendresse — les domestiques qui lui caressaient gentiment les cheveux, sa grand-mère dont elle prenait le bras pour marcher. Le toucher lui avait paru on ne peut plus naturel. Maintenant qu'elle l'avait fait, qu'elle avait envie de recommencer, il suffisait d'observer la façon dont il se tenait — assis sans bouger un muscle, les bras croisés sur sa poitrine avec cet air sévère qui n'appartenait qu'à lui — pour comprendre qu'elle avait dépassé les bornes. En faisant quelque chose que ne devrait jamais faire une lady — et une duchesse encore moins.

Seulement, quel intérêt y avait-il à être duchesse si

elle n'avait pas le droit d'agir comme bon lui semblait ? Cela ne faisait-il pas partie de ses privilèges ?

Non, tu es d'abord une lady. Et, a priori, une lady ne passe pas son temps à tenir la main d'un gentleman, surtout si elle n'y a pas été invitée d'une façon ou d'une autre. Encore qu'elle aurait pu poser la question. La simple idée de le faire lui empourpra les joues, et elle sentit le sang lui monter au visage. Pourvu qu'il n'ait rien remarqué…

Mais non, quelle idée ! Cet homme repérait tout, elle l'avait su dès l'instant où ils s'étaient rencontrés, lorsqu'il l'avait surprise en train de lever les yeux au plafond. Pire : il voudrait certainement qu'elle expose clairement ce dont elle avait envie.

Et ce dont elle avait envie, c'était le toucher. Résultat : elle était rouge de honte parce qu'elle avait caressé l'idée de lui demander si elle avait le droit de le toucher… et parce que cela n'avait pas atténué son envie de le faire.

Et dire qu'il s'était montré si gentil avec elle, juste avant qu'il ne retire sa main. Peut-être que tout ceci le laissait aussi perplexe qu'elle. Et qu'importe ce qu'il y avait derrière ce « tout ceci »…

Au bout du compte, cette idée réconfortante (mais troublante) l'aida à penser à sa future garde-robe. Au moins, voilà un sujet qui ne risquait pas de l'agiter autant.

— Celle-ci.

En voyant Archie hocher la tête d'un air approbateur, Genevieve sentit ses joues rosir. Une fois encore. Elle était très consciente de son regard posé sur elle. Partout.

Mrs Hardwick acquiesça à son tour :

— Cette couleur fait ressortir la beauté de vos

cheveux, Madame la duchesse. Et, avec la robe verte, vos yeux ont un éclat extraordinaire.

Genevieve se regarda dans le miroir.

Le reflet lui renvoya l'image d'une étrangère qui l'observait. Une étrangère vêtue d'une tenue somptueuse, et qu'on pouvait presque trouver jolie. Elle s'était habituée à porter les robes que lui confectionnait la couturière qui vivait dans le village voisin. En règle générale, celle-ci n'avait que des tissus aux couleurs très discrètes. Logique, puisque le reste de sa clientèle était des employées. De son côté, Genevieve n'avait jamais eu les moyens de se payer mieux qu'une robe passe-partout.

En tout cas, personne ne douterait qu'elle était duchesse, désormais. La robe qu'elle portait était bleu pâle, un bleu digne d'un ciel d'hiver. Grâce aux épingles placées par Mrs Hardwick, elle pouvait se faire une idée du résultat final. La couturière posait et retirait une flopée de fanfreluches — des rubans, des plumes, et plein d'autres petites choses, toutes délicieusement inutiles et dont le seul but était d'embellir cette robe.

Fort heureusement, ils s'étaient tous accordés sur un point : vu les circonstances inhabituelles dans lesquelles elle avait hérité de son titre, elle n'aurait pas à porter de tenues de deuil, et tant pis pour les traditions. Inutile qu'elle se drape de noir des pieds à la tête. Mr Salisbury avait enterré l'affaire — façon de parler — en rappelant qu'elle devait s'imposer aux yeux du monde, et non sembler dévastée par le chagrin.

Ce raisonnement avait laissé Genevieve perplexe mais, au moins, elle n'aurait pas à porter du noir en permanence, une chance !

— Et ainsi, Madame la duchesse ?

Mrs Hardwick la regardait d'un air plein d'espoir. Elle tenait une fleur en tissu au niveau de l'épaule droite de la robe.

— C'est très joli, répondit Genevieve.

Elle n'avait guère prêté attention aux autres propositions de la couturière — qui ne semblait pas convaincue elle-même. Alors pourquoi cette fleur en tissu aurait-elle mieux convenu que la myriade de fanfreluches qui avaient été mises de côté ?

— C'est parfait.

Mr Salisbury avait parlé d'un ton sans appel. De toute évidence, il avait son avis sur la question — comme toujours, et même sur un sujet aussi futile.

— Dans combien de temps les tenues seront-elles prêtes ?

— L'essentiel de ce dont j'ai besoin me sera livré dans deux semaines, répondit Mrs Hardwick, des épingles serrées entre les lèvres. Dix jours au plus tôt.

Genevieve tâcha de retenir un soupir de soulagement. Elle aurait un nouveau sursis de dix jours avant de se lancer dans le grand monde. Mr Salisbury en profita pour se lever.

— Dix jours, répéta-t-il en lissant sa redingote. Vous serez bien aimable de nous informer quand tout sera prêt.

— Ce sera fait. En attendant, auriez-vous l'obligeance de…

— Bien sûr, combien vous faudrait-il ?

Genevieve mit un moment avant de comprendre pourquoi, Mrs Hardwick désignait le bureau. Elle demandait à être payée, et Mr Salisbury se chargeait de faire affaire à sa place. Et c'était hors de question. Il était là pour lui montrer ce qu'elle devait faire, pas pour s'en occuper lui-même. Sans perdre une seconde, elle descendit de l'estrade sur laquelle elle se tenait et se posta à côté de lui.

— Je vous ferai verser la moitié du travail, si cela vous convient.

Mrs Hardwick les regarda tour à tour, deux fois.

— Cela me convient tout à fait, Madame la duchesse.

À l'entendre, on aurait dit que la plupart des aristocrates ne payaient pas la moitié d'une commande à l'avance. Mais Genevieve avait pris une décision : elle ne se comporterait pas comme la majorité des gens de la noblesse.

— Si vous voulez bien m'indiquer la somme, je vous enverrai un de mes valets de pied qui vous apportera votre chèque.

— Oui, bien sûr, répondit la couturière qui se mit à additionner une longue colonne de chiffres.

— Et pourriez-vous également m'aider à me libérer de tout ça ? ajouta Genevieve en montrant la robe dans laquelle elle était encore drapée.

— Oh ! certainement.

Mrs Hardwick posa son crayon et se leva du bureau.

— Je vous attends devant la boutique, annonça alors Mr Salisbury.

Genevieve se laissa guider jusqu'au salon d'essayage.

— La plupart des dames viennent avec leurs femmes de chambre, mais comme vous venez d'embaucher Miss Clarkson… Je suis très heureuse qu'elle vous ait recommandé mes services, et j'espère que ces tenues vous plairont. Je n'ai pas souvent l'honneur d'habiller une duchesse.

Le temps que Mrs Hardwick retire toutes les épingles,

Genevieve put se libérer de la robe et remettre sa tenue, qu'elle trouvait encore plus navrante, à présent. Elle s'entendit pousser un soupir quand on l'aida à l'enfiler.

— Je finirai sûrement une ou deux choses que vous m'avez commandées dans moins de dix jours, signala la couturière en refermant les boutons. Une ou deux robes pour la journée, rien qui me demande trop de travail.

— Ce serait parfait.

Tant de compréhension lui faisait chaud au cœur. Elle était heureuse à l'idée de porter une si belle toilette, parce qu'elle était élégante, et pas juste parce qu'elle était confortable, robuste ou l'une des qualités que se devait d'avoir une garde-robe digne de ce nom. Même si elle se trouvait un peu bête de se soucier à ce point de son apparence, le monde où elle s'apprêtait à entrer y attachait énormément d'importance. Alors autant se faire une raison.

Chère duchesse,

J'ai parcouru les comptes rendus de l'étude qui gère vos affaires. Visiblement, une partie de vos biens sont dans un état encore plus déplorable que je ne pensais. J'aimerais partir avec vous à la campagne. À mon sens, nous devons impérativement nous rendre dans la propriété la plus mal en point afin de voir ce qui doit être décidé sans tarder. Avec votre permission, j'autoriserai Chandler à chapeauter le personnel de votre maisonnée puisque vous avez trop bon cœur pour renvoyer les plus incompétents de vos employés et que nous sommes globalement d'accord sur les démarches à engager.

Seriez-vous prête à partir dès demain ?

J'ai besoin de passer du temps seul avec vous.

Mr Salisbury

Chapitre 8

— Oh !

Genevieve n'avait pas pu s'empêcher de réagir. Elle venait de relire le courrier de Mr Salisbury. *Archie.*

— Oui, milady ? s'enquit Miss Clarkson.

— Mr Salisbury souhaite que nous visitions mes propriétés à la campagne. Il y aurait des problèmes urgents à régler. De toute façon, rien ne m'oblige à rester à Londres. Et puis sans garde-robe digne de ce nom…

Bien sûr, elle justifiait sa joie à l'idée de partir pour la campagne, seule avec lui, mais elle disait aussi vrai. On ne pouvait donc pas l'accuser de se chercher des excuses puisque cet argument était tout à fait pertinent, n'est-ce pas ?

— Formidable, milady. Quand partons-nous ?

— Demain. Cela vous laissera-t-il assez de temps pour préparer vos bagages ?

Miss Clarkson sembla déstabilisée par cette question.

— Oui, bien sûr, finit-elle par répondre.

— Merci.

Miss Clarkson — enfin, Clarkson, puisque c'était ainsi qu'elle était censée l'appeler — n'était arrivée que la veille, mais Genevieve avait déjà constaté que la jeune femme n'était pas restée les bras ballants : elle avait mis de l'ordre dans ses tenues, reprisé des vêtements qu'elle ne portait plus depuis longtemps (en grande partie parce qu'elle détestait coudre) et passé quelques heures avec sa grand-mère en prime.

En parlant de sa grand-mère ! Il fallait qu'elle la mette au courant de ce voyage. Elle se sentait coupable de passer moins de temps en sa compagnie qu'auparavant, mais celle-ci ne donnait pas l'impression d'en prendre ombrage et avait au passage convaincu Mr Salisbury de lui lire des poèmes. Tant et si bien que Genevieve s'était surprise à rester quelques instants de plus dans la pièce alors qu'elle aurait dû s'occuper de ses problèmes de duchesse. Tout ça pour l'écouter lire de cette voix grave et charmante.

Savait-elle précisément ce qu'elle avait à faire ? Non, pas vraiment. Une chose était sûre en tout cas : elle aurait dû s'acquitter de ses tâches, et vite, au lieu d'écouter cet homme bien trop séduisant lire des poèmes.

— Comment vas-tu, grand-mère ? Où est Byron ?

Celle-ci sourit et tendit la joue pour que Genevieve l'embrasse.

— Tout va bien. Je n'ai pas très bien dormi, mais comme les vieilles dames ont le privilège de pouvoir faire la sieste quand bon leur semble, je me reposerai plus tard dans la journée. Quant à Byron, il somnole déjà quelque part, c'est certain.

Genevieve s'installa sur le siège à côté de son aïeule.

— Est-ce qu'on t'a servi du thé ? As-tu besoin de quelque chose ?

— Non, répondit-elle d'un signe de tête. Mr Salisbury est passé tout à l'heure et il a fait préparer du thé. C'est un homme si prévenant.

— C'est vrai qu'il est très attentionné. C'est bien aimable à lui d'avoir quitté son poste auprès de tante Sophia pour venir me prêter main-forte.

Elle marqua une pause avant de poursuivre :

— En parlant de Mr Salisbury… Il souhaiterait que nous nous rendions dans l'une des propriétés à la campagne. D'après lui, il y a des questions urgentes dont je dois m'occuper. Nous partons demain.

Sa grand-mère hocha la tête.

— J'ai l'impression que tu fais ce qu'il faut, Vivy.

Comme d'habitude, sa grand-mère ne mettait pas en question la pertinence de ses choix, elle avait pleinement confiance dans les décisions qu'elle prenait. Si seulement Genevieve avait pu partager le même optimisme !

— Je l'espère.

Elle se mordilla la lèvre en pensant à tout ce qui l'attendait. Ainsi qu'à toutes les personnes de sa famille qui guetteraient le moindre faux pas de sa part.

— Souhaites-tu te joindre à nous ?

— Non merci, répondit sa grand-mère en lui tapotant la main. Je n'ai pas la bougeotte, c'est dans mon caractère. Et puis tu auras mille et une choses à faire. Quant à Byron, il déteste voyager.

— Oh ! tu sais, je ne suis pas sûre moi-même d'aimer voyager. Cela m'est arrivé si rarement ! fit-elle remarquer d'un ton pensif.

— Tu es jeune. Tu vas trouver ça très stimulant, j'en suis sûre. Mais on dirait que tu vas avoir du pain sur la planche, une fois là-bas.

Une fois de plus, sa grand-mère la rappelait à la réalité. Une réalité que Genevieve devrait affronter, inutile de se leurrer.

Soudain, on frappa à la porte, et elle fut arrachée à ses sombres pensées. Chandler fit son entrée dans la pièce, la mine contrite.

— Madame la duchesse a de la visite. Il s'agirait de vos cousines.

Quoi ? Encore des gens de sa famille ?

— Conduisez-les dans l'autre petit salon, Chandler, je vous remercie. Auriez-vous également l'obligeance de demander à Mr Salisbury de se joindre à nous ?

Elle était presque certaine d'arriver à chasser ces importuns si nécessaire, mais avoir l'intendant de sa tante à ses côtés ne serait pas inutile.

Sans compter que cela lui donnerait le plaisir de l'admirer.

Archie entra dans la pièce préparé au pire. Chandler s'était contenté de lui dire que d'autres membres de la famille de Genevieve avaient demandé à la voir mais, d'après ce qu'il avait compris, tous ces gens n'étaient qu'un ramassis de canailles.

Tous ces gens sauf elle. Elle à qui il pensait une fois de plus, hélas.

— Mr Salisbury ! Merci d'être venu.

La duchesse — enfin, Genevieve — désigna les deux dames assises côte à côte, leurs tasses de thé posées sur la table basse face à elles.

— Voici mes cousines, Miss Helen Lawford et Miss Maria Lawford. Elles viennent d'arriver à Londres et elles auraient aimé que je leur conseille un endroit où passer leur séjour.

N'avait-elle pas deviné le subterfuge ? Il va sans dire qu'elle était censée offrir l'hospitalité à ses deux cousines le temps de leur visite. L'une et l'autre semblaient observer la pièce en estimant tous les objets qui s'y trouvaient.

Archie s'adossa contre la cheminée, les bras croisés sur son torse.

— Avez-vous songé au Hyland Hotel ? Je crois savoir que c'est un endroit des plus corrects et qui pourrait tout à fait vous convenir, mesdames.

Miss Helen s'agita sur son siège tout en glissant un regard en coin à Miss Maria. Comme si elles pensaient tromper leur monde…

— Eh bien non, nous n'avons pas pensé à prendre un hôtel. Nous avons souhaité passer ici d'abord, pour voir notre cousine, tout simplement.

Elle ponctua sa phrase d'un sourire angélique adressé à Genevieve, qui le lui rendit aussitôt.

— Je pourrais vous héberger ici…, dit-elle.

— Ce serait merveilleux ! s'empressa de lancer Miss Maria.

— Hélas, je dois quitter Londres demain, c'est donc impossible.

Sur ces mots, Genevieve leur adressa un autre sourire, mais on sentait bien qu'il n'avait rien de sincère. Cependant les deux femmes étaient bien trop dévastées de voir leur plan s'effondrer pour scruter le visage de la duchesse.

— Oh.

L'aînée des deux sœurs avala une gorgée de thé puis ajouta :

— Bien. Dans ce cas, nous n'avons plus qu'à prendre le chemin du High Hotel.

— Du Hyland Hotel, corrigea Archie en voyant qu'elle lui lançait un regard interrogateur.

Le temps de reposer sa tasse dans sa soucoupe, Genevieve lança :

— Si vous le permettez, ma voiture va vous conduire sur place. C'est le moins que je puisse faire.

À en juger par la mine des deux sœurs, le mot n'était pas trop faible : c'était vraiment « le moins qu'elle puisse faire ».

— Merci, finit par lâcher la cadette.

Les deux sœurs Lawford se regardèrent à nouveau avant de se lever de leurs sièges. Archie s'inclina pour les saluer, fier de voir avec quelle maestria Genevieve s'était débarrassée de ces deux mégères.

— Je vais m'absenter un certain temps, mais je suis ravie que nous ayons eu la chance de nous voir, dit-elle tandis que les deux femmes se dirigeaient vers la sortie.

Une fois la porte refermée derrière elles, Genevieve se tourna vers lui.

— Encore deux gêneuses qui ne nous embêteront plus ! Et si je les invitais tous autant qu'ils sont pour leur demander de débarrasser le plancher et de me laisser tranquille, une bonne fois pour toutes ? Voilà qui nous ferait gagner du temps, qu'en dites-vous ?

— Pour être honnête, il m'est arrivé de croire que vous les traitiez trop durement. Mais, de toute évidence, ce n'est pas le cas, répondit-il en désignant le sofa.

Genevieve prit place avec un soupir satisfait. Un soupir qui amena Archie à se demander ce qu'il pouvait faire pour provoquer cette même réaction chez elle.

— Ces gens sont vraiment horribles, admit-elle. Je regrette que mon frère ne soit plus de ce monde. Car c'est lui qui aurait eu affaire à eux.

— Puis-je vous demander ce qui lui est arrivé ? Si ce n'est pas trop douloureux…, s'empressa-t-il d'ajouter.

Elle secoua la tête, et son visage se ferma encore davantage.

— Charles était comme notre père. Même si je ne les connaissais guère, l'un comme l'autre.

Archie sentit sa gorge se nouer devant la tristesse qui sembla l'étreindre de manière fugace.

— D'après ce que j'ai compris, tout est parti d'une sorte de pari. Un pari copieusement arrosé de porto.

Elle leva les yeux au plafond. Elle tâchait de se ressaisir, c'était manifeste.

— Dieu merci, j'ai été autorisée à porter le titre de duchesse de Blakesley. Même si tout cela est… peu banal, c'est le moins qu'on puisse dire.

Peu banal ? C'était un doux euphémisme, effectivement.

Pour autant, Archie ne pouvait pas s'en plaindre — un aveu qu'il garderait pour lui, évidemment. Car, si elle n'avait pas hérité, elle ne se serait pas retrouvée dans cette situation… et ils ne se seraient jamais rencontrés.

— Avez-vous eu un moment pour prendre connaissance de ma lettre ?

Et qu'importe s'il n'avait pas pu tout dire ! Parce que c'était impossible.

C'était bien la première fois qu'il avait tant de choses sur le cœur. C'était si troublant… Cela ne lui ressemblait guère. Pourtant, il n'avait pas le sentiment d'avoir tort.

Tout à coup, Genevieve sembla s'apaiser.

— Oui, à mon avis, c'est une excellente idée. Je suis très heureuse que vous l'ayez eue… Passer quelques jours loin de Londres me permettra peut-être de m'entraîner à ce que je dois faire.

Et elle accompagna sa phrase d'un regard qui agita Archie jusqu'au plus profond de son être. Ce qui n'aurait jamais dû être le cas.

— Oui, répondit-il d'une voix étranglée. Nous pourrons nous assurer que les choses vont dans le bon sens. Et vous n'aurez qu'à vous laisser guider…

Bon sang, quel crétin ! Il était tellement déstabilisé qu'il finissait par dire n'importe quoi…

— Comme ça, vous pourrez gérer vous-même vos affaires.

— Oui, et cela vous permettra de retourner auprès de tante Sophia.

Avec une grimace, elle ajouta :

— J'imagine que les choses seront plus faciles une fois que je me serai formée, car je n'ai pas prévu d'épouser quelqu'un qui prendrait les rênes à ma place.

Archie crispa les mains sur ses genoux. L'idée qu'elle se marie, peu importe avec qui, lui tordait l'estomac sous le coup de la jalousie — même si sa remarque laissait entendre clairement qu'un tel projet n'était pas à l'ordre du jour.

— Je ne partirai pas tant que vous n'aurez pas confiance en vos capacités.

Il avait parlé d'un ton pincé et formel. Comme le jour de son arrivée ici.

Soudain, elle se pencha et lui attrapa la main.

— Je ne sais pas comment vous remercier, Mr Salisbury. Enfin, Archie, corrigea-t-elle en s'esclaffant.

Manifestement, elle ne trouvait pas qu'il se montrait désagréable. Devait-il s'en réjouir ou pas ?

— Ai-je tort d'avouer que j'ai hâte de partir pour la campagne, même si une montagne de problèmes m'attend là-bas ?

Oui, elle avait tort, mais il ressentait la même chose, il devait bien l'avouer — à lui-même et à elle.

Il lui serra les doigts, avant de les lâcher. À quoi bon se leurrer ? S'il lui tenait la main, il finirait très vite par en désirer bien plus.

Chère Genevieve,

Je sais, vous me prendrez une fois de plus pour un hurluberlu maniaque jusqu'aux bouts des ongles et trouverez ridicule que je vous écrive alors que nous partons dans une heure, mais je voulais vous informer que j'ai envoyé un courrier à Lady Sophia. Elle est désormais au courant que je serai absent un peu plus longtemps que prévu et que je compte rester jusqu'à ce que tous les soucis que vous rencontrez actuellement soient réglés une bonne fois pour toutes. J'ai envie d'être à vos côtés si vous avez besoin de moi.

Archie

Cher Archie,

Je suis heureuse que vous acceptiez enfin que nous nous appelions par nos prénoms respectifs. Afin de passer plus de temps en votre compagnie pour que nous puissions discuter de ce qui nous attend sur place, j'aimerais que vous voyagiez dans ma voiture. Miss Clarkson sera dans l'autre véhicule, avec nos bagages. Veuillez vous assurer de partir avec tous les papiers éventuellement nécessaires.

Genevieve, duchesse de Blakesley

Chapitre 9

Genevieve regarda par la fenêtre de la voiture.

— Bien ! s'exclama-t-elle avec un sourire radieux. Nous voilà partis !

— Oui, bougonna Archie en guise de réponse. Et ce n'est pas dommage. Nous avons du pain sur la planche.

— Comme vous dites.

Elle regarda ses mains, qu'elle avait posées à plat sur ses cuisses. Du pouce de sa main droite, elle frottait le dos de sa main gauche.

Tout à coup, il se pencha pour les attraper toutes les deux. Sentir ces doigts chauds la fit presque s'effondrer sur la banquette. Il y avait tant d'intimité dans ce geste…

— Ne vous mettez pas martel en tête, dit-il de cette voix grave et impérieuse. Je suis là pour vous aider, Genevieve.

La façon dont il prononça son prénom lui donna l'impression qu'une chaude pluie d'été s'était abattue sur elle.

— Merci.

Il finit par lui lâcher les mains. Mais, cette fois, elle n'eut pas le sentiment d'être rejetée.

— J'ai dressé la liste de ce que nous devrons faire, commença-t-il.

— En voilà une surprise ! lança-t-elle.

Il se rembrunit, mais se garda de répliquer. Il avait retenu la leçon, lui aussi. Le temps de sortir une liasse de papiers du sac posé sur la banquette, à côté de lui, il reprit :

— Comme je le disais… j'aimerais consulter les livres de comptes de la propriété.

Le nez dans ses papiers, il fronça les sourcils, l'air toujours aussi décidé.

— Pendant ce temps, vous voudrez sûrement écouter les doléances de vos métayers.

Brusquement, il leva la tête, et elle fut surprise qu'il la regarde de façon aussi franche.

Un ange passa. Puis un autre. Alors qu'ils continuaient de s'observer, on n'entendait guère que le bruit assourdissant des roues du fiacre.

— Oui, vous avez raison.

Oh non, pourquoi fallait-il qu'elle ait du mal à reprendre son souffle ? Ou plus exactement, pourquoi n'arrivait-elle pas à le cacher ? Voilà qui n'était pas vraiment digne d'une duchesse. Un peu comme pousser des couinements de souris, même si c'était une fois de temps à autre.

Archie esquissa un demi-sourire.

— Je sais.

Genevieve était bien forcée de l'admettre, elle aimait cette confiance en lui qu'il dégageait.

— Une fois sur place, commençons peut-être par prendre nos quartiers. Après quoi, nous n'aurons qu'à emprunter le chemin du village et trouver quelqu'un qui nous renseignera.

— Voilà bien une réaction de militaire, dit-elle avec un sourire.

— Oui, n'est-ce pas ? J'ai passé cinq ans dans l'armée, j'ai appris beaucoup de choses, peut-être sans même m'en rendre compte.

Son regard s'assombrit, et il ajouta :

— À une certaine époque, je refusais de m'en souvenir, j'essayais de chasser de mon esprit cette période de ma vie. Mais, si ça se trouve, j'en ai tiré deux ou trois compétences utiles, fit-il remarquer en désignant les feuilles sur ses genoux d'un air las. La capacité à tout organiser, à établir des listes, à mener les gens au combat. Encore que je n'ai plus l'occasion de le faire.

Avait-il vraiment appris tout cela dans les rangs de l'armée ? Sans doute pas, non. C'était inné, chez lui.

— Mais bien sûr que si, vous ne voyez pas ?

Jusqu'à présent, elle n'avait pas pris conscience qu'il était comme un poisson hors de l'eau. Exactement comme elle, même si cela se voyait moins.

— Vous me préparez au combat, ce combat qui prouvera que je suis à la hauteur de mon rang et capable de changer. Comme vous, j'ai envie de faire les choix qui s'imposent et d'éviter les mauvaises décisions.

Archie eut un sourire chaleureux. Dans ses yeux brillait une lueur approbatrice qui la remua au plus profond d'elle-même.

— Vous y parviendrez, répondit-il en se penchant, les mains coincées entre les genoux, sans la lâcher des yeux. Je vous admire, Madame la duchesse. Genevieve. Vous êtes tellement… tellement digne de respect.

Sur ces mots, il s'adossa à la banquette, l'air presque rêveur.

— Je crois que je n'ai jamais dit ce genre de choses à une femme.

— Ah, murmura-t-elle.

C'était flatteur, mais elle aurait aussi aimé l'entendre dire : « Vous êtes très jolie », ou bien encore… Et puis non, « Vous êtes très jolie » lui aurait amplement suffi.

Brusquement, il leva la main pour devancer ce qu'elle pouvait dire.

— Ne vous méprenez pas, n'allez pas croire qu'à mon sens les femmes ne méritent pas tant d'égards. C'est même tout le contraire. Mais tout le monde emploie ces termes-là uniquement quand une femme occupe une place qui serait en règle générale l'apanage d'un homme.

— Si je vous suis bien, tout irait mieux si on confiait davantage le pouvoir aux femmes ? Tiens, auriez-vous aimé être sous les ordres d'une générale, par exemple ?

Elle avait lancé cette phrase d'un ton badin, mais une partie d'elle-même voulait qu'il réponde par l'affirmative. Elle ne s'était jamais considérée comme une grande progressiste dans l'âme mais, maintenant qu'elle était responsable de tous ces gens, de ces terres et de ce patrimoine, c'était nécessaire. Elle se devait de regarder vers l'avenir, pour voir comment elle pouvait faire progresser les choses, pour essayer de réparer le champ de ruines que son père avait laissé derrière lui.

Un regret lui pinça alors le cœur. Si seulement elle avait eu l'occasion de mieux le connaître — pour le maudire de vive voix ! Hélas, elle n'avait presque aucun souvenir de lui. Tout ce qu'il lui avait laissé, c'étaient les soucis qui se profilaient devant elle.

Ce poids sur ses épaules lui fit prendre conscience d'une chose : il était hors de question qu'elle succombe aux charmes d'Archie. Même si rien ne laissait entendre que de son côté il risquait de succomber aux siens.

Cette idée eut le mérite de la calmer.

— Aurais-je aimé être sous les ordres d'une femme ? répéta-t-il d'un air songeur.

Étonnamment, il ne s'était pas empressé de rejeter cette idée en bloc.

— Si cela avait été le cas, je crois que les combats auraient été plus courts, et ce pour une raison bien précise.

— Laquelle ?

Archie tourna la tête vers la fenêtre. Avec un peu de chance, c'était uniquement pour laisser ses souvenirs défiler devant ses yeux.

— Sans doute a-t-on tort de dire que les femmes sont plus douces que les hommes, commença-t-il. Car elles peuvent être très dures quand elles le veulent.

Il plissa les lèvres, et elle sentit la jalousie l'envahir en songeant à la femme qui lui avait laissé cette impression.

— Mais elles sont bien plus raisonnables quand il est question d'honneur.

Leurs regards se croisèrent. Il y avait une lueur malicieuse dans ses yeux.

— L'honneur, dit-il. Encore un vaste programme, n'est-ce pas ? Maintenant que je ne suis plus de la partie, je dois bien avouer qu'il est rarement question d'honneur sur le champ de bataille. Il faut se montrer courageux, fort, et prévoyant, mais quand on y regarde de plus près…

Il secoua la tête d'un air presque douloureux.

— L'honneur est simplement une idée creuse qu'on agite pour donner de l'importance à ceux qui sont déterminés à mener leurs hommes jusqu'à la mort.

De le voir souffrir ainsi, Genevieve sentit son cœur se serrer.

— Je vous trouve bien sévère, Archie, dit-elle doucement mais assez fort pour qu'il entende.

Pour toute réponse, il tordit la bouche dans une grimace douloureuse.

— Et ce que vous me disiez il y a quelques jours, qu'en faites-vous ? insista-t-elle. Cette idée de garder en l'état ce qui fonctionne et de changer ce qui va de travers ?

— Où est le bien, où est le mal ? Comment de simples mortels peuvent-ils répondre à une question pareille ? demanda-t-il d'un air accablé.

— Nous n'avons pas le choix ! répliqua-t-elle d'un ton déterminé. Où irions-nous si nous étions incapables de tenir le cap que nous nous sommes fixé ? À vous entendre, je devrais laisser les membres de ma famille envahir mon quotidien et les laisser se servir ! Ce serait une très mauvaise idée, mais tout serait plus simple, n'est-ce pas ?

Elle marqua une pause avant d'ajouter, d'un ton plus posé :

— C'est ce que mon père a fait.

— Votre père… Quel genre d'homme était-il ?

Il n'avait pas répondu à sa question. Mais, au moins, il ne l'avait pas envoyée paître. Elle secoua la tête.

— Je n'en sais rien. Enfin… J'ai ma petite idée sur la question vu l'état déplorable dans lequel il a laissé la propriété, mais j'aurais du mal à vous dire qui il était vraiment. À part un irresponsable. Je ne l'ai vu que quelques fois, ma mère est morte quand j'étais très jeune et, avant même qu'elle ne parte, il préférait passer le plus clair de son temps à Londres plutôt que dans une de ses propriétés avec nous. C'est ce que j'ai compris, du moins. Mon frère était bien plus âgé que moi, je l'ai mieux connu.

Mais aurait-il assumé son rôle de duc avec plus de facilité qu'elle ? Rien n'était moins sûr…

— Votre père a eu tort de négliger sa fille, dit-il alors d'un ton sans appel.

Une fois de plus, il lui attrapa la main. Sans détacher le regard du sien.

— Car c'est une femme forte, digne de respect. Et je suis très heureux de la connaître.

Oh. Comment pouvait-elle empêcher son cœur de fondre ? Personne ne l'avait jamais tenue en si haute estime. À part sa grand-mère, bien sûr, mais elle n'était pas objective, loin de là.

— Merci, souffla-t-elle, d'une voix si sourde qu'elle n'était pas sûre de se faire entendre.

Mais, de toute évidence, ce fut le cas, puisqu'il esquissa ce sourire si chaleureux qui lui faisait palpiter le cœur.

Archie avait besoin de se concentrer sur son objectif. Et pas sur celui qui consistait à mieux connaître la duchesse. Non, l'objectif pour lequel il avait tenu à venir sur ces terres, celui qui aiderait cette jeune femme à faire bonne impression aux yeux du grand monde. Un monde auquel il avait lui-même appartenu, brièvement, mais qui lui était tout à fait étranger désormais. Tout bien considéré, Genevieve n'avait pas uniquement besoin qu'il l'aide à bien se comporter dans la haute société. Il devait aussi lui apprendre tout ce qu'elle avait à faire. De toute évidence, son père avait agi à sa guise. Résultat : le duché partait à vau-l'eau. Il était donc crucial qu'elle se forme. Telle était sa mission.

Hélas, il avait du mal à garder cette idée en tête quand il était face à elle. Comment arrivait-elle à rester optimiste et pleine d'énergie alors que le monde entier lui tombait dessus ?

Pourtant, elle était ainsi faite. Sincère et passionnée. Réfléchie, également, même si elle hésitait à donner son avis. Il aurait aimé être l'objet d'un peu de cette passion, allumer l'incendie qui couvait certainement au fond d'elle. Il ne pouvait pas s'empêcher de l'imaginer allongée sur un lit. Et pas vêtue de l'une de ces robes horribles, non. Elle aurait été nue, dans toute sa splendeur, sa peau douce prête à se laisser caresser. Par lui.

Pourtant, malgré toute l'attirance qu'il éprouvait pour elle, et malgré toutes les pensées sensuelles qu'elle lui inspirait, il admirait surtout son esprit. En un sens, c'était une première pour lui. Il était suffisamment beau — on le lui avait bien fait comprendre — pour susciter régulièrement l'intérêt de la gent féminine, et bon nombre des femmes qu'il avait ainsi charmées étaient magnifiques. Toujours était-il qu'il n'avait jamais été plus loin que les apparences, n'avait jamais cherché à découvrir ce qui les rendait heureuses ou tristes. Sans même parler de leurs rêves ou de leurs aspirations.

Malheureusement pour lui, celles de Genevieve ne comprenaient pas un ancien soldat déshérité par son père et dont la seule qualité était d'être organisé jusqu'au bout des ongles. Un homme sans titre, sans fortune, sans statut.

Archie l'observa à nouveau. Tiens, elle en faisait autant !

— Et si je n'arrive pas à…

Sitôt après avoir commencé sa phrase, elle secoua la tête.

— Vous y arriverez.

À quoi pensait-elle, au juste ? Aucune idée. Mais il savait qu'elle s'en sortirait. Sans aucun doute.

— Des tas de gens prétendront que je n'ai aucun droit !

Ce sentiment pouvait englober tant de choses… Mais Archie ne pouvait en évoquer qu'une seule sans dépasser les bornes.

— Vous avez le titre, vous avez la fortune, les terres, tout ce qui est associé au duché.

Il marqua une pause.

— Et vous m'avez, moi.

Elle esquissa un demi-sourire.

— Et, comme on dit, posséder quelque chose, c'est faire plus de la moitié du chemin, n'est-ce pas ?

Bon sang. D'un coup, il s'imagina qu'elle le possédait, dans tous les sens du terme, qu'elle s'entraînait sur lui, comme il le lui avait demandé quelques jours plus tôt.

— Exactement.

Il s'efforça de garder un ton neutre et parvint à détourner la tête pour regarder par la fenêtre. Le crépuscule cédait lentement la place aux ténèbres. Il leva les yeux vers le ciel et les nuages qui s'amoncelaient.

— À mon avis, il ne va pas tarder à pleuvoir. Dans combien de temps sommes-nous censés arriver ?

— N'est-ce pas vous qui êtes chargé de tout organiser ? fit-elle remarquer. Nous voyageons depuis cinq heures, non ? J'imagine qu'il nous reste environ quatre heures de route.

Archie leva les yeux. Un éclair venait de fendre les nuages. La pluie tomberait dans moins d'une heure. Et, comme les routes de la région étaient dans un état déplorable — certainement par la faute du père de la duchesse —, la voiture avançait en cahotant et en brinquebalant.

Genevieve suivit son regard et l'inquiétude sembla la gagner.

— J'espère qu'il ne tombera pas un vrai déluge. Le cocher va être trempé, le pauvre…

Bien sûr. Elle n'avait pas peur de prendre la pluie, ou qu'il se passe quelque chose en cours de route. Non, elle s'inquiétait pour son cocher, un homme à son service.

Le ciel s'illumina à nouveau. Cette fois, la foudre semblait être tombée plus près. Genevieve bondit sur son siège, les yeux écarquillés.

— Ce n'est pas passé loin, n'est-ce pas ? lança-t-elle d'une voix plus aiguë qu'à l'accoutumée.

Avant même de s'en rendre compte, il se retrouva assis à côté d'elle et l'attrapa par la main, qu'il posa sur sa cuisse.

— Tout va bien. Ce n'est qu'un orage de printemps.

— Je ne… Je n'aime pas ce genre de temps, admit-elle.

Comme si le fait de trembler n'était pas suffisamment éloquent !

— Les domestiques savaient qu'il fallait passer me voir, les nuits d'orage.

Quoi ? C'étaient au personnel de la rassurer quand elle avait peur ?

D'après ce qu'elle avait raconté, ces gens l'aimaient comme si elle était de leur famille. Il n'empêche : il aurait bien voulu remonter le temps et dire ses quatre vérités au duc de Blakesley !

— Vous êtes à l'abri, maintenant.

Il sentit comme une promesse dans sa voix, un engagement qu'il prenait vis-à-vis d'elle. Pourvu qu'elle ne s'en rende pas compte. Il n'était à son service que pour un temps, pas question de dépasser les bornes !

Pourtant, c'était ce qu'il faisait.

— Imaginez que le fiacre se renverse, nous serions dans de beaux draps !

De toute évidence, la panique était en train de la gagner. Le temps de retirer sa main, il enroula le bras autour des épaules de Genevieve pour l'attirer contre lui. Elle en avait besoin, et tant pis si c'était un geste déplacé.

— Vous devez me prendre pour une parfaite idiote. Comment peut-on avoir peur d'un orage ? dit-elle tout contre sa redingote.

Il sourit, en se retenant de ne pas lui embrasser le sommet du crâne.

— Ne dites pas cela. Vous seriez surprise de savoir tout ce qui peut effrayer les gens.

Elle se redressa pour le regarder. Il la sentait tendue.

— J'ai du mal à croire que quelque chose puisse vous effrayer, Archie.

— Eh bien si. Imaginez un groupe de soldats en train de bivouaquer dans un champ, avec les coups de fusil qui claquent et le canon qui tonne dans le lointain.

— Je comprends qu'une bataille ait de quoi faire peur, l'interrompit-elle.

— Chut, je n'ai pas terminé. Comme je le disais, les coups de fusil tonnent.

— Non, ça, c'est le canon. Ce sont les coups de fusil qui claquent.

Archie se retint de soupirer.

— Allez-vous me laisser finir, Madame la duchesse ?

Pour toute réponse, elle se contenta de ricaner.

— Il y avait toujours beaucoup de bruit, mais on avait l'habitude. À la longue, tout cela ne nous faisait plus peur.

N'était-ce pas ce que la guerre avait de pire ? Qu'importe : il essayait de lui remonter le moral, pas de se déprimer lui-même.

— Soudain, un bruit strident retentit et tout s'arrête. Nous voilà tous pétrifiés. Si ça se trouve, ce sont des fantômes, ou une attaque surprise, ou que sais-je.

— Et en réalité, qu'est-ce que c'est ?

— Un groupe de chouettes en train de chasser.

— Dans la région, les gens appellent cela une « assemblée ».

Archie recula et haussa un sourcil.

— Ah oui ? Comme au Parlement ? Amusant. Bref, ce n'était que des oiseaux affamés qui cherchaient à avaler tout rond des souris innocentes.

Elle s'esclaffa. Tant mieux, c'était le but qu'il recherchait.

— En parlant d'assemblée, ne suis-je pas censée faire mon entrée à la Chambre des Lords ? Je risque fort d'y croiser quelques vieux hiboux !

— C'est fort possible, convint-il en lui serrant l'épaule. Toujours est-il que, depuis cette nuit, je suis certain que la plupart des hommes ont peur des chouettes. Mais pas moi, bien sûr.

— Bien sûr, répéta-t-elle d'un ton moqueur.

Soudain, le fiacre tressauta, et elle s'agrippa à sa taille.

Archie tâcha de ne pas trouver cette sensation divine. Et fit comme si c'était normal. Sauf que ce ne l'était pas du tout. Était-ce honteux ? Non, car ils n'avaient encore rien fait de répréhensible, justement. Cependant, pas question d'aller plus loin. Autant qu'il s'en souvienne. Par ailleurs, il ne pouvait pas, ne devait pas réagir à ce contact. Même s'il avait envie de se perdre lui-même sous les caresses de ces doigts.

Archie,

Merci d'avoir écouté mes angoisses pendant le voyage.

Mais, surtout, merci de m'écouter tout court.

Genevieve

(Courrier jamais envoyé.)

Chapitre 10

— Je devrais vous laisser tranquille.

Au bout de quelques minutes, Genevieve trouva la force de se détacher d'Archie. Le tonnerre ne semblait plus aussi menaçant. Même si c'était peut-être son cœur qui battait à la vitesse de la foudre, désormais.

Archie se garda de répondre. Il se contenta de lui caresser l'épaule. Ce n'était vraiment pas comme avec sa grand-mère. Là, c'était le plus bel homme qu'elle ait jamais vu qui la rassurait. Un homme large d'épaules, et tellement grand, aussi impressionnant que rassurant.

— L'orage s'éloigne, lui dit-il d'un ton apaisant.

Et sans cesser de lui caresser lentement l'épaule, en dessinant comme des cercles.

— Ne vous séparez pas de votre cocher. C'est grâce à lui que nous avons roulé sans encombre, malgré la tourmente.

La tête collée contre sa redingote, elle sourit. Encore un employé qui aurait le droit de rester à son service ! Elle détestait l'idée de devoir se séparer de ces gens, tout ça parce que son père avait été un patron déplorable. S'il leur avait dit ce qu'ils avaient à faire, tout aurait été différent !

— Je vous sens sourire, vous savez, souffla-t-il tout bas.

Sa voix grave résonnait en elle. À regret, elle s'écarta de cette chaleur réconfortante. Pourquoi fallait-il qu'elle ait envie de replonger aussitôt dans ses bras ?

— Nous voilà arrivés, on dirait, fit-elle remarquer en sentant le véhicule ralentir.

Elle regarda par la fenêtre mais n'aperçut que la silhouette d'une grande maison au milieu de la pluie, des arbres et des ténèbres.

Mais à mieux y regarder… Une bougie brûlait derrière l'une des fenêtres. Rien qu'une seule.

— Avez-vous informé le personnel de notre arrivée ? s'enquit-elle.

S'imaginer en train d'errer dans une maison glaciale et plongée dans le noir la fit soudain frémir.

Cela étant, elle connaissait un bon moyen de se réchauffer…

Ça suffit, Genevieve, se morigéna-t-elle.

— Oui, j'ai envoyé un courrier pour les prévenir.

Archie se pencha vers elle pour regarder par la fenêtre.

— Je conçois qu'ils n'aient pas pu tout mettre en ordre en si peu de temps, mais je m'attendais à mieux qu'une simple bougie.

En se redressant, il croisa son regard, une lueur amusée dans les yeux.

— Au moins, cette bougie prouve qu'il y a quelqu'un à l'intérieur. C'est déjà ça, non ?

Tandis que le cocher freinait, Archie vit Genevieve écarquiller les yeux.

— Cette histoire vous amuse, pas vrai ? gronda-t-elle

d'un ton accusateur. Parce que vous allez devoir tout organiser et vous rendre utile.

Même si elle avait parlé sur le ton de la plaisanterie, il répondit le plus sérieusement du monde :

— Oui, milady. Je ne désire qu'une chose : me rendre utile.

Et c'était la vérité. Il y tenait vraiment. Mais, désormais, il savait qu'il voulait davantage. En l'occurrence des choses qu'il ne pouvait pas avoir. Des choses auxquelles il n'aurait même pas dû penser.

Il chassa ces idées de son esprit tandis qu'il l'aidait à descendre du véhicule. Elle manqua de perdre l'équilibre à cause du sol boueux mais il vint à sa rescousse.

— Saperlotte, grogna-t-elle en baissant la tête. Voilà encore une chose que je déteste avec les orages. C'est d'avoir les pieds mouillés ! Mais, soyez rassuré, mon répertoire de jurons s'arrête là.

Elle leva la tête pour le regarder d'un air amusé. Mais elle retrouva son sérieux au fur et à mesure qu'elle le scrutait avec attention.

— Tout va bien ? demanda-t-elle en écartant une mèche de cheveux de son visage.

Puis, sans attendre la réponse, elle observa la route.

— Pourvu que l'autre voiture ne tarde pas à arriver. Je ne voudrais pas que l'orage ait joué de mauvais tours à Miss Clarkson, enfin... à Clarkson. Encore une bonne raison de détester ces satanées tempêtes ! bougonna-t-elle

— Votre femme de chambre peut se débrouiller toute seule, l'assura-t-il en essayant de dissimuler son amusement.

De toute évidence, ce fut loin d'être une réussite,

car elle le regarda en poussant un grognement aussi agacé qu'adorable.

— Entrons et voyons ce qui nous attend, proposa-t-il en l'attrapant par le bras.

Tandis qu'ils se dirigeaient vers la porte d'entrée, le cocher était descendu du véhicule.

— Déchargez les bagages et mettez les chevaux à l'écurie.

L'homme répondit d'un hochement de tête.

Archie ne prit même pas la peine de frapper. Il pleuvait à verse, et il n'y avait qu'une bougie à l'intérieur. Sans compter que Genevieve était la propriétaire de cette maison et de tout ce qui l'entourait.

La porte en bois s'ouvrit en grand tandis qu'un grincement sinistre annonçait leur présence. Alors que Genevieve comptait avancer, il tendit le bras pour lui barrer la route.

— Laissez-moi ouvrir le chemin, ordonna-t-il sans attendre sa réponse.

La seconde d'après, il franchissait le seuil et pénétrait dans le hall plongé dans l'obscurité. Il la sentait derrière lui, tellement près que s'il se retournait, elle… Stop, pas question de penser à ça.

— Il y a quelqu'un ? lança-t-il.

Sa voix résonna dans la pièce vide. Il se dirigea vers le rebord de la fenêtre sur laquelle était posée la chandelle et la leva au-dessus de sa tête.

Ce qu'il aperçut était conforme à ce qu'il imaginait : cette maison était laissée à l'abandon. Avec les quelques meubles mal assortis dispersés dans la pièce, difficile de croire que cette maison était entretenue — ou même occupée.

— Il y a forcément quelqu'un, marmonna-t-il.

Juste après, il entendit comme un bruissement. Et une silhouette fit son entrée dans la pièce.

— Bonsoir ! lança une voix enjouée.

Ce qui était assez étonnant vu l'ambiance sinistre qui régnait ici…

— Bonsoir.

Genevieve avait répondu d'un ton cordial, comme si elle venait de croiser quelqu'un dans la rue, et pas dans le hall d'une maison dans un état pitoyable. Une maison qui lui appartenait, par-dessus le marché.

Un homme approcha d'eux lentement. Ce qui était compréhensible, étant donné qu'il semblait claudiquer.

— Vous êtes Madame la duchesse, je présume ?

Sans attendre qu'on le lui confirme, il ajouta :

— J'étais au courant de votre venue, j'ai laissé la bougie brûler au cas où vous arriveriez ce soir. Sacrée tempête, n'est-ce pas ?

L'inconnu approcha suffisamment pour qu'Archie puisse l'étudier. C'était un homme d'un certain âge. La cinquantaine, peut être. Il souriait d'un air avenant, comme si tout allait pour le mieux dans cette maison.

— Je suis Wilkes, le gardien. Je sers aussi de majordome, de palefrenier et de jardinier quand c'est nécessaire.

Tandis qu'il récitait ses différentes attributions d'un ton enjoué, Archie lui jeta un regard atterré. Cet homme avait-il seulement conscience que quelque chose ne tournait pas rond, ici ? Et encore, le mot était faible…

— Je vous remercie de cette prévenance, Wilkes, répondit Genevieve. Auriez-vous l'obligeance de nous préparer du thé ? À moins que la cuisinière puisse s'en charger…

— Il n'y a pas de cuisinière, répondit-il avec un large sourire. Je me charge moi-même des fourneaux.

Archie eut du mal à se retenir plus longtemps.

— Vous vous occupez de tout ici, c'est bien ça ?

Sa phrase claqua comme un coup de fusil. Le désordre qui l'entourait l'étouffait presque.

— À vrai dire, quelques servantes viennent aérer la maison de temps à autre. Et puis il y a le régisseur.

Soudain, le visage de Wilkes perdit de son air réjoui.

Le régisseur. Tiens donc. Encore quelqu'un à qui on avait donné tous les pouvoirs et qui profitait de son autorité pour s'occuper de sa petite personne. Mais pas pour travailler correctement.

En revanche, ce n'était pas le cas de Genevieve. Même si elle avait le pouvoir, elle n'échappait pas à ses devoirs et elle ne tirait pas avantage de sa situation non plus.

Sans doute pouvait-il en dire autant de lui. Il avait toujours voulu faire les meilleurs choix pour ses hommes. Et maintenant, pour elle.

— Ce régisseur, où est-il ?

Archie tenta de ne pas malmener le pauvre Wilkes mais, à en juger par le soupir poussé par Genevieve, ce n'était pas une franche réussite.

— En ville, comme d'habitude, répondit l'intéressé.

De toute évidence, le fait qu'on le houspille ne le dérangeait pas. Voilà sans doute pourquoi il affichait une mine si avenante. Peut-être ne se rendait-il pas compte qu'on se servait de lui. Ou que les choses ne tournaient pas rond dans cette maison.

— En ville ?

— C'est ça, acquiesça-t-il. Il va au pub à peu près tous les soirs. The Golden Stars, ça s'appelle.

Comme si le nom de ce pub avait une quelconque importance !

— Et ce régisseur… Comment s'appelle-t-il, au juste ?

— Leonards.

— Bien. Ce Leonards, quelles sont ses fonctions ? La question se pose, vu que vous semblez tout faire.

En dépit du bon sens, aurait voulu préciser Archie, mais ce pauvre bougre n'y était pour rien. D'après les documents qu'il avait consultés, la propriété était immense, et il aurait fallu au moins vingt Wilkes pour tout entretenir.

— Il collecte les loyers, il traite avec les métayers, il se charge des réparations.

— Je vois. Merci.

— Mr Salisbury ?

La voix de Genevieve avait beau être douce, elle n'en était pas moins impérieuse. De son point de vue, du moins.

— Oui, Madame la duchesse ?

— Cette discussion sur le travail de Mr Leonards peut sûrement attendre que nous nous installions pour prendre le thé.

Archie serra les poings. Il aurait voulu se gifler. Comment avait-il pu avoir si peu de présence d'esprit ?

— Je suis navré, milady. Wilkes, auriez-vous l'obligeance de vous occuper du thé ? Et peut-être de nous conduire dans l'un des salons ?

— Certainement, acquiesça celui-ci.

Le temps de ramasser la bougie sur le rebord de la fenêtre, il fronça les sourcils comme s'il se demandait ce qu'il devait faire.

Archie poussa un soupir agacé et se dirigea vers une

table basse sur laquelle il avait cru apercevoir quelques chandelles. Il en tendit une pour que le domestique l'allume.

— Et voilà ! s'exclama ce dernier quand la flamme se dressa. Prenez ce couloir, il vous mènera jusqu'au salon de la Chouette. Il tire son nom de la chouette empaillée qui se trouve à l'intérieur.

— Le salon de la Chouette, tiens donc ! lança Genevieve sans cacher son amusement.

— Je reviens avec votre thé aussi vite que possible. Mais je ne peux pas vous certifier que le lait est encore frais. J'aviserai.

— Faites donc.

Sur ces mots, Archie attrapa le bras de Genevieve pour la conduire vers ce fameux salon. Décidément, le hasard faisait bien les choses.

— À quel moment Leonards risque-t-il de rentrer ?

Wilkes réfléchit un instant avant de déclarer :

— Avec un orage pareil, il va sans doute passer la nuit à l'auberge. Demain dans la matinée, je pense.

— Dans la matinée…

Bon sang, cet énergumène avait l'air d'être un véritable incapable ! Même Genevieve serait certainement d'avis qu'il faudrait s'en séparer, c'est dire.

Brusquement, il songea qu'il pourrait remplacer ce Leonards — ce qui lui permettrait de prendre les décisions qui s'imposaient. Et, surtout, de travailler pour Genevieve, sans être trop souvent avec elle pour être tenté. Cette perspective était fort séduisante…

Mais, pour l'heure, il n'avait qu'une idée : s'assurer qu'elle se sente à l'aise. La situation était assez perturbante comme ça.

Chère Genevieve,

J'aimerais me rendre utile auprès de vous. De mille et une façons, même si quelques-unes seulement sont envisageables, vu nos positions respectives. Il faut que je cesse d'agir de façon inconsidérée et que je me contente de faire mon devoir, car je n'ai pas le droit de laisser mes envies et mes désirs mettre en péril votre position et votre réputation. Voilà ce que je me répète sans cesse, et pourtant on dirait qu'une voix résonne dans mon esprit, une voix qui m'incite à oublier mon devoir, pour une fois. À ne plus obéir aux ordres. Et à faire ce qui me semble juste, et non pas ce qui l'est vraiment.

Cet état d'esprit est dangereux, et il n'a pas lieu d'être.

Et pourtant, il me dévore littéralement.

Archie

(Courrier jamais envoyé.)

Chapitre 11

Genevieve laissa Archie la conduire jusqu'au salon de la Chouette. Il tenait la bougie allumée d'une main et son bras de l'autre. Tandis qu'ils avançaient dans la pénombre, elle avait la fâcheuse impression que sa robe qui effleurait le sol servait de balai par la même occasion. Et elle frissonna à l'idée de tout ce qui devrait être nettoyé dans cette maison.

— Vous avez froid ? demanda-t-il d'un air soucieux.

— Non, je vous remercie, tout va bien, dit-elle d'un ton sans doute un peu trop solennel.

Une façon de le convaincre autant que de se convaincre elle-même. Si elle avouait qu'elle avait froid, il voudrait la réchauffer, et… elle avait tout intérêt à ne pas imaginer ce genre de choses.

— Asseyez-vous ici, dit-il en sortant un mouchoir de sa poche afin d'épousseter une chaise placée devant la cheminée.

Même s'il n'y avait pas le moindre feu dans l'âtre.

Toute cette poussière la fit tousser.

— Vous êtes sûr ? demanda-t-elle en regardant le siège d'un air sceptique. Je peux aussi bien rester debout.

Archie observa la chaise, et elle eut l'impression

d'entendre les rouages de son esprit s'actionner. Là, il ôta sa veste et la déposa sur le siège avant qu'elle puisse l'arrêter.

— Non, ne faites pas ça, vous allez abîmer votre veste ! s'écria-t-elle.

— Trop tard. Elle est déjà abîmée. Alors un peu plus, un peu moins..., répondit-il avec un haussement d'épaules. Si vous refusez de vous asseoir, mon geste n'aura servi à rien. Et ce serait dommage, n'est-ce pas ? Ce serait même complètement stupide.

Les bras croisés sur son torse, il dégageait un tel aplomb qu'il réussissait à être à la fois agaçant et intriguant.

Exactement comme la première fois où ils avaient échangé par courrier. Ou peut-être pas. La curiosité qu'elle éprouvait pour lui l'emportait sur le reste, à présent.

Genevieve se laissa tomber sur la chaise. La capacité à s'asseoir avec grâce était-elle une qualité innée chez les aristocrates normaux ? Archie décroisa les bras et se pencha vers elle, tellement près qu'elle se demanda s'il n'allait pas...

— Attention, vous avez une araignée dans les cheveux ! dit-il le plus calmement du monde.

Sur le moment, elle n'y prêta même pas attention. Mais aussitôt après... elle bondit de son siège, si rapidement qu'elle se retrouva catapultée dans les bras d'Archie. Il la serra contre lui tandis qu'elle restait pétrifiée.

— Les araignées vous effraieraient-elles autant que les éclairs, milady ?

Il semblait trouver cette situation très amusante. Mais elle, non.

Genevieve grogna tout contre le gilet d'Archie. Puis elle recula et leva la tête pour l'observer. Même dans la lumière incertaine de leur bougie, il était magnifique. Cela ne suffit pas à l'apaiser mais, au moins, la nervosité qui l'animait devint tout de suite plus agréable, inutile de le nier.

— Ces deux peurs sont-elles complètement irrationnelles ? Je ne crois pas, répliqua-t-elle d'un ton aussi hautain que possible.

Ce qui ne l'empêchait pas d'être blottie contre l'homme qui lui servait provisoirement d'intendant, au cœur d'une maison qui avait vu des jours meilleurs. Et c'était ce moment précis qu'une créature à huit pattes avait choisi pour surgir après avoir batifolé dans ses cheveux !

— Les araignées, les éclairs, la belle affaire ! Certaines personnes ont même peur d'une chouette ! ajouta-t-elle. Les raisons d'avoir peur ne manquent pas, qu'elles soient rationnelles ou pas. Et puis y a-t-il un nombre limité de choses qu'on est en droit de craindre ? Par ailleurs, ce ne sont pas tellement les araignées qui me font peur. Je n'apprécie pas qu'elles élisent domicile dans mon voisinage direct, c'est tout.

— Loin de moi l'idée de vous manquer de respect, répondit-il d'un ton toujours aussi amusé.

Ah, le gredin…

— Attendez un peu, bougonna-t-elle. Je finirai bien par trouver ce qui vous fait peur, et là, je… je le glisserai dans votre lit sans que vous vous en rendiez compte.

— Vous me terrorisez, milady, murmura-t-il, avant de s'interrompre brusquement.

Wilkes venait de les rejoindre. Genevieve s'écarta, mais doucement, juste au cas où cette araignée de malheur espérerait retourner dans sa cachette. Une cachette des plus confortables, elle n'en doutait pas, mais ce n'était pas une raison…

— Votre thé, Madame la duchesse, monsieur… Quel est votre nom, déjà ?

— Salisbury.

— Mr Salisbury, bien. Auriez-vous l'obligeance de déplacer toutes ces petites choses afin que je dépose mon plateau ?

D'un signe de tête, Wilkes désigna la table à côté de la chaise sur laquelle Archie avait posé sa veste.

— Bien entendu, dit-il en faisant de la place. Allez-y.

— Hélas, je n'ai pas grand-chose à vous proposer. J'étais au courant de votre arrivée, mais j'ignorais la date exacte, et c'est Mr Leonards qui gère toutes les dépenses de la propriété.

— Le contraire m'eût étonné.

Vu la mine fermée d'Archie, ce dernier comptait avoir une petite explication avec le régisseur, c'était une certitude…

Genevieve devrait lui rappeler que c'était impérativement à elle d'avoir cette discussion avec cet homme. Si elle voulait s'imposer un tant soit peu, agir en toute connaissance de cause et inspirer le respect aux gens, elle était obligée de s'en charger toute seule.

Et qu'importe si les personnes de son rang faisaient rarement les choses elles-mêmes. Cela dit, il n'était pas inutile de rappeler que ces dernières étaient encore plus rarement des femmes célibataires. Moralité : il ne lui restait plus qu'à réécrire les règles.

— En revanche, j'ai réussi à mettre la main sur des œufs, que j'ai fait cuire. Le lait n'a pas tourné et il restait un peu de sucre et de quoi faire quelques toasts.

Le domestique claqua des mains et les regarda, Archie et elle, à tour de rôle.

— Si vous n'avez besoin de rien d'autre, il est temps que j'aille au lit ! Demain, réveil aux aurores. Maintenant que vous êtes arrivés, vous aurez sûrement envie de voir la propriété sous son meilleur jour !

Genevieve lui répondit par un grand sourire. Cet homme avait un cœur d'or, et ce n'était certainement pas sa faute si la maison était dans un si triste état. Mais, avec un peu de chance, il ne l'avait même pas remarqué.

— Merci, Mr Wilkes, ce sera tout. Encore que… Pourriez-vous montrer à Mr Salisbury où se trouvent nos chambres ? Ainsi que le linge de maison, cela va sans dire.

— Je m'en suis occupé en apprenant que vous étiez en chemin. Venez, je vais vous montrer, dit-il en quittant la pièce, suivi par Archie.

Elle resta donc seule avec une bougie à moitié consumée, une théière pleine et une araignée en maraude.

Elle épousseta sa robe et se dirigea vers l'une des fenêtres. Il faisait trop sombre pour avoir mieux qu'une vague idée de la propriété, c'était sûr, mais elle parvint à apercevoir une longue rangée d'arbres qui longeaient la route qu'ils avaient remontée en arrivant. La fenêtre elle-même était immense et courait du sol jusqu'au plafond. Le salon en comptait plusieurs autres. Sans cette poussière, les araignées et l'état déplorable dans lequel se trouvait toute la maison, ce salon pourrait être aussi charmant qu'impressionnant.

C'était un sacré chantier. Avait-elle encore d'autres propriétés dans un état aussi pitoyable, par la faute de l'incurie de son père ? Cette question la hantait. Elle se rongeait les sangs, mais à vrai dire elle ne s'était jamais lancée dans un projet aussi excitant. Et, pour une fois, c'était elle qui dirigeait les choses.

— Que regardez-vous ?

Genevieve sursauta en entendant la voix de Mr Salisbury.

— Rien. Il fait trop sombre. Malgré tout…

Elle s'interrompit. Pourquoi lui faire cet aveu ? Elle allait encore passer pour une idiote. Cela dit, si elle le considérait comme un ami, elle devait le traiter en conséquence, non ?

— Malgré tout, il y a du pain sur la planche.

Et elle se tourna vers lui. Il était vraiment très grand, cela la laissait bouche bée chaque fois qu'elle le voyait.

— Oh ! je n'ai pas peur de ne pas y arriver, enchaîna-t-elle très vite. Au contraire, je sais que j'en suis capable. Il n'empêche : c'est un chantier titanesque, des tas de gens veulent me voir échouer et…

— Tout autant de gens veulent vous voir réussir, l'interrompit-il.

Elle balaya cette remarque d'un geste de la main.

— Oui, bien sûr, répondit-elle. Mais ces gens sont comme moi. Enfin, pas exactement comme moi, puisque je suis à la tête d'un duché. Mais je suis une femme. On ne m'accorde pas le même pouvoir qu'à un homme. Sans tous ces événements indépendants de ma volonté, je serais aussi impuissante que ces personnes qui comptent sur moi pour vivre. C'est déprimant.

Archie resta immobile. Encore une chose qui la démoralisa aussitôt. Pourtant, quand il prit la parole, elle eut le sentiment qu'il l'avait vraiment écoutée.

— Je n'y avais jamais songé. C'est la première fois que je vois les choses sous cet angle.

Il s'approcha, ce qui permit à Genevieve de constater à quel point il était concentré.

— J'ai toujours accepté l'idée que les gens qui ont un certain pouvoir soient au-dessus de ceux qui n'en ont pas. Cependant… on peut vraiment se demander pourquoi. Cette situation, tout le monde semble l'accepter. Mais c'est à cause de ça que tous vos biens sont partis à vau-l'eau. Parce que votre père n'a pas voulu entendre — ou comprendre tout seul — que son titre n'était pas qu'une forme de pouvoir. Il faut beaucoup de courage pour saisir qu'un pouvoir est une responsabilité, et pas seulement un droit.

— Si je vous suis, en me faisant du souci, je me montre aussi courageuse ?

Les mains posées sur les hanches, elle haussa un sourcil.

— Voilà une équation que je vais avoir du mal à résoudre.

Elle s'avança pour se planter devant lui. Là, elle l'attrapa par les bras. Malgré l'obscurité, elle sentit l'éclat perçant de ce regard posé sur elle.

— Mais une chose est sûre : je n'aurai jamais ce courage sans vous.

Archie l'étudia, sans un mot, et elle vit sa gorge se serrer tandis qu'il déglutissait avec peine. Là, elle sentit ses bras musclés se tendre, comme s'il allait faire un geste. Et, soudain, il lui agrippa les coudes pour l'attirer contre lui.

L'instant d'après, il posait la bouche sur la sienne.

Genevieve,
C'était plus fort que moi.

Archie

(Courrier jamais envoyé.)

Chapitre 12

Il n'avait pas eu l'intention d'embrasser Genevieve. Mais elle s'était tournée vers lui pour lui parler et… il n'avait pas pu résister. Et après ?

Eh bien… Il se demanda pourquoi il ne l'avait pas fait plus tôt.

Car la bouche de cette femme était un pur délice. Elle était chaude, douce, et elle avait un goût délicieusement sucré.

Il passa la langue sur sa lèvre, et elle poussa un soupir. Il pouvait sentir la façon dont elle se lovait contre lui. On aurait dit que quelque chose lâchait prise au fond d'elle. Pour aller vers lui.

Elle remonta les mains le long de ses bras, jusqu'à ses épaules, les doigts enfoncés dans sa peau. Il l'entendit pousser un son rauque, ce qui mit tous ses sens en éveil. Elle lui caressa la nuque avant de se hisser sur la pointe des pieds, la bouche collée à la sienne avec force. Son ardeur n'avait d'égale que la sienne.

Il lui lécha à nouveau la lèvre, avec encore plus d'intensité cette fois, et l'espoir qu'elle entrouvrirait la bouche afin qu'il plonge la langue à l'intérieur. Pour la goûter encore davantage.

Ce qu'elle fit. Et elle tressaillit sous le coup de la surprise. Les doigts plongés dans ses cheveux se crispèrent quand il plongea la langue. Elle n'avait jamais été embrassée. Du moins, pas comme il fallait.

Il y avait quelque chose de primaire et de bêtement viril dans cette fierté d'être le premier à embrasser une dame, mais il ne pouvait pas nier la sensation que cela faisait naître en lui. Pour un peu, il aurait tapé sur son torse en clamant que cette femme était à lui. Tant pis si celle-ci était d'un caractère indépendant et — surtout — si elle était d'un rang bien supérieur au sien.

Mais il n'avait pas envie de perdre du temps à penser à ce genre de choses. Pas maintenant, pas alors qu'elle était littéralement en train de fondre dans ses bras, dans cette chaleur palpable qui grandissait entre leurs deux corps. Du bout de la langue, elle commençait à l'explorer. Ça y est, elle se mettait à apprendre la vraie manière d'embrasser quelqu'un. Et elle apprenait vite.

Après tout, il s'était décidé à venir ici pour s'assurer qu'elle ne faisait pas n'importe quoi, non ?

Quoi qu'il en soit, il n'avait pas prévu tout ça.

C'était de la folie. Une folie aussi exquise qu'inattendue.

Elle était désormais blottie tout contre lui, si près qu'il sentait ses seins merveilleux collés contre son torse, son corps divin se plaquer au sien avec insistance.

Comme il avait laissé ses mains s'enrouler autour d'elle, il écarta les doigts pour lui frôler le bas du dos. Il dut faire appel à toute la détermination dont il était capable pour ne pas descendre plus bas encore, pour caresser les courbes de ce postérieur somptueux, et pour glisser la main vers l'endroit où il mourrait d'envie de plonger. Allons, il ne pouvait pas faire ça ! Un baiser, passe encore. Mais le reste… Visiblement, c'était la première fois qu'elle partageait un moment aussi intime avec un gentleman. Pas question de profiter d'elle. S'il ne se gendarmait pas, il serait aussi méprisable que ces vautours qui tournaient autour d'elle et qu'il tâchait d'éloigner.

Certes, cette expérience serait bien plus agréable que de parler d'argent et de pouvoir. Pour lui comme pour elle.

Au lieu de quoi, il tendit la main pour la refermer sur sa joue et caresser la peau douce de son visage, avant de plonger les doigts dans ses cheveux épais. Sans cesser de l'embrasser, évidemment. Il explora sa bouche tandis qu'elle lui rendait la pareille, dans un échange délicieux qui lui donna envie de s'abandonner complètement à elle, afin de voir ce qu'elle ferait de lui.

Cette idée redoubla son excitation. Surtout quand il se mit à imaginer qu'elle s'entraînait sur lui. Cette fois, il ne s'agirait pas simplement d'aller chercher un châle. Il devrait faire plus. Bien plus. Et cela ne le dérangerait pas le moins du monde.

Elle laissa échapper un soupir. D'un coup, elle fit courir les doigts le long de son dos, vers son…

À cet instant, il mit un terme à leur baiser et recula d'un pas chancelant. Ce contact l'avait troublé.

Genevieve l'observa sans sourciller, sans gémir, sans faire la moue. Non, elle se contenta de rester là, avec une intensité incroyable dans le regard. La faible lueur de la bougie faisait danser des ombres sur son beau visage, et il retint son souffle. Elle avait l'air si belle, si mystérieuse !

Quelques jours plus tôt, lorsqu'il venait tout juste

de la rencontrer, il l'avait trouvée jolie. Et maintenant ? C'était bien simple : il était entièrement sous le charme de cette femme, que ce soit de ces cheveux acajou qu'il avait décoiffés, de ces yeux noisette ou de cette bouche qui appelait les baisers. Elle était sublime, même si elle était tout échevelée, et c'était à cause de lui. C'était lui qui l'avait décoiffée, bousculée, et il ne le regrettait pas.

— C'était…

L'entendre prononcer ces mots le soulagea, car elle avait l'air déboussolée, troublée, et agitée. Exactement comme lui. Elle reprit :

— C'était…

Mais elle secoua la tête. Sous le coup de la frustration, visiblement.

— Je devrais monter me coucher.

Tout à coup, elle se plaqua la main sur la bouche, les yeux écarquillés, les sourcils haussés.

— Je ne voulais pas… saperlotte !

Cette fois, elle avait l'air terriblement gênée.

— Je vais vous montrer votre chambre, dit-il.

Votre chambre. Archie veilla à bien insister sur ce mot. Il tâcha de s'exprimer d'un ton aussi calme et pondéré que possible. Car il n'avait qu'une envie : lui dévorer la bouche et se donner à elle, avec toute l'ardeur dont il était capable.

— Oui, s'il vous plaît.

Genevieve passa devant lui et attrapa la veste qu'il avait posée sur la chaise.

— Reprenez ça, dit-elle en la lui tendant. Clarkson arrivera certainement à la remettre en état. Quand elle sera là, je veux dire.

Encore une façon de rappeler qu'ils étaient pour

ainsi dire seuls. Dans une maison immense. Avec des chambres à coucher à un jet de pierre l'une de l'autre.

Ça suffit, Archie, s'intima-t-il. *Cette femme n'est pas faite pour toi, et tu n'es pas fait pour elle.* Même si l'embrasser lui avait semblé parfaitement naturel. Même si c'était la première fois qu'il ressentait un tel éventail d'émotions — l'envie de protéger l'autre, le désir et l'empathie qui lui donnait envie d'être un homme meilleur.

Non, il se perdrait lui-même s'il laissait ses émotions prendre le dessus. Et c'était déjà le cas, songea-t-il avec amertume.

— Quant à tout ceci…

Archie désigna l'espace entre eux. Un espace qui avait cessé d'exister tant qu'ils s'embrassaient.

— Je vous présente mes excuses, tout est ma faute. Je n'aurais pas dû…

Il s'interrompit, frustré de ne pas être en mesure de faire ou dire ce qu'il voulait — à savoir l'embrasser et lui avouer qu'il avait envie de l'emmener jusque dans sa chambre, et de fermer la porte derrière eux. Il avait le souffle court, et un poids sur le cœur.

— Je n'aurais pas dû. Et si vous souhaitiez me donner congé, je comprendrais.

— Non ! s'écria-t-elle avant même qu'il soit allé au bout de sa phrase, ou presque.

Elle retourna aussitôt vers lui, sa veste jetée sur un bras.

— Non, répéta-t-elle, plus doucement. Vous n'avez pas à partir, pas à cause d'un simple baiser. Ce n'était pas… Ce n'était rien du tout. Et j'ai besoin de votre aide.

Comment ça, ce n'était rien du tout ? Pas possible, ils n'avaient pas vécu la même scène !

Soudain, il fut pris d'un doute. Que devait-il penser de cette ardeur éperdue ? Avec un peu de chance, elle voyait cet épisode comme une simple expérience qu'elle attendait d'avoir. Désormais, elle pouvait la rayer de sa liste. Et il était de son devoir de l'aider à faire des choses qui lui étaient encore inconnues, après tout.

Alors peut-être, cela impliquait-il aussi de l'embrasser.

Archie récupéra sa veste sans un mot, puis fit signe à Genevieve qu'elle pouvait quitter la pièce, le temps de prendre la bougie. Elle ne se retourna même pas. Pire : elle ne sembla même pas remarquer qu'il était juste derrière elle. Qu'il aurait pu faire un pas et la prendre dans ses bras, une fois encore.

Bon sang.

Elle s'immobilisa en plein milieu du couloir, avant de le regarder, la tête penchée d'un air pensif.

— C'est à l'étage, marmonna-t-il en s'engageant dans l'escalier.

Le corps tout entier animé par une tension immense, il tenait la bougie bien haut, afin que Genevieve puisse monter sans difficulté.

« Ce n'était rien du tout. » Il fut tenté de s'arrêter là, dans l'escalier, et de lui donner un baiser qui voudrait *vraiment* dire quelque chose. Mais cela aurait été mal. Par ailleurs, il n'était pas certain de l'embrasser aussi bien que dans le salon — il n'avait jamais ressenti une telle osmose avec une femme, mais si elle semblait penser que cela n'avait aucune importance… Une simple expérience de plus, en somme.

Sa fierté masculine en avait pris un coup, inutile de le nier. Moralité : lui aussi devait faire mine que tout cet épisode ne voulait rien dire, et continuer de la conseiller en essayant d'oublier la saveur de cette bouche, ces gémissements et ces doigts plongés dans ses cheveux.

Tout, en somme.

— Voilà votre chambre, déclara-t-il en arrivant à l'étage.

Wilkes avait entrouvert la porte et réussi à allumer un petit feu dans la cheminée. La pièce était triste mais, au moins, Genevieve n'aurait pas froid. Il n'aurait pas à s'inquiéter de la savoir dans un lit glacé, ni à se demander si…

— Merci, Mr Salisbury, lâcha-t-elle d'une voix sourde. J'espère que Clarkson et le second fiacre n'ont pas eu d'accident. Pourriez-vous me réveiller s'ils arrivent dans la nuit ?

Logique : elle n'avait même pas une chemise de nuit ! Tous ses vêtements étaient dans l'autre véhicule, et elle ne portait qu'une de ses vieilles robes usées.

Hélas, il lui était impossible de poser trop de questions. Car cela aurait été déplacé même s'il n'y avait pas eu ce baiser. Mais c'était encore plus déplacé maintenant qu'ils avaient partagé ce moment.

Archie acquiesça, incapable de trouver les bons mots. Il avait l'esprit encombré de phrases qu'il avait intérêt à garder pour lui. *Comment ça, ce n'était rien ? Teniez-vous simplement à être gentille, comme avec tous vos autres domestiques ?*

Non, il savait que ce n'était pas le cas.

Avez-vous agi par gentillesse, comme vous l'auriez fait

avec un ami ? Est-ce ainsi que des amis se comportent, d'après vous ?

— Bonne nuit, Mr Salisbury, finit-elle par dire. Dormez bien.

Sur ces mots, Genevieve entra dans sa chambre. Sans même jeter un œil dans sa direction. Il resta donc seul avec des questions plein la tête.

Cher Archie,

C'est la toute première fois que je vis quelque chose d'aussi incroyable. Je parle de ce baiser. (Comme si vous ne saviez pas à quoi je faisais référence !) J'en tremble. Je suis sous le choc. J'ai envie de remonter le couloir en trombe et de vous demander de m'embrasser, encore et encore. Hélas, c'est impossible, tout à fait impossible.

Si je n'avais pas hérité de ce titre, si je n'avais pas eu besoin d'aide, je ne vous aurais jamais rencontré. Mais, comme je suis duchesse, je ne pourrai jamais… Vous savez quoi. Faire ça. Encore.

J'aimerais qu'on puisse être à la fois soi-même et quelqu'un d'autre. Que se serait-il passé si j'avais été une simple gouvernante, une gouvernante qui aurait fait la connaissance de l'intendant de la propriété voisine ?

Auriez-vous autant eu envie de m'embrasser ? M'auriez-vous embrassée, tout simplement ?

Sincèrement vôtre,

Genevieve

(Courrier jamais envoyé.)

Chapitre 13

Genevieve s'adossa à la porte, le cœur battant, encore hantée par ce baiser. Un baiser. Le premier et sans doute le meilleur baiser qu'elle recevrait. Et pour cause : comment espérer mieux ?

Elle avait encore les doigts brûlants après avoir caressé ce corps splendide. Elle porta la main à sa bouche et se toucha les lèvres. Elles étaient brûlantes, elles aussi.

Comme un rappel que celles d'Archie s'y étaient posées.

Elle avait encore du mal à croire ce qui venait de se passer. Qu'il avait voulu l'embrasser, malgré cette peur de l'orage et des araignées qui la tenaillait. Malgré le fait qu'elle avait presque toujours besoin d'aide.

Elle aurait tellement aimé avoir un ami — enfin, à part lui —, un ami avec qui elle aurait pu parler de cette foule de sentiments qui l'animait. En fait, elle avait l'impression d'être dépassée par toutes ces émotions, comme si elles étaient à deux doigts de la faire éclater en mille morceaux partout dans la pièce.

Un sourire malicieux s'étira sur ses lèvres quand elle songea à la réaction qu'il avait eue un peu plus tôt. Il avait été piqué au vif parce qu'elle ne lui avait pas dit que c'était le plus beau moment de sa vie, cela crevait les yeux. Hélas, elle n'avait pas eu le choix. Si elle lui avait fait cet aveu, la suite logique aurait été claire, et elle n'était vraiment pas prête à sauter le pas — car il s'agissait du mariage, et tout ce qui allait avec. En l'occurrence, elle aurait dû épouser un homme qui travaillait pour vivre, pas l'un de ces excellents partis sur qui elle aurait pu jeter son dévolu.

Le fait qu'il soit le fils d'un vicomte ne changeait rien à l'affaire puisqu'il devait se salir les mains pour gagner sa vie.

Genevieve approcha de son lit immense et parcourut la pièce du regard. De toute évidence, elle n'avait pas été utilisée depuis un certain temps, mais elle n'avait pas l'air laissée à l'abandon pour autant. Le mobilier était sobre et élégant, typique du style des décennies précédentes. Elle préférait largement ça aux meubles tape-à-l'œil qui décoraient sa demeure londonienne.

Les couvertures du lit étaient tirées, comme pour l'inviter à s'allonger. Ni une ni deux, elle bondit sur le matelas, en oubliant totalement qu'elle était duchesse et qu'elle aurait dû faire preuve d'un peu plus de distinction.

Elle s'immobilisa soudain en s'apercevant d'une chose : elle n'avait rien pour dormir ! Et, surtout, elle était incapable de se libérer seule de la robe qu'elle portait…

Saperlotte. Elle n'avait que deux solutions. Dormir dans sa robe, c'est-à-dire celle qu'elle devrait aussi porter le lendemain. Ou bien remonter le couloir et demander à Archie — enfin, à Mr Salisbury — de défaire les boutons.

Inenvisageable. Dans un cas comme dans l'autre.

Elle prit le temps de peser le pour et le contre. Hélas, elle arriva à une conclusion inévitable…

— Seigneur…

Le temps de prendre la bougie, elle sortit dans le couloir. Pour se rendre jusqu'à la chambre d'Archie. La porte s'ouvrit plus vite qu'elle ne l'aurait cru. Elle n'aurait pas dû être surprise de le voir apparaître derrière le battant — qui d'autre aurait pu se tenir dans la pièce, après tout ? —, mais cela ne l'empêcha pas de sursauter.

Mais peut-être était-ce à cause de son allure…

Il avait retiré sa redingote et retroussé ses manches. Sans parler du fait qu'il n'avait plus sa cravate, ce qui laissait entrevoir la peau de son cou. Cette peau impeccable, recouverte d'une légère toison par endroits, ce qui ne manqua pas de l'intriguer. Une peau entièrement offerte à son regard, surtout. Elle s'entendit reprendre son souffle assez brusquement.

— Tout va bien ? demanda-t-il en haussant les sourcils d'un air soucieux.

— Très bien, parvint-elle à dire dans un murmure en essayant de ne pas détourner les yeux de son visage. Pour les poser sur ce cou de taureau, sur ces bras nus ou à l'endroit exact qui marquait le début de son torse.

Elle aurait aimé que son répertoire de jurons contienne quelque chose d'un peu plus fort que « saperlotte ». Hélas, elle séchait complètement. Tout son champ de vision était occupé par cet homme immense, par cette peau magnifique, et par la façon dont les yeux de ce dernier exprimaient de l'inquiétude, certes, mais sûrement une pointe d'intérêt également. De l'intérêt pour elle.

— Que faites-vous ici ? finit-il par dire.

— Oh…

Était-il trop tard pour qu'elle retourne jusqu'à sa

chambre en courant ? Elle n'aurait qu'à dormir debout. Au moins, elle ne froisserait pas sa robe…

— Je ne peux pas…

Genevieve leva le bras avant de le baisser aussitôt. Pourquoi fallait-il qu'elle lui demande ce service, bon sang ?

— Vous ne pouvez pas quoi ?

Archie avait cessé de froncer les sourcils d'un air soucieux. Il semblait perdu, tout simplement.

Bien. Il ne lui restait plus qu'à lui poser la question, dans ce cas.

— Pouvez-vous défaire les boutons dans mon dos, afin que je puisse ôter ma robe ?

Elle sentit aussitôt le rouge lui monter aux joues. Au même instant, celles d'Archie rosirent. Ce qui le rendit encore plus beau. De son côté, on aurait certainement dit qu'elle avait approché son visage trop près d'un feu, elle était prête à le parier.

D'un geste accompagné de murmures incompréhensibles, il lui indiqua de se tourner. Comme s'il n'était pas insensible à cette scène.

Il frôla la base de sa nuque du bout des doigts, et elle frémit. Il défit les boutons sans perdre de temps. Plus vite que la pauvre fille terrorisée qui lui avait servi de femme de chambre jusque-là, mais pas aussi vite que Miss Clarkson tout de même. Cela dit, ce n'était pas son métier.

— Euh… Et voilà, dit-il tout bas. À moins que vous souhaitiez que je défasse autre chose ?

Cette dernière partie de sa phrase sonna comme un croassement.

— Ça ira, répondit-elle en se tournant vers lui.

Ils étaient là, seuls dans ce couloir, tous les deux. Et elle avec sa robe en partie défaite.

— Bonne nuit, dit-elle avant de parcourir le couloir jusqu'à sa chambre, presque en courant.

Car, si elle était restée là plus longtemps, elle aurait peut-être dit quelque chose qu'elle aurait regretté. Enfin, pas elle, mais la duchesse en elle. La seule raison qui expliquait sa présence ici, dans cette propriété oubliée de tous.

Elle claqua la porte derrière elle avec une grimace. Mince, elle n'y était pas allée de main morte ! Et voilà, elle était encore passée pour une idiote aux yeux d'Archie.

Malgré tout, il avait l'air également gêné. Voilà qui leur faisait peut-être un point commun.

Elle s'était imaginé qu'elle passerait la nuit sans dormir, et qu'elle revivrait chaque seconde de ce baiser — le premier, mais pas le dernier, espérons-le. Mais non. De toute évidence, son corps était bien trop raisonnable pour rester éveillé alors qu'elle devait se reposer.

Elle se réveilla très tôt le lendemain, en se sentant particulièrement mal à l'aise. Elle battit des paupières en balayant du regard cette pièce qui n'avait rien de familier. Dans la lumière du petit matin, cet endroit était plus agréable, avec ce joli papier peint aux motifs floraux qui couvrait les murs, quelques meubles qui semblaient assez élégants, dont un secrétaire, et un large éventail de tableaux accrochés un peu partout.

Elle se releva et écarta les cheveux de son visage pour regarder par la fenêtre. Si l'intérieur était charmant, l'extérieur était spectaculaire. Et tout cela était à elle ?

L'allée de la maison était aussi large que longue, avec

une rangée de buissons de part et d'autre. Des buissons qui n'avaient visiblement pas été taillés récemment, mais qui étaient tout même impressionnants, vu leur nombre. Derrière, on apercevait des arbres énormes qui avaient été plantés à une époque où personne n'aurait pu concevoir qu'une femme deviendrait un jour duchesse. La pelouse au milieu était d'un vert luxuriant, même si elle n'était pas entretenue, cela crevait les yeux. Il y avait aussi quelques parterres de fleurs qu'elle avait bien envie d'observer de plus près.

Au même instant, elle entendit des voix. Au début, elle peina à discerner quoi que ce soit mais, très vite, elle comprit qu'une dispute venait d'éclater et elle bondit hors de son lit pour se précipiter vers la fenêtre… Avant de se souvenir qu'elle était en chemise.

Comment pourrait-elle manifester un aplomb digne d'une duchesse dans cette tenue ?

Au lieu de quoi, Genevieve ramassa sa robe là où elle l'avait laissée et l'enfila. Elle fit ce qu'elle put avec les boutons. Pourvu que Miss Clarkson se dépêche d'arriver, si ce n'était pas déjà le cas. Cela lui éviterait d'avoir à se cacher pour que personne ne l'aperçoive. Les gens n'en reviendraient pas de la voir habillée de la sorte !

— Dites donc, qu'est-ce qui me prouve que vous accompagnez la duchesse ?

Comme Archie l'avait soupçonné, Mr Leonards n'était pas un type avenant. Il était grand (mais pas autant que lui) et gros, et il semblait bien avoir l'habitude de se servir de sa voix forte pour intimider les gens. C'était du moins ce qu'Archie avait saisi en le voyant parler avec Mr Wilkes. Mais ce n'était pas un butor à la voix de stentor qui allait lui faire peur. Il avait servi dans l'armée, après tout, et il avait eu l'occasion de croiser des gaillards de la trempe de ce Leonards. Des braillards qui hurlaient aux autres de prendre tous les risques pendant qu'ils restaient derrière, pour sombrer dans l'alcool et la lâcheté.

— Je suis avec la duchesse puisque je vous le dis, répondit-il entre ses dents. Mr Wilkes a reçu la lettre qui vous informait de son arrivée. Mais, avec un peu de chance, vous vous dites que c'est une incroyable coïncidence. La duchesse de Blakesley vous envoie un courrier, et voilà qu'un imposteur débarque sans crier gare en prétendant qu'il est venu avec elle. Allez, faites-vous à l'idée que nous sommes là, désormais. Et que l'état de cet endroit est loin de satisfaire la duchesse.

— Ah. Et qu'est-ce qui lui déplaît, au juste ?

De toute évidence, Leonards n'avait pas l'intention de reculer. Archie jeta un œil autour de lui. Autant repérer le terrain en cas de bagarre. Il n'avait pas l'intention de trébucher parce que le jardin était mal entretenu. Avait-il les moyens de l'emporter sur ce type ? Sans aucun doute, mais si d'aventure la pelouse lui jouait des tours…

— Pour commencer, le fait que Mr Wilkes s'occupe de la propriété tout seul alors que vous… Que faites-vous, exactement ?

L'homme bomba le torse, ce qui renforça cet air de rustre qu'il affichait.

— Je dirige les métayers, j'encaisse les loyers, je supervise les réparations, je…

— Bien sûr. Rien que de très normal. Vous êtes régisseur, après tout. Mais que faites-vous concrètement ?

Leonards commença à bafouiller et, soudain, il changea de visage. Quelque chose derrière lui semblait avoir attiré son attention. À en juger par le mélange d'inquiétude et de détermination qu'on devinait dans son regard, la duchesse venait de les rejoindre. Pourvu qu'elle soit arrivée à s'habiller correctement, car il y avait fort à parier que ce rustre ne la respecterait pas si elle se présentait… dans la tenue qu'elle avait choisie pour dormir.

Toutes sortes d'images lui envahirent alors l'esprit, l'empêchant de se concentrer sur le problème qui l'occupait.

— Bonjour, Mr Salisbury.

Elle avait parlé d'un ton froid et digne. C'était ce qu'on attendait de sa part. Elle devait être la duchesse et lui, l'intendant. Rien que de très normal.

Alors pourquoi se sentait-il déstabilisé à ce point ?

— Bonjour, Madame la duchesse.

Genevieve se plaça à côté de lui. Archie put ainsi constater qu'elle plaquait sa robe contre son dos. Et elle avait enroulé sa main libre autour de sa taille. Il fit un pas en avant pour la protéger des regards, et elle lui lança un coup d'œil furtif plein de reconnaissance.

— Milady, je ne savais pas que c'était vraiment vous. Permettez-moi de vous dire le plaisir que j'ai à vous accueillir sur vos terres.

Tiens, Leonards avait changé de rôle. Voilà qu'il jouait les employés obséquieux ! Archie aurait aimé lever les yeux au ciel devant tant d'hypocrisie.

— Merci, Mr Leonards.

Elle grimaça comme si l'arrière de sa robe allait lui échapper. Il retint son souffle, les poings crispés. Qu'est-ce qui serait le plus choquant ? Que sa robe s'ouvre ou qu'il se charge de protéger sa pudeur ?

Heureusement, elle redressa la situation avant que le régisseur la regarde d'un air un peu plus soupçonneux que tout à l'heure.

Archie n'aurait donc pas à intervenir — ni à la toucher. Il commençait presque à regretter qu'elle ait résolu ses problèmes vestimentaires toute seule !

— Je n'ai pas pu m'empêcher de vous écouter, poursuivit-elle avec ce ton froid qu'il lui avait recommandé d'adopter. Mes employés et vous doutiez que j'étais arrivée ? C'est bien ça ?

Un long silence s'installa, et Archie essaya de ne pas exulter comme il l'aurait fait après avoir vu l'ennemi tomber dans une embuscade savamment conçue.

— Oh ! eh bien, c'est-à-dire que…

Leonards se tut brusquement. En un sens, à quoi bon continuer puisque cela n'aurait fait qu'aggraver son cas ?

— Oui ?

Allez-y, Madame la duchesse !

— Euh…

— Merci, Mr Leonards. Veuillez avoir l'obligeance de conduire Mr Salisbury dans votre bureau et de le laisser examiner les livres de comptes.

Genevieve se tourna vers lui, mais pas trop, afin qu'on ne voie pas son dos.

— Mr Salisbury, auriez-vous également l'obligeance de…

Là, elle s'arrêta, la tête penchée sur le côté, dans une posture digne d'une vraie duchesse, il fallait bien l'admettre.

— Bien sûr, milady, répondit-il en s'inclinant. Mr Leonards, si vous voulez bien me guider ?

Pour toute réponse, l'intéressé bougonna et prit le chemin de la maison, suivi par Archie.

Cher Bob,

Comme tu le sais, j'aide la duchesse de Blakesley à assumer ses nouvelles responsabilités. Difficile de ne pas être sous le charme de cette femme. Une personne ravissante, intelligente et solitaire. Elle m'a demandé de trouver pas moins de vingt hommes pour occuper différents postes dans sa propriété. Il faudrait un responsable d'écurie et des palefreniers, un majordome, des valets de pied, un jardinier et un intendant. Dis-leur de m'écrire à la propriété de la duchesse.

Archie

Chapitre 14

— Il fallait s'en douter !

Quelques heures s'étaient écoulées depuis la conversation tendue dans le jardin. Genevieve mesurait sa chance. Heureusement que Mr Salisbury était à ses côtés, et pas seulement parce qu'il était un régal pour les yeux.

Elle pouvait faire le nécessaire pour gérer certaines choses — et elle comptait bien s'y atteler. Mais tout était plus simple et plus évident parce qu'il lui servait de garde rapprochée. Enfin, façon de parler. Elle leva les yeux vers lui, le souffle coupé devant tant de beauté. Comme d'habitude.

Oh ! elle-même n'était pas hideuse, loin de là. Miss Clarkson était arrivée juste après l'incident et l'avait aidée à être présentable. Notamment en lui faisant enfiler l'une de ses nouvelles robes confectionnées par Mrs Hardwick.

Reste qu'elle n'avait pas les mêmes atouts extraordinaires que Mr Salisbury. Elle n'était ni grande, ni athlétique, ni d'une beauté sauvage. Et il ne se dégageait pas d'elle ce pouvoir brut qui chez lui la faisait frémir de la tête aux pieds.

— De quoi fallait-il se douter ? demanda-t-elle.

Il était temps d'arrêter de l'admirer d'un air béat. Ils étaient en train d'avoir une conversation sérieuse, que diable. Encore que. Sans doute pouvait-elle faire l'un *et* l'autre, à condition de parler de façon sensée. Et pas uniquement pour lui dire à quel point elle le trouvait splendide.

— Leonards est une canaille.

Elle s'adossa contre la chaise et l'observa, heureuse d'avoir une excuse pour le faire.

— Comment ça ? répondit-elle en haussant les épaules. J'imagine qu'il a détourné les revenus de la propriété, n'est-ce pas ? Et il est tout aussi clair qu'il a laissé cet endroit tomber en ruine puisque personne n'était là pour le remettre à sa place. Mais… Aurait-il fait pire ?

Sa voix se brisa. Dieu seul savait tout ce dont cet homme avait pu se rendre coupable. Peut-être avait-il profité de son pouvoir pour s'en prendre à des gens qui n'étaient pas en position de force ? Des femmes, par exemple.

— Non, soyez sans crainte, s'empressa de répondre Archie.

De toute évidence, il avait deviné son inquiétude.

— En revanche, il a versé de l'argent à différentes personnes qui portent le même nom de famille que lui. En échange de services qui n'ont jamais été rendus, d'après ce que j'ai pu comprendre.

— Vous l'avez renvoyé ?

— Oui, acquiesça-t-il. Je refusais qu'il reste une seconde de plus, de peur qu'il déclenche d'autres catastrophes.

À ces mots, Genevieve se leva et se dirigea vers la fenêtre. La vue était toujours aussi belle, mais tout était bien trop grand ! Les terres qu'elle possédait étaient immenses, et de nombreuses vies dépendaient des décisions qu'elle prendrait.

— Par conséquent, il nous reste Wilkes et…

Archie se plaça à côté d'elle.

— Avec votre permission, milady, je vais contacter mes anciens compagnons d'armes. Certains n'ont toujours pas retrouvé d'emploi. S'ils font l'affaire, peut-être pourrions-nous en embaucher quelques-uns. Je sais qu'ils seraient heureux de travailler dans un coin aussi tranquille.

Elle lui lança un regard inquisiteur. Quelque chose la troublait dans le ton de sa voix.

— Et vous, que pensez-vous de cet endroit ? Vous pourriez être heureux ici, à votre avis ?

Leurs regards se croisèrent, et ce qu'elle crut discerner la fit palpiter. Il y avait quelque chose de si poignant et de si déchirant dans les yeux d'Archie… Elle avait presque l'impression de sentir sa douleur, peu importe ce qui le faisait souffrir. Rien ne laissait entendre qu'il était au supplice, mais… elle le sentait, c'était tout. Elle sentait qu'un lien l'unissait à lui. Un lien encore plus fort que de l'amitié ou ce qu'un simple baiser pouvait suggérer.

Un lien plus fort qu'une relation normale entre une duchesse et son intendant, voilà qui était certain.

— J'aime la tranquillité. C'est l'une des choses que j'apprécie dans le fait de travailler pour votre tante.

D'un coup, Archie sembla perdu dans ses souvenirs.

— L'une des choses que personne n'évoque jamais quand il est question de la guerre, c'est le bruit. Il y a le son des fusils, bien sûr, mais aussi ce que font les hommes à la veille d'un combat — ils chantent, ils parlent fort ou ils se battent. Le bruit continue après. La bataille est terminée, mais l'agonie de certains ne fait que commencer, alors ils crient, et vous ne pouvez pas les en empêcher.

Genevieve sentit sa gorge se nouer en entendant ce récit. Elle était tout ouïe, à l'écoute de ce qu'il disait, certes, mais aussi de ce qu'il ne disait pas.

— Je n'essaie pas de vous voler à ma tante Sophia, ce n'est pas pour cela que je vous ai fait venir, s'empressa-t-elle d'ajouter avant de laisser échapper une question vraiment déplacée.

Vous arrive-t-il de vous sentir seul ? À deux, nous serions sans doute moins solitaires, qu'en dites-vous ? De telles questions auraient été bien pires que de donner l'impression qu'elle comptait l'embaucher.

— Il y a beaucoup de choses à faire ici, reprit-elle. Travailler sur ces terres serait une façon honnête de gagner sa vie, loin du bruit et de l'agitation de Londres. Je doute que je me ferai complètement à cette ville un jour.

Elle ajouta plus doucement :

— Je ne suis pas sûre que cette vie-là me rendrait heureuse.

Comme si elle se parlait à elle-même, en un sens.

— Cet endroit me plaît. Mais, là encore, pour ce qui est d'être heureuse…

Elle marqua une pause et Archie vit ses épaules se lever quand elle prit une grande inspiration.

— Je doute que ce soit possible, reprit-elle. Si je m'installais ici, ce serait plutôt pour trouver la sérénité.

Les lèvres d'Archie se tordirent en une grimace.

— La sérénité et le bonheur sont deux choses différentes. Mais, au point où j'en suis, la sérénité m'irait très bien. J'aime cette idée, peut-être encore plus que l'ordre, même si vous savez combien cette notion m'est chère.

Il tourna la tête pour regarder par la fenêtre, et elle suivit son regard. Que voyait-il au loin ? Voyait-il une chance à saisir, et pas simplement de l'herbe, des arbres et une allée ? Et s'il y voyait un avenir ?

— En parlant de travail, nous n'en manquons pas, continua-t-il en indiquant la porte. Peut-être pouvons-nous commencer par l'ancien bureau de Leonards. Il y a des tas de livres de comptes à éplucher. Nous pourrions également dresser la liste des postes à pourvoir. Là-dessus, j'écrirai à Mr McCready, c'est lui qui m'assiste chez Lady Sophia. Il a les adresses de tous mes hommes, il les contactera pour leur proposer de venir travailler ici.

— Oui, allons-y !

Genevieve s'aperçut brusquement d'une chose : on ne lui avait jamais demandé de travailler auparavant. On ne l'avait jamais consultée sur ces questions non plus. C'était une sensation grisante, même si elle ne faisait que son devoir. C'était sa façon de se rendre utile, afin de trouver — comment avait-il dit, déjà ? — un peu sérénité dans cette période troublée.

Mr Salisbury,

Vous serait-il possible de refréner votre charme naturel ? Cela me perturbe sans cesse. Si je commence par croire que je suis concentrée sur un sujet en lien avec mon devoir, je finis toujours par m'apercevoir que j'ai passé près d'un quart d'heure à penser au bleu de vos yeux.

Je vous saurai gré de remédier à ce problème.

Sincèrement vôtre,

La duchesse de Blakesley

(Courrier jamais envoyé.)

Chapitre 15

Vouloir à tout prix se mettre à pied d'œuvre était sans aucun doute louable, mais Genevieve commençait à peiner à la tâche. Une chose était sûre : elle n'avait jamais travaillé aussi dur. Mais comme elle n'avait jamais travaillé auparavant, cela ne voulait pas dire grand-chose…

— Essayez encore, dit Archie en se calant contre le dossier de sa chaise.

Elle lui jeta un regard noir mais attrapa tout de même son crayon pour cocher chacun des chiffres qu'elle contrôlait dans un second lot de livres de comptes.

— Rappelez-moi pourquoi j'ai tant tenu à me lancer là-dedans, dit-elle.

— Parce que, si vous voulez vraiment vous imposer, vous devez tout savoir sur vos propriétés. Dans les moindres détails. Et ce n'est pas qu'une façon de parler.

Avec un profond soupir, elle l'étudia une seconde.

— Vous avez raison. J'en suis consciente. Mais j'ignorais qu'il y avait tant de choses à savoir pour être une duchesse digne de ce nom.

— Vous partiez de zéro, rétorqua-t-il.

Elle s'esclaffa.

— Tout à fait ! Et j'aurai du mal à me regarder dans une glace si j'ignore ce qui doit me permettre d'être à la hauteur de mon rang. Pas question que je ressemble à mon père, murmura-t-elle. Comment a-t-il fait pour ne pas s'apercevoir que Mr Leonards piquait dans la caisse ? C'était tellement évident. La preuve, je m'en suis moi-même rendu compte alors que je ne connais rien à ces histoires de chiffres !

Elle secoua la tête et tira un autre papier vers elle.

— Dieu merci, vous êtes là. Sans quoi, je serais en train de me noyer.

— Vous vous en sortiriez très bien, répondit-il.

D'un ton posé, certes, mais qui fit naître en elle une véritable vague de chaleur.

— Oui, j'imagine, finit-elle par admettre.

Oui, elle se débrouillerait. Elle était heureuse qu'il soit là, bien sûr, mais elle s'en sortirait. Tôt ou tard.

Parcourir la comptabilité était très éclairant. Elle fut horrifiée de constater que le prix d'une seule de ses robes aurait permis de nourrir les troupeaux de moutons de la propriété pendant près de six mois. Hélas, sans une garde-robe digne d'une duchesse, elle ne serait jamais respectée. Or c'était indispensable si elle comptait être en mesure d'aider les gens.

Bref, elle n'avait pas à rougir de porter ses belles tenues puisque le duché permettait de les payer.

Il n'empêche : comparer le prix d'une robe et celui du fourrage pour les bêtes n'allait pas résoudre les problèmes de la propriété. Après avoir lâché trois « saperlotte » et cassé un crayon, elle en eut terminé. Elle put enfin montrer le résultat de son travail à Archie, qui l'étudia attentivement. Pourvu qu'elle n'ait pas fait d'erreur ! Il finit par hocher la tête.

— Bravo. Il n'y a qu'une seule petite erreur, que j'ai indiquée ici.

Il lui montra l'endroit où elle avait oublié de reporter un chiffre dans une colonne.

— Au fait, lança-t-il, j'ai eu une réponse de mon ami Bob. Mr McCready. Il nous enverra quelques hommes dans les prochains jours. D'autres suivront.

Il marqua une pause et s'éclaircit la gorge.

— Je ne vous ai pas encore remerciée de leur avoir donné cette chance.

Genevieve sentit le rouge lui monter aux joues.

— Ne me remerciez pas, c'est vous qui avez eu cette idée, après tout, dit-elle avec un geste de la main.

— L'idée vient de moi, certes, mais c'est votre argent.

Bien sûr. C'était son argent. Son pouvoir, son influence, son rang. Ses robes. Tout reposait sur ses épaules — toutes ces responsabilités, le fait que des gens, et pas seulement les membres de sa famille, estiment qu'elle n'avait aucun droit de prétendre à ce titre. Voilà pourquoi elle devait absolument leur montrer, leur prouver qu'elle en était capable. Oui, une femme pouvait assumer ce rôle aussi bien qu'un homme. Et même mieux, vu que le dernier homme à l'avoir occupé était son père.

— En parlant de mon argent..., dit-elle en sentant toujours le feu qui lui dévorait les joues. J'imagine que je ferais bien de m'aventurer en ville et d'en dépenser un peu, histoire de montrer aux gens du cru que j'ai bien l'intention de rendre à la propriété et à mes terres un peu de leur gloire passée. Clarkson a également entendu dire qu'une sorte de fête serait bientôt organisée. Je pourrais y assister, qu'en dites-vous ? Dans ce cas, vous serait-il possible de m'accompagner, Mr Salisbury ?

La main d'Archie resta en suspens dans l'air.

— Vous êtes sûre ? Cela ne risque-t-il pas de sembler déplacé ?

Il se garda d'ajouter « Madame la duchesse », mais il ne l'avait pas appelée Genevieve non plus. Pensait-il à leur baiser ? Pour sa part, elle y songeait sans cesse.

Mais lui ? En ce qui la concernait, quand elle ne réfléchissait pas aux façons de sauver le duché, aux risques d'orage ou à son envie de prendre une bonne tasse de thé, c'était pour rêver à ce baiser. Traduction : ce souvenir hantait à peu près l'intégralité de sa journée, et ce dès qu'elle se réveillait le matin.

Mais elle n'aurait pas dû, elle en était consciente.

— Ce qui semblerait déplacé de ma part, ce serait d'y aller seule, finit-elle par dire. Par ailleurs, si j'y vais quand même, et si j'entre dans la salle de bal sans compagnie, tout le monde va se retourner pour me dévisager. Normal, je suis une étrangère. Là, quelqu'un va bien devoir me présenter, et je vais avoir l'impression de…

À sa grande horreur, elle fut incapable de reprendre son souffle. Ce qui n'était pas plus mal, en un sens. Car, si elle continuait de parler, elle finirait par pousser un de ses habituels couinements de souris.

Soudain, Archie se leva et vint s'agenouiller près d'elle pour lui attraper les mains.

— Tout ira bien. J'adorerais vous accompagner.

Il lui adressa un sourire. Un sourire qui lui remontait jusqu'aux yeux, dont les coins se plissèrent. Et dire qu'elle avait déjà du mal à respirer ! Cette fois, c'était comme s'il n'y avait plus un souffle d'air dans ses poumons. À cause de lui.

— Seulement si vous me promettez de danser avec moi. Vous avez besoin d'entraînement, non ? demanda-t-il d'un air enjôleur.

Un air qui la fit frissonner de la tête aux pieds. Avant de l'embraser littéralement.

— C'est vrai. Et j'aimerais continuer à m'entraîner sur vous.

À ces mots, elle se tut brusquement. Ce regard la troublait tellement qu'elle était incapable de réfléchir correctement. Enfin, de réfléchir dans le respect des convenances plutôt. Car ce n'était pas les pensées déplacées qui lui manquaient…

« J'aimerais continuer à m'entraîner sur vous. »

Ces quelques mots ne cessaient de résonner dans l'esprit d'Archie, en lui rappelant tout ce qui était arrivé, tout ce qui devrait — et surtout ne devrait pas — arriver.

Autant de choses sans rapport les unes avec les autres.

En fin de compte, il avait beaucoup apprécié ces derniers jours, même s'il n'avait pas chômé. Tout ce dont il s'était occupé n'avait rien d'agréable, pourtant — il s'agissait de beaucoup de paperasse, et tout un tas d'autres choses très ennuyeuses, le genre de travail capable de venir à bout de vos nerfs et de faire de vous une loque à la fin de la journée. Car le lendemain apportait toujours son lot de travail supplémentaire, et il passait bien trop de temps assis sur une chaise ou penché sur un bureau, à scruter des dizaines de chiffres écrits en pattes de mouches.

Mais, au moins, il travaillait avec elle. Elle qui le saluait le matin avec un sourire chaleureux, elle qui s'asseyait face à lui pour dîner. Elle qui détenait un pouvoir et une influence immenses, même si elle se sentait incapable de faire des croix sur des listes.

Elle qu'il avait embrassée le soir de leur arrivée ici.

Pour l'heure, il était dans sa chambre en train de se préparer pour la fête. De son côté, elle se pomponnait en compagnie de Miss Clarkson en vue de sa première apparition officielle en tant que duchesse. Mais c'était dans un petit village et pas dans une salle de bal londonienne, Dieu soit loué. Pour sa part, il n'était qu'un simple employé : il n'avait donc pas besoin d'un valet. Il était tenu de s'habiller tout seul. Ce qui signifiait qu'il avait du temps pour s'abîmer dans ses pensées.

Et il était incapable de s'empêcher de songer à elle. Et à ce baiser.

Il s'était rejoué la scène mille fois dans sa tête. Que se serait-il passé si elle n'avait pas été si innocente ? Si elle n'avait pas été duchesse ?

Cette idée l'empêchait de fermer l'œil, elle lui donnait envie de…

On frappa à la porte. De quoi interrompre ce qui promettait d'être une pensée très inconvenante. Une pensée qui en aurait sûrement entraîné bien d'autres.

— Entrez, lança-t-il en rentrant sa chemise dans son pantalon.

Mr Wilkes passa la tête par l'embrasure de la porte en affichant son sourire coutumier.

— Deux personnes attendent de voir la duchesse. Elles disent être de sa famille. Comme milady est occupée, j'ai cru bon de m'adresser à vous.

— Oh.

Encore des gens de la famille de Genevieve ? Lui qui pensait qu'ils seraient débarrassés d'eux en quittant Londres…

— Je descends tout de suite.

Voilà qui lui éviterait de penser à ce qui aurait pu se passer après ce baiser. L'ennui, c'était que cette visite venait de lui rappeler que la duchesse avait une famille qui n'attendait rien de mieux que de profiter d'elle. Mais n'était-ce pas aussi ce dont on aurait pu l'accuser, après ce baiser ?

Cette idée eut le mérite de le calmer.

— Seigneur !

Quand Genevieve vit son reflet dans la glace, ce fut comme un cri du cœur. Elle se tourna vers Miss Clarkson, qui se tenait derrière elle.

— Vous avez fait un miracle, dit-elle.

La jeune femme secoua la tête.

On fait des miracles quand on est dans l'obligation de partir de zéro, Madame la duchesse, fit-elle remarquer en lissant une boucle à l'arrière de sa tête. Mrs Hardwick est une couturière de talent, c'est sûr, mais ses robes sont simplement à la hauteur des femmes qui les portent.

Genevieve eut un sourire.

— J'ai l'impression que vous propagez des idées féministes, Clarkson. Attention, vous risquez d'être accusée de sédition !

Pour toute réponse, celle-ci éclata de rire. Elles s'étaient aperçues qu'elles avaient un point commun : la lecture. Cela étant, Miss Clarkson préférait lire des essais philosophiques alors que, pour sa part, Genevieve était incapable de résister à l'attrait d'un bon roman.

Elles appréciaient également le réconfort procuré par une bonne tasse de thé bien fort, tant et si bien qu'elles avaient pris l'habitude de se retrouver dans son bureau à 16 heures précises. Ce qui lui avait fait comprendre une chose : celle qu'elle avait pris l'habitude d'appeler juste Clarkson en public était devenue pour elle plus une amie qu'une simple femme de chambre.

En revanche, se retrouver seule avec celle-ci ne lui procurait pas le même effet qu'avec un certain intendant d'une beauté divine, c'était une certitude.

Quoi qu'il en soit, c'était avec les deux qu'elle allait se rendre à cette fête. Ce serait sûrement très modeste, la ville n'étant pas bien grande. Mais tout de même. C'était sa première sortie officielle en tant que duchesse, elle portait une tenue toute neuve et elle arriverait escortée par un Mr Salisbury auréolé de toute sa splendeur.

Sa robe était magnifique, vraiment. Méritait-elle qu'on sacrifie l'achat de plusieurs mois de fourrage ? Peut-être pas, mais elle était très jolie tout de même. Elle avait été livrée quelques heures plus tôt, au moment même où arrivaient certains des hommes que Mr Salisbury — enfin, Archie — avait recrutés. Ils feraient partie du personnel.

La tenue était en satin violet, une couleur aussi intense que celle du raisin. Assez serrée autour de la taille, elle s'ouvrait comme une fleur au niveau des hanches dans une grande profusion de tissu rehaussé de rubans noirs. Les manches étaient courtes, et délicatement ornées de dentelle lavande, avec un liseré noir de chaque côté.

Ce détail était tout à fait indiqué. Cela rappellerait

aux gens qu'elle portait le deuil, mais aussi que le titre lui était revenu de plein droit. Miss Clarkson avait ramassé ses cheveux en un chignon bas. Seules quelques boucles lui encadraient le visage. Et pour les bijoux ? Sa famille en possédait quelques-uns, mais Genevieve n'avait pas songé à y jeter un œil. Sa femme de chambre avait donc fabriqué un petit collier avec un bout de ruban noir auquel avait été attaché un camée offert par la grand-mère de Genevieve.

Au final, elle ne se ressemblait guère. Et pourtant, c'était bien la femme qu'elle était désormais.

Tout à coup, on frappa à la porte, ce qui l'arracha à sa contemplation.

— Entrez, dit-elle après avoir jeté un œil à Miss Clarkson.

Le battant s'ouvrit, et Archie fit son entrée, la mine sombre.

— Eh bien, que se passe-t-il ? demanda-t-elle.

Allait-il refuser de se rendre à la fête avec elle ? Et puis pourquoi était-ce la première chose qui l'inquiétait ? Peut-être qu'un feu s'était déclaré quelque part sur la propriété ou qu'on avait impérativement besoin de sa présence…

Parce que tu as attendu ce moment avec impatience depuis le moment même où tu y as songé, lui rappela une petite voix quelque part dans sa tête. *Parce que tu fais tous les efforts du monde pour ne pas songer à ce que tu ressentiras quand il te tiendra dans ses bras.*

Eh bien, qu'est-ce qui méritait de prendre un air aussi sinistre ? Une invasion de sauterelles ? L'obligation de consulter des dizaines de livres de comptes supplémentaires ?

— Des gens de votre famille sont là.

— Encore ? bafouilla-t-elle, le temps de se ressaisir. Ils sont en bas ?

Elle posa la question même si elle connaissait la réponse. Hélas.

— Oui.

— Impossible d'y couper, dans ce cas, soupira-t-elle d'un ton résigné avant de tourner sur elle-même, les bras grands ouverts. Clarkson, suis-je présentable ?

Sa femme de chambre se contenta de sourire — avant de se tourner vers Archie.

Genevieve serra les poings. Miss Clarkson savait à quel point l'avis d'Archie comptait pour elle. La scélérate !

— Madame la duchesse est magnifique, répondit-il d'une voix rauque.

Ce qui la fit frémir des pieds à la tête.

— Merci, Mr Salisbury.

Là-dessus, elle attrapa ses gants (noirs, bien entendu) que Miss Clarkson tenait.

— Allons nous occuper des gens de ma famille sans perdre de temps. Si c'est possible.

Archie en avait encore la gorge nouée. Normal, avec tout ce qu'il aurait aimé répondre en entendant la question de Genevieve. « Vous êtes magnifique, mais vous l'êtes tout autant dans les moments où vous portez des tenues toutes simples. » Ou bien encore : « Vous êtes belle, oui, mais vous paraissez bien moins accessible, car vous ressemblez enfin à celle que vous êtes vraiment. Une duchesse. Et pourtant, j'aimerais me comporter avec vous comme un homme se comporte avec une femme, et pas comme un intendant se comporte avec l'aristocrate qui l'emploie. » C'était une réponse bien trop compliquée et, cependant, on était encore bien loin de ce qu'il aurait voulu dire.

Au lieu de quoi, il garda le silence tandis qu'ils descendaient l'escalier ensemble. Elle hâta le pas pour ne pas se laisser distancer, et il la laissa volontairement passer devant pour faire comprendre aux gens qui attendaient en bas qu'elle était la seule et unique propriétaire des lieux. Et tant pis si ce n'était pas ce qu'un gentleman aurait dû faire en présence d'une femme. Le fait qu'elle s'efforce de marcher à sa hauteur et non pas en retrait derrière lui en disait long sur la façon dont ils voyaient leur relation.

Seulement, il devait cesser d'analyser le moindre détail, de chercher des signes montrant que cela pourrait aller plus loin. Et pour cause : ils avaient déjà outrepassé les limites. Un ami. Un conseiller de confiance. Voilà ce qu'il devait être, et rien d'autre, même s'il était sous le charme dès qu'elle entrait dans une pièce. Et même s'il rêvait de pouvoir l'embrasser à nouveau.

Deux personnes, un homme et une femme, les attendaient en bas de l'escalier. Il y avait également deux domestiques, comme l'indiquaient leur tenue et leur posture.

Le gentleman fit un pas en avant et ôta son chapeau en souriant à la duchesse.

— Merci de nous recevoir, milady.

Cet homme aux dents d'une blancheur parfaite, Archie le détesta d'emblée.

— Nous sommes vos cousins du côté de votre mère. Nous sommes les petits-enfants du second mari de votre grand-tante Millicent.

D'un geste, il désigna la jeune femme qui se tenait à ses côtés.

— Vous avez rencontré ma sœur il y a quelques années, quand nos parents sont venus rendre visite à votre père dans sa résidence à la campagne.

Genevieve observa l'intéressée. Soudain, son visage s'éclaira.

— Bien sûr ! Vous êtes Miss Garry, n'est-ce pas ? Je me rappelle l'après-midi que nous avions passé dans le jardin, autour d'une tasse de thé, tandis que vos parents...

Elle laissa sa phrase en suspens avant d'esquisser un geste vague. Ce qui fit ricaner le gentleman.

— Tandis que nos parents essayaient certainement de forcer votre père à faire leurs quatre volontés, compléta-t-il avec un sourire amer. Mais nous ne sommes pas nos parents. Figurez-vous qu'Evelyn a une mémoire extraordinaire. Quand elle a entendu dire que vous aviez hérité, nous avons décidé de passer vous voir. Je suis Sir William Garry.

— Très heureuse de faire votre connaissance, répondit Genevieve en tendant la main à son visiteur, qui la serra. Et de vous revoir, Miss Garry.

Juste derrière elle, les mains dans le dos, Archie analysa la situation. Y avait-il une chance pour que ces gens ne soient pas des vautours comme tous les autres ?

Le gentleman avait un air avenant. Enfin, à condition d'aimer les cheveux blonds et les grands sourires. Il avait l'air d'être du même âge que Genevieve, avec une douceur qui était — de son point de vue — celle d'un homme pas complètement entré dans l'âge adulte.

La femme était encore plus jeune. Elle devait avoir

dans les dix-neuf ans. C'était une petite chose avec des cheveux châtains et le même sourire que son frère.

Elle ne lui fut pas aussi antipathique.

— Voici mon… Voici Mr Salisbury, mon intendant à titre temporaire, dit-elle en l'indiquant d'un geste.

Il esquissa un hochement de tête.

— Mr Salisbury, poursuivit-elle, pourriez-vous demander à Mr Wilkes ou à quelqu'un d'autre de nous servir du thé dans le petit salon ? Mon cousin et ma cousine ont certainement fait un long voyage.

Archie hocha à nouveau la tête, sans desserrer les dents. Pour le moment, elle les conviait à prendre le thé. Évidemment. Et plus tard, elle inviterait peut-être ce Sir William à la libérer de la prison du célibat.

Il prit la direction des cuisines mais tourna la tête pour lui jeter un dernier regard avant de s'en aller.

Elle ne le regardait pas.

Milady,

Ce message pour vous tenir au courant de l'avancée des embauches. Trois de mes anciens hommes sont arrivés et ont reçu leurs nouvelles attributions.

Mr Donnelly, votre nouveau cuisinier, préparait nos repas du temps de l'armée, et je réponds entièrement de ses talents. J'espère que Mr Norris apprendra rapidement le métier de valet de pied. Avec un peu de chance, il sera le candidat idéal pour vous servir de majordome. Quant à Mr Madden, c'est un expert en matière de chevaux et, avec votre permission, il en achètera quelques-uns pour vos écuries.

Si je puis me permettre un dernier conseil : prenez votre temps avant d'accorder votre confiance à Sir William et à sa sœur.

Sincèrement vôtre,

Mr Salisbury

Chapitre 16

Genevieve ne manqua pas de remarquer le regard sceptique que lança Archie au moment d'aller chercher Wilkes. Elle se souvenait néanmoins de ce fameux après-midi, il y avait bien longtemps. Miss Evelyn semblait très gentille, et elle avait apprécié la franchise avec laquelle Sir William avait parlé de leurs parents.

Sans compter que le frère et la sœur étaient d'un âge très proche, et ils n'avaient pas l'air de vautours en puissance. Enfin, à première vue. Autant qu'elle leur laisse une chance, non ? Elle ne pouvait pas passer sa vie à se méfier de chaque membre de sa famille. Une vraie famille. Voilà bien ce qui lui manquait depuis si longtemps.

— Par ici, venez, dit-elle en les conduisant jusqu'au salon.

Sir William passa devant sa sœur, ce qui aurait certainement semblé grossier si cette dernière n'avait pas eu l'air si timide.

— Cette maison est ravissante, dit-elle d'une toute petite voix.

— Elle le sera un jour, je l'espère, répondit Genevieve d'un ton blagueur. Elle a besoin de beaucoup de travaux, des travaux pour lesquels je peux compter sur l'aide de Mr Salisbury.

Elle désigna des sièges pour que ses invités s'assoient, avant de prendre place sur le sofa.

Au lieu de s'installer à l'endroit qu'elle lui avait indiqué, Sir William vint se placer à côté d'elle. Il avait un sourire charmeur, qu'elle lui rendit, à sa grande surprise. Cet homme était beau, il fallait bien l'avouer. Certes, il n'était pas aussi splendide qu'Archie, mais il avait un côté accessible, contrairement à ce dernier. C'était ce qui le rendait terriblement séduisant.

— Vous vous demandez certainement pourquoi nous sommes là, commença-t-il en croisant la jambe sur son genou. Le fait que vous ayez hérité a été une sacrée surprise.

Pour les autres autant que pour moi…, songea-t-elle.

— Et je ne doute pas que bien des gens ont tenté de s'attirer vos bonnes grâces.

— Effectivement.

Elle ne put s'empêcher d'esquisser un sourire amer.

Sir William tendit la main pour prévenir ce qu'elle comptait objecter.

— Il n'empêche que nous sommes là pour vous souhaiter bonne chance dans votre nouvelle vie et vous proposer notre aide, si nécessaire. Rien de plus. Comme nous avons entendu que vous vous êtes installée ici avec votre femme de chambre, nous nous sommes dit quelque chose — enfin, surtout Evelyn. Voyez-vous, les gens jaseront moins si une autre femme habite avec vous ici. Une femme de votre monde, s'entend.

Oh. À vrai dire, Genevieve n'avait jamais pensé à ça. Jusqu'à présent, elle n'avait pas eu à se demander si ce qu'elle faisait pouvait paraître déplacé. Personne n'avait songé qu'elle deviendrait quelqu'un dont on scruterait les moindres faits et gestes. Résultat : on ne l'avait pas informée que les gens étaient susceptibles d'en faire des gorges chaudes.

— Je vois. Mais ôtez-moi d'un doute. Vous venez de dire que les gens jaseront moins, ce qui sous-entend qu'ils le font déjà. Est-ce le cas ?

Elle était consciente qu'elle couinait comme une souris, mais c'était plus fort qu'elle.

— Pas vraiment, milady, répondit Sir William de ce qu'il croyait certainement être un ton rassurant.

Sauf que cela ne la rassurait pas du tout.

— Bien, merci de votre sollicitude à mon égard. Il se trouve que je compte me rendre à une fête ce soir. Mr Salisbury m'accompagnera.

— Votre intendant ?

Genevieve se sentit aussitôt sur la défensive, même s'il n'y avait rien à défendre bien sûr. À moins que…

— Oui, c'est… En plus de son métier d'intendant, c'est un gentleman.

Inutile d'en dire plus, elle n'avait pas besoin de raconter l'histoire d'Archie à son cousin et à sa cousine, d'autant qu'elle n'avait même pas voulu s'en ouvrir à Miss Clarkson.

— Et nous sommes arrivés à la conclusion que je ferais mieux de ne pas m'y rendre seule.

— C'est parfait, dans ce cas. Si c'est un événement public, nous pouvons vous accompagner nous aussi.

Sir William assortit sa phrase d'un grand sourire, comme si cela lui faisait très plaisir.

Cela suffit à faire naître en elle une vague de chaleur.

— Oh oui. Ce serait très gentil à vous. Vous n'aurez qu'à séjourner ici, bien entendu, pour les raisons que vous avez évoquées.

Sauf que Sir William était un homme. Tout le monde se demanderait ce qu'elle et son jeune parent pouvaient bien faire ensemble. Mais cela valait sans doute mieux que l'alternative — à savoir qu'elle s'engage dans une quelconque relation avec son intendant provisoire.

— Merci, ce serait formidable, dit Miss Evelyn d'un ton posé.

— Oui, merci, reprit Sir William en chœur. Je n'aimerais pas qu'on médise de vous au seul motif que vous ignorez ce qu'on attend de votre part.

Il avait parlé d'un ton sincère, un ton qui laissait percer une ferveur qu'elle appréciait. D'autant qu'il semblait animé par un désir tout aussi fervent de protéger sa réputation.

La porte s'ouvrit alors sur Mr Wilkes. Et pas sur Mr Salisbury.

— Mr Salisbury m'a dit que vous souhaitiez prendre le thé, milady, déclara le domestique en posant le plateau sur la table. Le voici.

Il assortit sa phrase d'un geste solennel.

— Merci, Mr Wilkes, répondit-elle en le laissant disposer le nécessaire à thé.

— Autre chose, milady ?

— Non, je vous remercie.

Le temps de s'incliner, il se dirigea vers la porte. Avant qu'il ne sorte, Genevieve lança :

— Mr Wilkes, seriez-vous assez aimable pour demander à Mr Salisbury de se joindre à nous ?

Selon toute vraisemblance, ce dernier s'attendait à

ce qu'elle se débarrasse de ses deux parents aussi rapidement que les deux autres fois. Or elle comptait lui annoncer qu'ils se rendraient à la soirée tous ensemble. De toute manière, il serait bien obligé de se conformer à ses désirs, non ? Elle était duchesse, après tout.

Saperlotte. Elle commençait à profiter de son rang pour imposer sa volonté à quelqu'un. Elle aussi.

— Madame la duchesse vous a demandé.

Wilkes venait de réapparaître dans les cuisines. Archie sursauta, l'air coupable, alors qu'il fourrait dans sa bouche un gâteau tout juste sorti du four. Depuis qu'il avait pris son poste, Mr Donnelly n'avait pas chômé. La preuve : on pouvait déjà déguster ses premières créations !

— C'est délicieux, Will, comme toujours, dit-il avant d'enlever quelques miettes de sa veste de soirée.

— Merci encore, mon capitaine, enfin… Mr Salisbury.

Le visage de Will vira au rouge écarlate, plus qui ne l'était déjà à cause de la chaleur des fourneaux.

— Mr Wilkes m'a aidé à prendre mes marques, et je suis heureux de travailler de nouveau en cuisine.

Will était rentré chez lui sans avoir de métier bien défini et avec une famille sur les bras, comme beaucoup d'anciens soldats. D'après ce qu'Archie avait compris, sa sœur cadette avait plusieurs enfants et un mari qui n'arrivait pas à tous les nourrir.

— De rien. Je suis rassuré de savoir que je n'aurai pas à manger du hachis sept jours par semaine, dit-il en adressant un clin d'œil à Wilkes.

Celui bomba le torse avant de s'indigner :

— Je vous mets au défi de trouver un meilleur hachis ailleurs, Mr Salisbury !

— Le vôtre est délicieux, loin de moi l'idée de prétendre le contraire. De là à en manger tous les soirs…

Manifestement, c'était la seule chose que ce brave homme savait préparer — en dehors du thé, bien sûr. Depuis, Archie ne pouvait plus voir une purée de pommes de terre en peinture.

— Pendant que vous vous moquez de ma cuisine, la duchesse vous attend, lui rappela le domestique.

— Merci.

Archie attrapa un autre gâteau sur le plateau et l'engloutit.

— À plus tard, messieurs.

— Vous m'avez demandé, milady ?

Le cousin et la cousine de Genevieve étaient assis dans le salon. On les sentait presque à l'aise. Même la saveur sucrée du gâteau qu'il avait avalé n'arrivait pas à effacer le goût amer qui lui envahit la bouche quand il les aperçut. Pourquoi avait-il tant envie de la protéger ? Il n'arrivait pas à l'expliquer — ou plutôt, il n'en avait aucune envie. Mais si ces deux-là faisaient quoi que ce soit pour briser sa confiance fragile… Eh bien il passerait à l'action.

Elle leva les yeux vers lui d'un air presque méfiant. Si toute cette situation ne l'avait pas révolté, il aurait été ravi qu'elle ait si bien retenu ses leçons.

— Oui, Sir William et Miss Evelyn vont rester ici quelque temps. Et ils ont tous les deux accepté de se rendre à la fête de ce soir. Peut-on demander au nouveau palefrenier que la voiture soit prête dans trois quarts d'heure environ ?

Le temps de se tourner vers ses invités, elle déclara :

— Vous souhaitez certainement vous installer tranquillement. Et il vous faudra du temps pour vous préparer. Mr Salisbury va vous montrer vos chambres.

Puis, à son intention, elle ajouta :

— Mr Salisbury, les deux chambres au bout du couloir, à l'opposé de la mienne, s'il vous plaît. Je crois que ce sont les mieux rangées dont nous disposions.

Miss Evelyn s'était déjà levée, immédiatement suivie par Sir William, quand Archie acquiesça pour indiquer qu'il avait bien saisi les demandes de Genevieve. Plus exactement, les ordres de la duchesse.

— Suivez-moi, je vous prie, lâcha-t-il, les mâchoires serrées.

— Mr Salisbury, repassez ici quand vous aurez montré leurs chambres à mes hôtes.

C'était elle qui commandait. Voilà qui était clair. Très clair, même. Il aurait intérêt à s'en souvenir dès qu'il penserait au goût de ses lèvres ou à son envie de mieux la connaître.

Genevieve regarda la porte se refermer derrière eux puis s'enfonça dans les coussins du sofa. Ce serait merveilleux d'avoir un ami de son âge, d'avoir une famille sur laquelle elle pourrait compter.

Héberger Sir William et Miss Evelyn limiterait le charme qu'Archie exerçait sur elle. Ou, du moins, réduirait ses chances de se retrouver seule avec lui, et donc de l'embrasser à nouveau. C'était une solution de bon sens, mais impossible de le lui dire. Évoquer ce sujet aurait été une façon de reconnaître ce qui s'était passé. Or en était-elle capable ? Non. Soit elle voudrait immédiatement recommencer, soit elle se consumerait de la tête aux pieds. Voire les deux à la fois.

Elle fournissait un effort immense pour chasser ces idées de son esprit quand la porte s'ouvrit. Et l'objet de ses pensées fit son entrée.

— Vos hôtes se sont installés dans leurs chambres.

Cela n'avait pas l'air de l'enthousiasmer. De son côté, elle tâcha de ne pas se réjouir de le voir si protecteur avec elle.

— Vous soupçonnez Sir William et Miss Evelyn d'avoir une idée derrière la tête, dit-elle en lui faisant signe de s'asseoir. Mais ils ont l'air très gentils, et cela sera moins bizarre qu'il y ait d'autres personnes ici à part vous, moi, Clarkson, et le reste du personnel.

— Ah, répondit-il en prenant place. Je n'y avais pas pensé. J'aurais dû.

Subitement, il se releva et commença à faire les cent pas.

— Le problème ne se pose pas avec Lady Sophia, car...

Archie s'arrêta. Il semblait chercher les mots justes.

— Parce que ma marraine est plus âgée ?

Genevieve grimaça en prenant conscience d'une chose : elle venait sans le vouloir de faire allusion à ce fameux épisode du baiser.

— Oui.

— Très bien.

Assise en silence, exactement comme lui, elle sentit la gêne la gagner peu à peu. Une gêne très agréable, car elle venait d'une folle envie de l'embrasser.

— Mr Salisbury, lança-t-elle d'un ton abrupt.

En la voyant bondir du sofa, il cessa de tourner en rond pour l'observer.

— Mr Salisbury, le temps que mes invités se préparent, pouvons-nous… en profiter pour que je m'entraîne à danser ? hasarda-t-elle en montrant ses pieds. On m'a appris à le faire, mais je n'ai jamais dansé avec un partenaire. Enfin, un vrai, pas juste ma chère cuisinière. Quand elle atterrissait sur mes pieds, on le sentait, croyez-moi, s'esclaffa-t-elle.

— Bien sûr.

Bizarre. On avait le sentiment qu'il réagissait à un ordre qu'elle lui aurait donné. Pire : qu'il s'exécutait presque à contrecœur. Mais il fallait s'y attendre, non ? Le contraire aurait été anormal. Oubliée, l'intimité, oubliée, l'amitié. Les choses devaient se passer de cette façon. Elle avait bien appris la leçon, visiblement.

— Alors allons dans la salle de bal. C'est juste derrière la salle à manger, n'est-ce pas ?

Elle avait fait un tour de la maison à son arrivée, mais elle n'avait pas eu l'occasion de retourner dans les pièces principales. À cause de toute cette paperasse et des problèmes qu'elle avait dû résoudre. C'était indispensable avant de se lancer dans quoi que ce soit d'autre, comme organiser un bal.

— Exactement, répondit-il en poussant la porte qu'il retint afin qu'elle puisse passer.

Pour sortir de la pièce, Genevieve fut obligée de se faufiler sous son bras. Elle aurait aimé s'arrêter là un instant, pour voir sa réaction. L'aurait-il embrassée ? Lui aurait-il rappelé que son comportement n'était pas digne d'une duchesse ?

Ou bien se serait-il contenté de la regarder et de plisser les lèvres ?

Hélas, elle n'en saurait rien, car elle poursuivit sa

route, très consciente de sa présence dans son dos. Quel dommage que les choses ne se passent pas autrement…

— Je vais poser une main autour de votre taille. De l'autre, je tiendrai la vôtre.

Archie était face à Genevieve. Elle était vêtue de cette robe violette somptueuse. Elle ne lui avait jamais paru si splendide.

Il la trouvait plus attirante et certainement plus accessible quand elle portait des tenues toutes simples, mais cette robe lui allait cent fois mieux que les autres, difficile de le nier !

Le tissu à la couleur profonde illuminait la blancheur de sa peau tandis que le ruban noir enroulé autour de son cou délicat la rendait encore plus séduisante. Il aurait aimé défaire ce ruban et poser les lèvres au même endroit.

La main posée sur son épaule, elle leva l'autre pour qu'il l'attrape.

— Comme ça ?

Il la saisit par la taille, les doigts tremblant tant l'envie de la caresser le tenaillait. Pourquoi ne pouvait-il pas l'enlacer et l'embrasser à en perdre haleine ?

— Oui, exactement.

Il déglutit avec peine à la fin de sa phrase. Comment en était-il arrivé là ? L'esprit sens dessus dessous, déboussolé, fou d'envie de coller sa bouche contre la sienne. Lors de leur première rencontre, il avait cru qu'elle jouait les évaporées. Maintenant qu'il la connaissait mieux, il était frappé par son humour, son intelligence, et par la beauté de son corps divin — oui, là aussi, il était forcé de l'admettre.

Désormais, il aurait aimé jeter sa sacro-sainte mission aux orties.

— Nous n'avons pas de musique pour nous accompagner, finit-elle par dire après un long moment passé dans cette posture.

— C'est vrai. Nous n'avons pas de musique. Mais nous pouvons battre la mesure. Comment procédait votre chère cuisinière ?

Genevieve répondit par un grand sourire. De toute évidence, elle ne passait pas tout son temps à penser à celle qu'elle était censée être aux yeux du monde. Contrairement à lui.

— Elle chantait des airs qu'elle avait appris depuis son enfance. Son père tenait un pub, et elle connaissait toutes les chansons des marins. Ce qui n'était pas très convenable…

Ce souvenir la fit éclater de rire. Archie haussa un sourcil.

— Et si vous vous contentiez de chantonner ? Je n'ai guère envie que vous agressiez mes chastes oreilles avec ces horreurs.

— Non, allez-y vous-même. Je serai trop occupée à essayer de savoir où poser les pieds. Est-ce que ma chère cuisinière était une bonne danseuse ? À vrai dire, je n'en sais rien.

— Tout s'explique.

Mentalement, il passa en revue les bals auxquels il s'était rendu avec ses frères aînés, bien avant qu'il s'engage et qu'il quitte sa famille. Par bonheur, comme il se souvenait encore de quelques airs, il se mit à chantonner tout en la guidant.

Elle hocha la tête en suivant le rythme, avant de se mettre à compter :

— Un, deux, trois. Un, deux, trois…

C'était incroyable. La joie de cette femme compensait son manque de maîtrise, et il se surprit à retenir son souffle à plusieurs reprises, ce qui ne l'aida pas à chantonner.

C'était parce que… elle était tellement enjouée, gracieuse, et manifestement ravie de ce qu'ils faisaient. Il aurait aimé saisir ce moment avec elle, le placer dans une boîte et le savourer quand il rentrerait auprès de Lady Sophia et qu'il serait bombardé de questions par des dames intéressées.

Il cessa de chantonner au bout de quelques minutes, mais ils ne s'arrêtèrent pas de danser pour autant. Genevieve continua de battre la mesure, sauf qu'elle lui jetait des regards en coin, comme si tout cela n'était qu'une vaste plaisanterie entre eux.

— Et voilà, finit-elle par dire en baissant la main.

La seconde d'après, elle esquissait une révérence.

— Merci de m'avoir accordé cette danse, Mr Salisbury. Je vais être dans l'obligation d'accorder une augmentation à ma chère cuisinière, on dirait qu'elle m'a bien formée.

— Il faut que vous soyez moins…

Moins vous, avait-il envie de dire. Sauf qu'il n'avait pas envie de donner l'impression de la critiquer.

— Moins tout court, termina-t-il en écartant les mains.

Comme si cela suffisait à tout expliquer !

— Comment ça ?

Il prit une grande inspiration avant de répondre :

— Une duchesse, ou même quelqu'un de moins important, ne peut pas sembler trop enthousiaste. En tout.

Elle fronça les sourcils d'un air pensif.

— C'est comme l'autre fois, quand j'ai dû me montrer plus abrupte ?

— Oui, exactement. Exigez certaines choses. Assumez le fait que les choses seront faites parce que vous l'aurez voulu. Soyez au-dessus de tout.

La preuve : du fait de votre rang, de votre position, vous êtes au-dessus de moi.

— Au-dessus du bonheur ? demanda-t-elle en écarquillant les yeux. Au-dessus de la politesse la plus élémentaire ? Je peux être beaucoup de choses. Je peux être une bonne duchesse, et je le serai, quelqu'un qui tient aux autres, même s'ils ne sont pas de son monde. La personne qui héritera de cette propriété la trouvera dans un bien meilleur état qu'au moment où j'en ai hérité moi-même. En revanche, je ne peux pas — et je ne *veux* pas — me montrer grossière avec les gens au seul motif que cela m'aide à entrer dans le personnage !

Elle avait parlé d'un ton sans réplique, et c'était comme si elle lui avait donné un coup de poing dans l'estomac. Mais, avec un peu de chance, c'était uniquement parce qu'une part de lui-même ne souhaitait pas la voir changer. Il voulait garder tout ce qu'il y avait de joyeux chez elle. Et il détestait avoir à lui rappeler que l'image qu'elle renvoyait devait coller davantage à son nouveau statut.

— Je ne veux pas que vous soyez grossière, dit-il posément. Je ne vous en penserais pas capable, même si je vous le demandais. Ce que je veux…

Il posa la main sur le bras de Genevieve, et tant pis

si ce geste était déplacé. À part pour danser avec elle, ou pour l'aider à monter dans sa voiture.

— … c'est que vous soyez vous-même, à condition de vous surveiller.

Était-il clair dans ses explications ? Pas sûr. C'était si frustrant ! Dans l'armée, il se contentait d'indiquer aux gens ce qu'ils devaient faire, et ils s'exécutaient. Même Lady Sophia suivait ses directives sans trop faire d'histoires.

Il lui serra le bras. C'était plus fort que lui.

— Ce que je veux dire, c'est que vous êtes une personne rare. Hors du commun. Ne le montrez pas à des gens qui ne vous méritent pas. Vous…

Il s'interrompit, hésitant. Devait-il terminer sa phrase, vu ce qu'il comptait avouer ? Pas sûr. Pas sûr du tout, même. Mais qu'importe. Maintenant qu'il était lancé…

— Vous êtes bien plus que votre titre. Seulement, les gens ne verront pas plus loin que cela quand ils vous regarderont. Enfin, la plupart des gens. Pour les autres, les personnes comme moi, votre grand-mère ou les domestiques qui vous ont élevée, ce sera différent. Parce que nous savons qui vous êtes. Certaines personnes méritent de vous connaître, mais la plupart, non.

Pris d'un sentiment de frustration, il baissa le bras.

— Elles ne le méritent pas. Elles ne *vous* méritent pas.

Genevieve leva la tête et se mordit la lèvre, les yeux mouillés de larmes.

— C'est la chose la plus gentille qu'on m'ait jamais dite, avoua-t-elle dans un souffle. Je… Je suis si heureuse que vous soyez là pour m'aider à traverser cette épreuve. Même si cette vie de duchesse est la pire chose qui puisse arriver, à qui que ce soit.

Elle avait ajouté cette dernière phrase avec un rire plein d'amertume.

— Mais si parfois c'est amusant, aussi — car, croyez-moi, je m'amuse bel et bien à éplucher tous ces papiers, à résoudre de vrais casse-tête et à faire des choses qui me surprennent moi-même —, c'est parce que vous êtes là. Merci.

Là, elle se hissa sur la pointe des pieds et lui déposa un baiser sur la joue, la main posée sur son bras pour garder l'équilibre.

Il resta pétrifié. Il ne désirait qu'une chose : tourner la tête et coller sa bouche sur la sienne avec force comme la fois précédente, mais ce n'était pas le moment. Pour l'heure, il devait agir en ami, montrer qu'elle pouvait compter sur lui. Qu'il ne profiterait pas d'elle.

Un ami parfaitement sincère. Et qui souhaitait la voir réussir sans s'empêtrer dans des complications inutiles, comme entretenir une relation inconvenante avec son intendant par intérim, le fils d'un vicomte renié par sa propre famille.

— Je vous en prie.

Archie prit une grande inspiration et recula d'un pas. Là, il retira sa main du bras de Genevieve, pour qu'elle le lâche à son tour.

— Il est sans doute temps de partir pour la fête. Une fois là-bas, levez le menton bien haut et laissez les gens avoir l'honneur de vous compter parmi eux.

Ce qu'elle fit, sauf qu'elle assortit son geste d'un sourire moqueur et d'un grand éclat de rire.

— Il va falloir que vous vous entraîniez un peu, marmonna-t-il en l'attrapant par le coude.

La seconde d'après, ils sortaient de la salle de bal.

Cher Mr Salisbury,

Vous souhaitez m'entraîner. M'entraîner dans vos bras, pour me perfectionner en danse. J'accepte bien volontiers. Et je tiens à me comporter comme une duchesse digne de ce nom ! Auriez-vous l'obligeance d'évaluer mon air hautain ? Je n'arrêterai pas avant d'obtenir la meilleure note. Cela me demandera beaucoup de travail, ce qui me permettra de passer du temps en votre compagnie.

À mon avis, nous devrions également envisager de rentrer à Londres. Manifestement, vous avez réglé le problème du manque de personnel, et Mr Wilkes est plus que capable d'être mon intendant, vu qu'il connaît la propriété comme sa poche. Je dois affronter au plus vite ce qui sera mon futur, sans quoi je n'en serai jamais capable.

Comptez-vous retourner dans la capitale avec moi ? Même si vous risquez de croiser votre famille ? J'espère que ma tante Sophia pourra se passer de vous encore quelques jours, le temps que j'apprivoise cette grande ville et que je sache naviguer au sein de la haute société.

La duchesse de Blakesley

Chapitre 17

— Madame la duchesse, m'accorderez-vous cette danse ?

Genevieve adressa un sourire à Sir William qui se penchait au-dessus de sa main.

— Très volontiers, sir. J'en serais ravie.

Celui-ci se redressa et lui attrapa la main avant de la conduire jusqu'à la piste de danse. La soirée était très courue, des gens qui faisaient manifestement partie de ses métayers côtoyaient des propriétaires terriens et des membres de la noblesse, tous les styles se mêlaient. L'ambiance était très… démocratique. Quel dommage qu'elle n'ait pas pensé à faire venir Miss Clarkson. La jeune femme aurait certainement apprécié de voir différentes classes sociales se mélanger.

Elle ne passait pas inaperçue au milieu de la foule, et pas seulement à cause de sa robe, dont le prix était certainement bien supérieur à ce que certaines personnes présentes ce soir-là pouvaient gagner en un an, mais aussi à cause de la déférence qu'on lui témoignait où qu'elle allait. En la voyant arriver, toute la salle s'était immobilisée et les têtes s'étaient tournées dans leur direction. Elle avait tâché de rester à distance, et cela n'avait pas été une mince affaire car elle aurait voulu se précipiter vers les uns et les autres pour leur garantir qu'elle n'était pas la personne collet monté pour laquelle on pouvait la prendre, vu son titre.

Ce qui aurait été l'exact inverse de ce qu'elle était censée faire.

La musique commença, et Genevieve dut chasser toutes ces idées désagréables pour se concentrer sur la danse. Elle compta les temps dans sa tête. Par chance, elle n'avait pas encore marché sur les pieds de son cavalier ! Elle ne s'accorda même pas le luxe de jeter un œil alentour pour voir si Archie observait la scène. Il aurait pu constater ses progrès. Mais peut-être était-il en train de danser avec Miss Evelyn ?

— C'est très agréable, commença Sir William alors qu'ils évoluaient ensemble sur la piste de danse.

Il avait l'air surpris, ce qui la mit sur la défensive. Pour sa part, elle trouvait cette soirée bien plus qu'agréable — merveilleuse, même. Mais peut-être était-ce parce qu'elle ne s'était jamais rendue dans un événement de ce genre.

Peut-être que cette fête était médiocre, après tout, et qu'elle n'avait pas su s'en apercevoir. Seulement, tout le monde semblait tellement heureux, les musiciens jouaient à merveille et la salle n'était pas trop bondée. Alors, franchement, que lui fallait-il de plus ?

Comme s'il avait deviné le fond de ses pensées, Sir William lança :

— Avec ma sœur, nous n'avons guère l'habitude de participer à ce genre de soirées campagnardes, vous comprenez. Bien sûr, pour l'instant nous n'avons pu assister qu'à quelques bals à Londres mais…

Pendant tout le temps qu'il avait parlé, Genevieve n'avait pas cessé de compter les temps. Le tout sans écraser les pieds de qui que ce soit.

— C'est la première fois que je danse, dit-elle.

Pourvu que cet aveu ne lui fasse pas perdre le fil…

— Vraiment ? Alors nous avons beaucoup de choses en commun, vous et moi, répliqua-t-il avec un sourire charmeur.

Un sourire qui la dissuada de penser qu'il se montrait condescendant.

— On dirait bien, répondit-elle.

Le sourire de Sir William s'élargit encore davantage. Il n'était pas aussi beau qu'Archie, mais c'était un parti plus convenable. Si d'aventure elle envisageait cette possibilité. Et elle avait intérêt à le faire. Désormais, les gens qui la croiseraient n'auraient que cette idée en tête.

Pour autant, elle continuait de regarder en direction de l'endroit où elle avait aperçu Archie. On ne pouvait pas le rater, même en le voulant. Logique, puisqu'il était plus grand que l'ensemble des hommes présents dans la salle, et deux fois plus beau. Sir William était bel homme, certes, mais il ne soutenait pas la comparaison avec Mr Salisbury.

Hélas, elle n'arrêtait pas de les comparer, justement. Ce qui était très naturel, à n'en pas douter, vu qu'elle connaissait pas d'autres gentlemen dans le coin.

Ils finirent leur danse sans un mot, et tant mieux, car elle n'aurait sans doute pas été capable d'entretenir une conversation sans broyer un ou deux orteils au passage.

Sir William se pencha sur sa main.

— Merci pour cette danse, dit-il.

— Merci à vous, répondit-elle. J'aperçois votre sœur, allons la rejoindre.

Miss Evelyn venait de danser avec un jeune homme aux cheveux roux qui regardait sa partenaire avec des étincelles dans les yeux. Sir William plissa les yeux en apercevant sa sœur.

— Oui, c'est une excellente idée.

Vu la façon dont il se raidit, Genevieve eut le sentiment qu'il n'appréciait guère l'attitude de sa sœur. Pourquoi ? Parce qu'elle avait accepté une danse ? Avec cet homme en particulier ? Peu importait la raison, il semblait très contrarié, et elle sentit naître en elle une envie farouche de protéger Miss Evelyn de son frère. Ce qui était parfaitement ridicule. Elle ne savait rien sur eux, après tout ! Mais tout de même. La manière dont il fendit la foule pour marcher vers sa sœur l'inquiétait un peu. D'autant qu'elle vit les yeux de la jeune femme s'écarquiller quand il approcha.

Certes, cette volonté de se montrer protecteur était tout à fait louable, mais enfin… Elle avait fait la connaissance de Miss Evelyn des années plus tôt. En revanche, quel genre de personne était-elle devenue ? Peut-être son frère avait-il pour mission de veiller sur elle de très près.

Pour sa part, elle aurait aimé que quelqu'un soit là pour s'assurer qu'elle allait bien.

— Auriez-vous l'obligeance de m'accorder cette danse ?

Une voix grave l'arracha à l'humeur morose dans laquelle elle menaçait de sombrer, alors qu'elle venait de danser pour la toute première fois. La voix de Mr Salisbury. *Archie.*

Genevieve se tourna vers lui. Elle faillit rester bouche

bée tant il était magnifique. Tout comme elle, il était facile à repérer au milieu de cette foule, dans cette tenue de soirée qui soulignait son charme intensément viril, avec ce torse puissant et ces épaules larges, sans oublier cette mèche rebelle qu'elle trouvait irrésistible quand il l'écartait d'un geste qui se voulait indifférent. Même si ses yeux disaient le contraire.

— Oui, avec plaisir, dit-elle en tendant la main.

Celle d'Archie était chaude et ferme, et il l'attira tout près de lui sans prendre de gants. Du moins, ce fut l'impression qu'elle eut. Elle en avait la chair de poule. C'était comme si le bout de ses doigts s'embrasait dès qu'elle le touchait.

La musique commença, et elle fut ravie d'entendre l'orchestre attaquer une valse. Une danse moins compliquée. Et qui n'obligeait pas les partenaires à se séparer.

Archie ne dit pas un mot, il se contenta de baisser les yeux vers elle. Elle eut soudain l'impression étrange d'être trop serrée dans sa robe. Le souffle lui manquait. Mais ce n'était ni gênant ni désagréable. Peut-être avait-elle envie de se débarrasser de ses vêtements et de se blottir contre lui ? Ce qui aurait été une très mauvaise idée. Même si son cœur lui soufflait le contraire.

Elle humecta ses lèvres, soudain sèches comme de la paille. Il baissa les yeux vers sa bouche. Pour elle ce fut comme s'il l'avait touchée, tant il y avait d'intensité dans ce regard presque animal.

— Est-ce que… Est-ce que vous appréciez cette soirée ? demanda-t-elle d'une voix étranglée.

Cette fois, pas de doute, elle avait bien poussé un couinement de souris.

— Beaucoup, répondit-il sans lâcher sa bouche des yeux.

— Pareil pour moi.

Leurs regards se croisèrent, et il sourit. Un vrai sourire, qui fit pétiller ses yeux. Elle sentit une vague de chaleur l'envahir, comme s'il la serrait entre ses bras, tout contre son corps musclé.

Elle n'était quand même pas la seule des deux à avoir cette sensation, si ? Hélas, impossible de poser la question, d'autant qu'ils étaient entourés de beaucoup de monde, et sur une piste de danse par-dessus le marché. Il restait qu'elle aurait aimé le lui demander, pour savoir s'il éprouvait lui aussi cette impression. Sur ce point comme sur tant d'autres.

Soudain, ce constat s'imposa à elle. Pourquoi se leurrer ? Tôt ou tard, Archie finirait par s'en aller, il retrouverait sa vie auprès de sa tante Sophia, et elle devrait se débrouiller seule.

— Qu'y a-t-il ? lança-t-il en perdant son beau sourire.

Il était tellement perspicace !

Elle secoua la tête et soupira.

— Rien…

Les lèvres plissées, il parut à deux doigts d'insister, mais il n'en fit rien. Il se contenta de la faire tournoyer au milieu de la foule. Et elle chassa de son esprit tout ce qui l'empêchait de savourer ce moment.

Quelque chose taraudait Genevieve, Archie en aurait mis sa main au feu. Mais ce n'était ni le lieu ni le moment pour évoquer la question. Elle n'était pas du genre à cacher ses sentiments. Cependant, il avait souvent l'impression d'être le seul à lire en elle.

Il resserra les doigts autour de sa main, sans même s'en rendre compte, puis la lâcha lorsqu'elle leva les yeux vers lui d'un air inquisiteur. Il secoua la tête. Quel crétin ! Il s'en voulait de nier ce qu'il éprouvait autant qu'il lui en voulait à elle de ne pas lui ouvrir son cœur. Encore que. Pouvait-il vraiment lui faire ce reproche ?

Elle avait fait ce qu'on attendait d'une femme de son rang, après tout. Il aurait dû être ravi de la voir danser avec Sir William, un homme qui n'était manifestement pas animé de mauvaises intentions et qui l'aiderait à s'affirmer, à avoir confiance en elle.

Il aurait voulu jouer ce rôle, mais c'était impossible.

La musique cessa, et il se détacha d'elle avant de s'incliner. Hélas, ce faisant, il se retrouva tout près de ses seins. C'était la première fois qu'il les voyait d'aussi près. Bon sang, il aurait tellement aimé se pencher et poser les lèvres sur cette poitrine offerte à ses regards…

Archie sentit sa bouche esquisser un sourire douloureux qui ressemblait fort à une grimace. Comment osait-il avoir des idées pareilles ?

— Merci pour cette danse.

Genevieve avait l'air tout essoufflée. Ils n'avaient pas dansé à en perdre haleine, pourtant — ce n'était qu'une valse, après tout. Ressentait-elle aussi ne serait-ce qu'un peu de ce qui agitait son cœur ? Pensait-elle à ce baiser, ce baiser dont le souvenir lui embrasait l'esprit, surtout tard dans la nuit ? Se demandait-elle ce qui se passerait s'ils étaient seuls, en train de danser ? De se toucher ?

Cette idée suffit à mettre tous ses sens en éveil, et il serra les dents. *Arrête de penser à elle.*

Plus facile à dire qu'à faire…

— Je commence à fatiguer, dit-elle dans un souffle.

Archie mit un terme à ses rêveries érotiques hantées par la présence de Genevieve et il baissa la tête vers elle. Elle avait l'air inquiète, tendue. Et ses yeux avaient perdu l'éclat qui les animait quand ils dansaient. Le temps d'une valse, ils avaient été encore plus brillants que des étoiles par une froide nuit d'hiver.

— Je vais informer Sir William et Miss Evelyn que vous souhaitez partir, dit-il avant de s'immobiliser quand elle posa la main sur son bras, qu'il sentit se tendre à ce contact.

— Non, je ne veux pas les empêcher de profiter de la soirée au seul motif que je suis fatiguée. Le cocher va me ramener à la maison, il n'aura qu'à revenir vous chercher.

— Pas question de vous laisser rentrer seule.

Genevieve esquissa un demi-sourire qui le toucha en plein cœur.

— Je m'attendais à cette réponse. Mais je ne tiens pas tellement à ce qu'on m'accompagne.

Elle se mordilla la lèvre avant d'ajouter :

— J'ai tort, vous pensez ? En fait, je n'ai pas l'habitude d'avoir tant de monde autour de moi. J'ai toujours eu envie de ça, pourtant, mais c'est trop d'un coup. Beaucoup trop.

Elle lui jeta un regard presque paniqué. Il aurait tant aimé la prendre dans ses bras et rentrer à la propriété à la vitesse de l'éclair.

— Attendez ici un moment, je vais informer vos invités.

Archie s'éloigna avant qu'elle puisse objecter quoi que ce soit. De toute évidence, elle s'en voulait de se montrer aussi égoïste, même si elle ne faisait que se protéger.

Sir William proposa naturellement de la raccompagner lui-même, mais Archie balaya cette suggestion en quelques mots, tant il avait hâte de retrouver Genevieve. De quoi lui faire oublier la politesse.

— Dites à la duchesse que nous la verrons demain matin, ajouta Miss Evelyn d'un air inquiet.

Archie devait bien l'admettre, il appréciait cette jeune femme, malgré l'antipathie que lui inspirait son frère.

— Merci, Miss Evelyn. Sir William.

Archie s'inclina et partit à la recherche de Genevieve. Si seulement il avait les moyens de la protéger ! Des membres de sa famille, de la foule, de ce statut qui l'écrasait. Hélas, ce n'était pas le cas. Mais elle s'en sortirait, il avait toute confiance en elle. Il n'empêche : il avait mal pour elle. C'était la première fois qu'il ressentait une chose pareille pour quelqu'un.

— Comment vous sentez-vous ?

Archie et Genevieve étaient dans la voiture. Hormis le grincement des roues, tout était calme. C'était si agréable. L'obscurité était totale. Elle pouvait à peine le distinguer alors qu'il était juste en face d'elle. Elle ne voyait qu'une grande silhouette noire, exactement comme le jour où il avait débarqué chez elle, à Londres.

— Bien, je crois, avoua-t-elle avant de prendre une grande inspiration. Oui, je me sens bien. Et bête aussi, car je suis partie à la hâte alors que je ne suis pas souffrante. J'étais simplement… dépassée.

— C'est bien normal, répondit-il de cette voix grave et profonde capable de s'insinuer au plus profond d'elle-même et de lui donner le tournis. Depuis peu, vous faites tout un tas de choses dont vous n'avez pas l'habitude. Le tout sous l'œil de dizaines de personnes, qui plus est.

Elle hocha la tête. C'était vrai, sauf que…

— J'aimerais que toutes ces choses deviennent une habitude, justement. Si mon père avait été à la hauteur de son rang, il aurait pu me former. Cela m'aurait évité de nager en plein brouillard.

— Vous lui en voulez beaucoup.

Ce n'était pas une question mais un constat.

— Sans doute, oui, finit-elle par dire. Je ne l'ai pas assez connu pour lui en vouloir en tant que personne. Je ne juge pas l'homme, mais je suis très remontée contre le duc qui n'a rien fait pour me donner les armes pour prendre sa succession. Alors, oui, je suis très en colère. Furieuse, même.

Genevieve fut troublée de découvrir ce sentiment qui l'animait. Et qui la faisait presque trembler.

— Vous n'avez pas tort.

Archie et elle restèrent muets un instant. Elle était agrippée à la banquette, les mains de part et d'autre de ses cuisses, et elle les serrait si fort qu'on risquait bien d'apercevoir l'empreinte de sa paume sur le cuir.

— Est-ce cette colère que vous avez tenté de me faire exprimer ? Quand vous m'appreniez à être… moi-même ?

Se dire qu'il l'avait peut-être manipulée pour qu'elle se comporte comme une duchesse digne de ce nom la rendait littéralement folle. Car, si c'était le cas, la manœuvre avait été couronnée de succès. Après… Il ne tarderait pas à considérer que sa mission était terminée, et elle se retrouverait seule à nouveau.

— Non, dit-il sans cacher son amusement. Mais

cela aurait été très habile de ma part. J'aime travailler avec vous. Enfin, vous le savez déjà.

Soudain, devant cet amusement, elle sentit quelque chose s'adoucir en elle, lâcher prise. Elle n'était plus aussi… oppressée que pendant la soirée.

Elle l'entendit se pencher pour prendre sa main toujours posée sur la banquette. Il y avait tant de force et de détermination dans ce geste.

— J'aurais aimé que vous ne soyez pas duchesse, dit-il.

D'un coup, sa voix semblait différente. Une infime nuance qu'elle seule pouvait entendre.

— Car je…

Brusquement, il s'interrompit. Genevieve sentit sa bouche s'assécher, et elle s'humecta les lèvres.

— Car vous quoi ? insista-t-elle.

Mais elle n'attendit pas sa réponse. Au lieu de quoi, elle se leva et le rejoignit sur l'autre banquette de la voiture. Ils étaient côte à côte à présent.

— Que feriez-vous ?

Elle posa la main sur sa joue et le sentit se figer.

— Imaginez que vous êtes simplement Archie, et que je suis simplement Genevieve.

La barbe qui lui ombrait les joues la chatouilla. C'était à peine si elle apercevait ses yeux briller. Il l'attrapa alors par la main, qu'il tourna pour l'embrasser.

— Si j'étais simplement Archie…

Sur ces mots, il l'attira contre lui et posa la bouche sur la sienne.

Oh. L'espace d'un instant, on aurait dit qu'il n'y avait plus qu'eux au monde. Un monde plongé dans le noir, brûlant à cause de ces lèvres charnues contre les siennes, parfait parce que rien d'autre n'existait.

Elle glissa la main autour de son cou, les doigts plongés dans ses cheveux épais, et elle se surprit à l'attirer d'un geste ferme afin qu'il soit plus près d'elle.

Cette bouche virile était si chaude. De son côté, elle sentait sa poitrine se gonfler, prisonnière de cette robe. Elle retira sa main pour défaire d'un geste sec le nœud qui retenait son manteau.

Archie remonta les mains jusqu'aux épaules de Genevieve et le fit tomber en accompagnant ce geste d'un grognement qui embrasa littéralement celle-ci. C'était un véritable incendie. Elle lui lécha les lèvres, qu'il ouvrit pour l'accueillir, et leurs langues se mêlèrent. Tout ce qu'elle entendait, c'était leur respiration haletante tandis qu'ils se dévoraient.

Seigneur. C'était... indescriptible. Comment avait-elle fait pour tenir aussi longtemps sans cette sensation divine ? Cette chaleur, cette main nue sur son épaule, la caresse de ces doigts de travailleur sur sa peau.

Elle aurait tant aimé qu'il explore tout son corps. Oui, tout, y compris ses territoires les plus intimes. Car c'était à cet endroit que le feu redoublait d'intensité, comme animé par une sorte d'urgence.

Oh ! elle n'était pas naïve au point de ne pas comprendre de quoi il s'agissait vraiment. Mais si elle avait pris le temps de réfléchir — ce qu'elle ne pouvait pas faire pour le moment, vu les baisers qu'il lui donnait et la façon qu'il avait de la serrer tout contre son torse aussi impressionnant que superbe —, elle aurait eu tendance à dire qu'elle ne tenait pas à ce que cette première fois se passe dans une voiture lancée à pleine vitesse. Archie serait certainement du même avis.

En revanche, elle pouvait continuer de l'embrasser.

Voilà pourquoi elle posa de nouveau la main sur son cou, avant de soulever le col de sa redingote pour y glisser les doigts et presser sa paume contre le dos d'Archie. Ce dos musclé qu'elle sentait se tendre.

Elle remarqua bien qu'il essayait de se coller à elle tandis qu'il laissait ses mains la parcourir pour la caresser de manière de plus en plus appuyée. Brusquement, lorsqu'il frôla l'arrière de son corsage, elle n'eut plus qu'un désir. Il fallait qu'il s'empare de sa poitrine. C'était la seule façon de la débarrasser de cette sensation déchirante. Ou de l'intensifier.

Elle n'attendit pas qu'il prenne l'initiative : elle attrapa la main d'Archie pour la poser directement sur ses seins, d'un geste presque impudique — non, carrément impudique, même —, mais qu'importe.

Car, pour l'heure, il n'y avait qu'eux deux, Genevieve et Archie. Ils n'étaient pas une duchesse et son intendant, oh non. Alors quoi ? Deux amis ? Non plus. Deux amants ? Pas encore. Ils étaient coincés dans une espèce de purgatoire entre les deux, un purgatoire rempli de soupirs et de déchirement, d'envie et de baisers. De quoi lui faire perdre la tête et oublier jusqu'à son nom.

En revanche, elle ne risquait pas d'oublier celui de cet homme merveilleux.

— Archie, gémit-elle contre cette bouche virile.

Il avait trouvé son téton, qu'il était en train de titiller à travers le tissu de sa robe.

— C'est très agréable, pas vrai ? murmura-t-il. Cette façon que j'ai de caresser vos seins magnifiques. Si je pouvais, j'aimerais me pencher et laisser courir ma langue sur votre téton durci. Le prendre dans ma bouche et l'embrasser tout en parcourant vos courbes somptueuses.

Eh bien. Elle ignorait totalement qu'on pouvait dire ce genre de choses. Mais elle aurait surtout aimé que ces mots se traduisent par des gestes concrets.

Une fois lovée encore plus près de lui, elle l'attrapa par les hanches, le visage levé vers lui. Et elle le laissa prendre possession de sa bouche avec une ardeur et une sauvagerie à lui couper le souffle.

Il finit par se détacher d'elle, la respiration haletante, sans cesser de faire danser ses doigts sur elle. Là, il les referma autour de son mamelon, tout en la tenant délicatement par la nuque. Comment ne pas souhaiter qu'un tel moment dure éternellement ?

Hélas, c'était impossible. La voiture semblait ralentir, et les roues ne faisaient plus autant de bruit.

Et eux ? Ils étaient toujours aussi essoufflés.

Archie lui donna un dernier baiser, comme si c'était plus fort que lui, avant de s'écarter. Ses yeux paraissaient briller de mille feux dans la nuit noire.

— Genevieve et Archie, finit-il par dire. Rien que nous deux.

Ces quelques mots attisèrent l'incendie qui la dévorait. Jusqu'au fond de son être. Pourquoi ne pouvait-elle pas ordonner au cocher de continuer à rouler et de les emmener loin d'ici ? Dans un endroit où ils auraient oublié qui ils étaient, et qui ils étaient censés être.

Hélas, elle avait des responsabilités. Et lui aussi. Et le reste du monde les empêcherait très bientôt d'être seuls ensemble.

Chère Genevieve,

J'ai envie de vous. J'ai tellement envie de vous que cela me dévore. Je ne sais pas ce qui est le pire. Vous avoir embrassée, connaître la saveur de votre bouche et savoir que je ne pourrai jamais découvrir le reste de votre corps. Ou vous avoir embrassée et imaginer le plaisir que j'aurais à vous explorer tout entière. Partout.

Archie

(Courrier jamais envoyé.)

Chapitre 18

— Autre chose ?

Mr Wilkes accompagna sa question d'un regard vague. Les domestiques de Sir William et de Miss Evelyn attendaient dans la cuisine. De leur côté, Archie et Genevieve étaient dans le couloir. On venait de les débarrasser de leurs manteaux.

Dieu soit loué, Wilkes n'était pas l'homme le plus observateur du monde, et il faisait relativement sombre dans le grand hall. Car Archie avait encore du mal à respirer normalement, il le sentait. Il avait beau tâcher de se calmer, il avait besoin d'air.

Mais il avait surtout besoin de s'empêcher de se jeter sur Genevieve et de se donner à elle jusqu'à ce qu'elle crie son nom.

— Non, je vous remercie, Mr Wilkes, ce sera tout, dit-elle d'une voix faible.

L'intéressé sembla malgré tout l'entendre.

— Bonne nuit, dans ce cas, répondit-il en leur tendant un bougeoir. Attention à la troisième marche, elle craque. J'y jetterai un œil demain.

— Merci, Mr Wilkes, vous prenez remarquablement soin de cette propriété, dit-elle d'un ton approbateur.

Malgré l'obscurité, Archie vit rougir les joues du domestique.

— Comment ménager ses efforts quand on est au service de quelqu'un comme vous, milady ?

Sur ces mots, il se retourna et s'engagea dans le couloir menant aux cuisines. En les laissant seuls.

— Bien, dit-elle d'une voix plus aiguë qu'à l'accoutumée. Et si nous allions au lit ?

Subitement, elle poussa une sorte de… couinement, comme si elle avait pris conscience de ses propos.

— Enfin, je veux dire…

Elle semblait à la fois essoufflée, impatiente et anxieuse.

Ils avaient déjà eu cette conversation, ce qu'il fut d'abord tenté de lui rappeler. Au lieu de quoi, il lui attrapa la main.

— J'ai compris ce que vous vouliez dire. Laissez-moi vous conduire jusqu'à votre chambre. Clarkson vous y attend et elle a certainement hâte que vous lui racontiez la soirée.

— Oui, admit-elle avec un mélange de reconnaissance et de déception.

L'étendue des nuances qu'une voix pouvait avoir ne cesserait jamais de le surprendre. Mais c'était peut-être parce qu'il existait une sorte d'osmose entre eux. Pour sa part, c'était une grande première.

Ils gravirent l'escalier. Archie sentait avec force la présence de Genevieve à côté de lui. La façon dont elle veillait à ne pas se laisser distancer. Sa peau diaphane qui luisait d'un doux éclat dans la lumière incertaine de la bougie.

Il la mena jusqu'à sa porte. Leurs deux chambres n'étaient pas voisines, par chance. La pièce où il dormait était trop éloignée pour qu'il ose s'aventurer jusque chez elle, mais suffisamment proche pour lui permettre d'imaginer ce qui se passerait s'il tentait malgré tout sa chance.

Au lieu de quoi, il resta sur le seuil et observa Genevieve attentivement. Elle avait la bouche toute rouge, et c'était grâce à lui. Ce constat lui procura une joie farouche et triomphante. Ce baiser avait suffi à l'embraser. On devinait un éclair de sensualité dans ce regard. Il lui avait dit des mots qui lui avaient presque coupé le souffle, et qui avaient décuplé son excitation.

— Merci, dit-elle avec une pointe d'humour dans la voix.

— Merci de quoi ? souffla-t-il. De vous avoir embrassée ? De vous avoir caressée ?

Il se pencha pour lui parler à l'oreille.

— D'avoir plongé la main dans votre robe et trouvé votre téton, en espérant en faire de même avec ma langue ?

Elle lui attrapa le bras et leva les yeux vers lui. Des yeux qui brillaient comme un ciel étoilé.

— Oui, répondit-elle d'un ton farouche. Merci pour tout ça. Car…

Soudain, il vit son expression changer.

— Car je ne revivrai peut-être plus jamais une chose pareille.

Il essaya de ne pas montrer à quel point ces quelques mots le troublèrent, même s'il lui avait déjà dit le même genre de choses. *Plus jamais ça.* S'ils avaient partagé ce moment, c'était uniquement parce qu'ils s'étaient retrouvés seuls dans une voiture alors qu'ils rentraient d'une soirée mondaine qui l'avait mise mal à l'aise. Pour autant, leur attirance mutuelle les avait déstabilisés tous les deux, jusqu'à les pousser à faire quelque chose d'aussi stupide, d'aussi risqué. Si cela venait à recommencer, tous les efforts qu'elle avait produits risquaient d'être anéantis.

— Je ne revivrai peut-être jamais une chose pareille moi non plus, finit-il par admettre en lui lâchant la main.

Et, sur ces mots, il prit le couloir qui menait jusqu'à sa chambre.

En sentant qu'elle le suivait du regard.

Genevieve attendit d'entendre Archie refermer la porte de sa chambre derrière lui avant d'entrer dans la sienne. Le feu de cheminée jetait une lumière chaude et dorée dans la pièce. Miss Clarkson se leva en posant son livre sur la table à côté d'elle.

— Vous êtes rentrée tôt, dit-elle en jetant un œil à la pendule dans un coin. La soirée était agréable ?

Agréable ? C'était une façon de présenter les choses... On aurait également pu dire que c'était la soirée la plus extraordinaire et la plus décevante de sa vie.

— Oui, merci.

Elle se retourna pour que sa femme de chambre défasse les boutons à l'arrière de sa robe.

— J'ai préféré rentrer tôt. Je ne suis pas sûre que j'étais préparée à voir tant de monde sous le même toit.

Miss Clarkson poussa ce qui ressemblait fort à un gloussement, tout en exécutant sa tâche d'un geste expert.

— Je m'en doutais, les événements de ce genre sont toujours intimidants quand on n'a pas l'habitude de s'y rendre. Et je me disais que ce serait votre cas, d'après ce que vous m'avez raconté sur votre enfance.

— Effectivement...

Était-ce pour cette raison qu'elle s'était jetée dans les bras d'Archie si rapidement ? Pourquoi s'était-elle sentie si bien tout contre lui ? Elle ne pouvait pas s'empêcher de penser qu'il y avait autre chose. Mais cela risquait de l'entraîner très loin si elle y réfléchissait trop.

— Laissez-moi retirer vos manches.

Dieu merci, sa femme de chambre ne se rendait pas compte du véritable tourbillon qui agitait son esprit. Le tissu glissa sur sa poitrine et elle frissonna en se rappelant les doigts d'Archie. Ses caresses.

Comment un geste aussi simple pouvait-il avoir un effet aussi dévastateur ? Elle l'imagina en train de la toucher ailleurs. Est-ce que les hommes caressaient les femmes à cet endroit ? Sans doute, oui. En tout cas, elle imaginait très bien Archie en train de laisser glisser ses doigts le long de son bras, de ses hanches, et plus bas.

— Vous avez froid ? demanda Miss Clarkson d'un ton soucieux. On dirait que vous frissonnez.

Non, je brûle des pieds à la tête. Voilà ce qu'elle aurait voulu répondre, si elle avait pu.

— Non, tout va bien.

Miss Clarkson posa le dos de sa main sur le front de Genevieve.

— J'espère que vous n'êtes pas tombée malade.

Si c'était si simple ! Le temps de se libérer de sa robe, elle attendit que la jeune femme la ramasse pour la défroisser.

— Tout va bien. Je ne peux pas tomber malade, il y a trop à faire !

Et c'était la vérité. D'autres ouvriers arriveraient le lendemain, et elle avait des monceaux de papiers à éplucher avec Archie — enfin, Mr Salisbury. Et maintenant, elle avait des invités, par-dessus le marché ! Sans oublier qu'elle devait décider de la date de son retour à Londres.

Elle avait intérêt à rentrer rapidement, elle le savait, et pas seulement parce que cette perspective l'angoissait terriblement. Elle comptait bien y faire face, et Archie pourrait sûrement l'aider à résoudre ce problème — en échafaudant une stratégie ou une autre, histoire de se préparer. Au moins, elle aurait une chance d'affronter les choses sans céder à la panique ou sans avoir à précipiter son départ.

Cela étant, si elle devait partir plus tôt que prévu, il l'accompagnerait, ce qui voudrait dire que… Non. Mauvaise idée. C'était à sa grand-mère d'être avec elle, de lui servir de chaperon. Même si cette dernière était aveugle. Et si elles…

Non. Encore une mauvaise idée.

Elle devait faire comme si rien ne s'était passé.

Ha… Comme si elle pouvait oublier quoi que ce soit ! Pourquoi se mentir ? Elle revivrait certainement ces moments dans la voiture durant très longtemps. Plus tard, quand elle serait terrée dans l'une de ses nombreuses propriétés, seule et célibataire, elle repenserait à cette seule fois où on l'avait traitée comme une femme et pas comme une duchesse, ou même comme une aristocrate.

Mais, pour ce faire, il faudrait d'abord qu'elle reprenne le contrôle sur ses désirs et qu'elle en assume les conséquences.

— Et maintenant, votre chemise, dit Miss Clarkson.

— Oh ! oui, bien sûr, répondit Genevieve en défaisant les liens sur sa nuque.

Sa femme de chambre se pencha pour l'en débarrasser avant de lui tendre sa chemise de nuit.

— Merci, Clarkson, dit-elle tandis qu'elle faisait glisser le vêtement par-dessus sa tête. D'après vous, est-ce que j'ai tort d'espérer me dispenser de tout ce que je devrais faire ?

Elle se retrouva finalement habillée, les cheveux en bataille. Elle battit des paupières en voyant la mine dubitative de sa femme de chambre, qui avait haussé un sourcil.

— Quoi ? demanda-t-elle.

Avait-elle l'air ridicule ? Bien sûr que oui, quelle question ! Un homme l'avait embrassée passionnément dans une voiture, ce qui l'avait mise sens dessus dessous, et elle ressemblait sans doute à une sorcière. Une fois encore.

Pour autant, Miss Clarkson se dispensa de faire le moindre commentaire sur ce point.

— Je m'inquiéterais pour votre intelligence si vous pensiez différemment.

Le temps de mettre d'aplomb la chemise de nuit de Genevieve, sa femme de chambre recula d'un pas avec un hochement de tête approbateur.

— Je crois que vos autres robes sont en chemin, elles arriveront certainement dans quelques jours. C'est ce qu'a écrit Mrs Hardwick dans le message qui accompagnait votre tenue de ce soir.

Encore des robes. Encore des responsabilités. Et moins de temps à passer seule avec lui.

Il fallait voir le bon côté des choses : quand elle laisserait la panique et ses devoirs la noyer, inexorablement, elle serait vêtue de toilettes somptueuses. Ce serait déjà ça…

— Bonjour, Madame la duchesse.

Miss Evelyn jeta un coup d'œil timide à Genevieve, sa tasse de thé à la main.

Elle était très jolie dans cette robe de couleur claire et constellée de fleurs minuscules.

— Vous sentez-vous mieux ce matin ?

— Oui, merci.

D'un geste, elle pria le valet de pied — l'un de ses nouveaux employés — de lui servir du thé.

— Avez-vous quitté la soirée beaucoup plus tard que moi ?

La jeune femme secoua la tête en faisant danser une cascade de boucles autour de ses épaules.

— Mon frère n'en voyait pas l'intérêt si vous…

Elle s'arrêta brusquement tandis que son visage s'empourprait violemment.

— Le voyage d'hier avait été long et nous étions fatigués.

Genevieve dissimula un sourire en avalant une gorgée de thé. Sir William devrait empêcher sa sœur de commettre ce genre de maladresses lorsqu'ils seraient au sein de la bonne société londonienne. Pour être honnête, savoir qu'il caressait sérieusement la possibilité de la courtiser était très flatteur. Et qu'importe si une telle perspective était tout à fait inenvisageable, surtout après ce qui s'était passé dans le fiacre.

Peut-être était-ce un signe. Et si elle n'était pas si sensible que ça aux charmes des hommes ? Elle n'en avait jamais fréquenté aucun auparavant. Du coup, elle avait eu peur de se laisser ensorceler au premier regard, voilà tout.

Mais non. Elle s'était déjà laissé ensorceler, mais par un seul homme. D'un autre côté, elle ne comptait que deux gentlemen dans sa vie actuelle…

Peut-être avait-elle intérêt à s'accorder encore un peu de temps avant de dire à quel point elle était sensible aux charmes de ces messieurs. Bref, tout espoir n'était pas perdu pour Sir William.

— Madame la duchesse, auriez-vous l'obligeance de me faire visiter le jardin cet après-midi ?

Miss Evelyn mordit dans sa tranche de pain grillé après avoir posé sa question. Une trace de beurre atterrit sur sa lèvre.

— J'en serais ravie, répondit-elle avant de faire un geste en direction de la bouche de la jeune femme. Au fait, vous avez un peu de…

Miss Evelyn devint encore plus rouge et s'empressa de s'essuyer la bouche avec une serviette. En un sens, c'était rassurant de savoir que quelqu'un était capable de piquer un fard aussi rapidement qu'elle.

Au même instant, la porte de la salle à manger s'ouvrit, et Sir William fit son entrée dans la pièce.

— Bonjour, dit-il en attendant que le valet tire la chaise sur laquelle il prit place. Comment vous sentez-vous ce matin, milady ? Bien, j'espère.

Il avait les sourcils froncés, la mine soucieuse.

— Oui, merci. Votre sœur et moi comptons profiter de l'après-midi pour faire le tour du jardin. Souhaitez-vous vous joindre à nous ?

Sir William se cala contre le dossier de sa chaise tandis que le valet de pied disposait une assiette devant lui.

— Avec grand plaisir ! dit-il en tartinant de confiture sa tranche de pain grillé.

Sous la table, Genevieve ne put s'empêcher de tambouriner des doigts sur sa cuisse. Était-ce à cela qu'allait ressembler sa vie ? Allait-on l'obliger à passer ses journées à boire du thé, rougir, manger de la confiture, se promener dans des jardins et manifester son enthousiasme à tout bout de champ ? C'était à mourir d'ennui ! Ce n'était pas du tout ce qu'elle avait espéré les fois où elle avait rêvé d'avoir des amis ou d'atteindre l'âge adulte, et pas forcément d'être duchesse.

Elle retint un soupir et avala une nouvelle gorgée de thé. Au moins, cela avait un peu de goût quand tout le reste était insipide.

Cher Mr Salisbury,

Nous devrions commencer à envisager la date de notre retour à Londres, même si je dois vous avouer que faire mon entrée dans le grand monde ne m'enthousiasme guère. Au risque de me répéter, je n'ai pas envie de faire grand-chose en dehors de passer du temps en votre compagnie.

Sir William et Miss Evelyn ont exprimé le souhait de nous accompagner. Celle-ci a envie de reprendre contact avec certaines personnes dans la capitale et, si je puis me confier à vous, retrouver un ami qui tient une place à part dans son cœur.

Quant à Sir William, il fait tout pour me courtiser, cela crève les yeux.

À votre avis, pourrions-nous rentrer dans une semaine ? Dans l'intervalle, nous aurions tout intérêt à passer du temps seuls ensemble pour nous permettre d'envisager sérieusement ce qui m'attendra à mon entrée dans le grand monde.

La duchesse de Blakesley

Chapitre 19

— Par quoi souhaitez-vous commencer ?

La mâchoire serrée, Archie tâcha de garder une voix neutre. Ou du moins de ne pas avoir la voix d'un homme ayant passé cinq jours à réfléchir à une certaine soirée en particulier…

La propriété de Genevieve sortirait de l'ornière dans très peu de temps. Le personnel s'était étoffé avec l'arrivée d'autres anciens soldats, et Mr Wilkes avait été officiellement nommé au poste d'intendant, en dépit de ses protestations — il ne méritait pas une telle responsabilité, disait-il. Archie lui avait rétorqué joyeusement qu'un seul rôle n'était pas dans ses cordes — en l'occurrence celui de chef des cuisines, vu le peu de recettes qu'il avait à son répertoire.

Sir William et Miss Evelyn étaient toujours là, mais ce dernier semblait être conscient d'avoir commis un faux pas. Il tâchait toujours de conquérir le cœur de Genevieve, certes, mais il se montrait plus discret.

Si le simple fait de le voir ne l'avait pas autant révulsé, Archie aurait même admis que cet homme faisait sa cour avec doigté — en demandant son avis à Genevieve, en lui adressant des compliments sur ses toilettes. En étant là quand c'était nécessaire, mais sans s'imposer pour prendre les décisions. En la laissant appeler à l'aide au lieu de penser qu'elle était incapable de se débrouiller seule.

— Je devrais m'entraîner à faire la conversation aux gens.

Ce sujet avait l'air d'angoisser Genevieve. Ah, comme tout aurait été plus simple s'il avait pu la prendre dans ses bras ! Cela n'aurait peut-être pas calmé les angoisses de celle-ci mais, pour sa part, il se serait senti bien mieux.

Ce sentiment le tenaillait depuis plusieurs jours — lorsqu'il n'était pas occupé à contrôler des comptes, à calculer d'éventuelles dépenses et à former les nouveaux employés à leurs postes. On lui avait également rapporté des informations troublantes : Leonards faisait le tour du village en se demandant tout haut pourquoi la duchesse et son intendant par intérim passaient autant de temps ensemble.

Pour sa part, il aurait bien aimé occuper ce temps de manière agréable, c'était une certitude. Hélas, ce n'était pas envisageable.

C'était l'une des premières fois que Genevieve et lui se retrouvaient seuls ensemble depuis cet épisode dans la voiture. L'après-midi venait de commencer quand on lui avait transmis sa lettre. Il avait donc sauté sur l'occasion d'être en sa compagnie.

— Faire la conversation aux gens ? Ceux que vous croiserez en société, j'imagine ?

À vrai dire, il n'avait pas pris conscience de l'impact que cette enfance solitaire avait eu sur elle. Et puis il l'avait vue à deux doigts de sombrer dans une peur panique lors de cette fameuse soirée… Elle était autrement plus décontractée avec les domestiques, des gens qui n'étaient pas constamment en train de se comparer à elle. Il y avait un fossé entre elle et eux, bien sûr, mais elle était tellement avenante qu'elle était capable de mettre tout le monde à l'aise — à commencer par elle-même.

— Ce ne serait pas inutile.

Elle se mordit la lèvre en s'efforçant de regarder un point derrière lui. Comme toutes les fois où elle pensait à quelque chose qui l'effrayait d'une façon ou d'une autre. Il la connaissait suffisamment bien pour s'en apercevoir. Il s'en réjouissait même, difficile de le nier. Mais, en un sens, c'était également le signe qu'elle lui échappait. Même si elle se trouvait là devant lui, en chair et en os.

— Tâchons de ne pas brûler les étapes, répondit-il. Imaginons que je suis une jeune femme tout juste introduite dans le grand monde et qui vient de faire votre connaissance. Ou la reine, si vous préférez.

Elle éclata de rire. Tant mieux, c'était l'effet qu'il recherchait.

— J'aurais bien plus de points communs avec une jeune débutante, répondit-elle. Avec la reine, pas tellement.

— Pas sûr. Vous êtes deux femmes de pouvoir.

— Ne m'en parlez pas ! dit-elle avec une grimace. La reine a toujours su qu'elle finirait par monter sur le trône un jour. Et elle a une mère qui est là pour l'aider, même si ses conseils ne sont pas toujours les bienvenus.

Elle secoua la tête et balaya sa remarque d'un geste de la main.

— Mais peu importe. Imaginons plutôt que vous êtes une jeune aristocrate, cela vaudra mieux.

Ni une ni deux, Genevieve se redressa et haussa un sourcil.

— Bonsoir, milady. Ravie de faire votre connaissance, dit-elle.

Peut-être d'un ton qui aurait mieux correspondu à celui de la reine.

Archie lui attrapa la main et esquissa sa plus belle révérence. Qui n'était pas si belle, en toute honnêteté.

— Tout le plaisir est pour moi, milady.

Il prit volontairement une voix plus aiguë. C'était d'un ridicule achevé. Résultat : elle ne put s'empêcher de sourire.

— On ne sourit pas ! s'exclama-t-il d'un ton faussement sérieux. On ne plaisante pas non plus. Nous sommes là pour converser, pas pour nous amuser.

Elle leva les yeux au plafond avant de retrouver son sérieux.

— Cette soirée est-elle à votre convenance, milady ? demanda-t-elle d'un ton pincé.

L'instant d'après, elle poussa un soupir :

— Ça ne rime à rien. Il faut qu'on trouve un nom à votre personnage. Comment voulez-vous parler à quelqu'un, sinon ?

— Ah, oui, exact.

Mince. Il n'avait même pas songé à ce détail. Et comme l'inventivité n'était pas sa qualité première…

— Et si vous m'appeliez Lady Arch ?

Genevieve ferma les yeux d'un air affligé. Eh bien quoi, où était le problème ?

— Partons plutôt sur Lady Anne. C'est un vrai nom, au moins.

— Très bien, répliqua-t-il assez sèchement. Entendu pour Lady Anne. Et si nous reprenions ?

— Allons-y.

Avec un grand sourire qui n'avait rien de factice, Genevieve pencha la tête vers lui.

— Lady Anne ! La soirée est-elle à votre convenance ?

Archie tâcha d'imaginer ce que pouvait ressentir une jeune femme au moment d'entamer la conversation avec une duchesse. Une chose était sûre : elle ne songerait jamais à la prendre dans ses bras pour l'embrasser fougueusement. Ce que lui souhaitait faire, hélas. Au lieu de quoi, il plaqua les mains sur ses cuisses et tâcha de paraître plus petit qu'il n'était. Logique : c'était elle qui était en position de force.

— Oui, tout à fait.

Il jeta un œil alentour, comme pour prendre la mesure de la pièce — avec ses lumières, ses invités, sa musique.

— C'est la première fois que je participe à un événement de cette ampleur.

Le sourire de Genevieve se fit encore plus chaleureux.

— Je viens justement de rentrer de la campagne. C'est assez impressionnant, n'est-ce pas ? dit-elle en baissant la voix.

Comme pour confier un secret. Archie se raidit.

— J'ai fait une bêtise ?

Une fois encore, elle laissa sa voix s'envoler dans les aigus. L'anxiété qui la tenaillait le frappa en plein cœur.

— Non.

Vous étiez vous-même, c'est tout.

— N'oubliez pas que vous devez garder une certaine distance avec vos interlocuteurs.

Alors qu'il lui répondait, une idée lui traversa l'esprit.

Il connaissait bien mieux le quotidien d'une duchesse qu'elle. Lady Sophia avait eu raison de le faire venir auprès de Genevieve, même si son employeuse avait hâte qu'il revienne. Tous les courriers de plus en plus désespérés qu'elle lui envoyait étaient là pour le prouver.

De toute évidence, celle-ci se sentait seule. Les dames de la ville venaient moins souvent la voir. Rien que de très normal puisqu'elles étaient au courant de son absence.

Il essaya de ne pas sourire en imaginant que Lady Sophia se plaignait certainement de la situation auprès de Bob.

Pendant ce temps, Genevieve avait reculé d'un pas, les yeux pétillants.

— Une certaine distance ? Dois-je toujours avoir un mètre de couturière sur moi et veiller à me tenir loin des gens pour paraître inaccessible en toutes circonstances ?

Tout à coup, elle écarquilla les yeux. Sans doute se rappelait-elle les fois où elle avait enfreint ces mêmes règles, ces fois où elle n'avait pas hésité à effacer toute distance avec son interlocuteur — lui, en l'occurrence. Ce qui n'aurait pas été étonnant vu que ces souvenirs le hantaient en permanence lui aussi.

— Vous n'avez pas besoin d'un mètre de couturière, Madame la duchesse, dit-il en esquissant un sourire. Contentez-vous d'imaginer la bonne distance à laquelle une duchesse devrait se tenir.

Il baissa alors les yeux vers l'espace entre eux.

— Voilà à peu près la distance que je vous conseille de garder avec quelqu'un.

Elle suivit son regard.

— Qu'est-ce que ça représente concrètement ? Je n'arrive pas à bien mesurer.

Il posa un pied juste devant l'autre, avant de recommencer, jusqu'à ce qu'il la frôle.

— Je dirais l'équivalent de trois pieds, milady.

Il avait répondu à sa question, certes, mais désormais, il était face à elle. À l'endroit même où il rêvait d'être, et où il n'aurait pas dû se trouver.

— Trois pieds. C'est la bonne distance ?

Tiens, elle parlait d'une voix moins aiguë. Mais elle semblait manquer d'air. Il devinait exactement ce qu'elle ressentait. Car il avait du mal à respirer, lui aussi.

Archie était là, juste devant elle, si près qu'elle discernait les petites rides qui se dessinaient au coin de ses yeux. Si près qu'elle pouvait voir le noir de ses pupilles contre le bleu de ses iris.

Elle tâcha de prendre une grande inspiration, avant de se raviser. Seigneur, elle risquerait de se retrouver tout contre lui si elle le faisait. Alors elle s'arrêta, le souffle court, avant de déglutir avec peine.

Qui aurait dit que son attirance pour lui la conduirait à ne même pas pouvoir respirer normalement ? Celles et ceux qui avaient vécu une expérience similaire, sans doute. Ce qui n'avait pas été son cas jusque-là.

— Archie, lança-t-elle alors qu'il reculait pour se mettre à la bonne distance.

Comme les convenances l'exigeaient.

— Madame la duchesse.

Il avait la mâchoire serrée. Les poings aussi. On voyait presque ses veines se dessiner, signe de son émotion.

Elle n'aurait pas dû se réjouir de voir à quel point il était troublé, mais c'était plus fort qu'elle. Que ressentait-elle exactement ? Aucune idée. Mais une chose était sûre : elle n'était pas la seule des deux. Il éprouvait la même chose, lui aussi. C'était même tellement fort qu'il devait s'obliger à reculer, et à l'appeler par son titre plutôt que par son prénom. Comme s'il trouvait cela trop intime, brusquement.

— Reprenons l'entraînement, poursuivit-il d'une traite et d'une voix sourde.

Comme s'il se forçait à prendre ce ton monocorde pour ne pas lâcher prise… et basculer.

Cela la fit frémir. D'ailleurs, pourquoi fallait-il qu'il soit à ce point maître de ses nerfs ?

— Oui, dit-elle, entraînons-nous.

Elle laissa une partie de ses sentiments profonds percer dans sa voix, et se retint de sourire en voyant les yeux d'Archie s'écarquiller. Et ses doigts se crisper un peu plus.

— Milady, cette fête est très agréable.

Genevieve détourna le regard comme pour étudier les invités qui prenaient des rafraîchissements. Mais l'envie qui la tenaillait était toujours là… Pendant ce temps, il la regardait attentivement.

— J'aime rencontrer des gens aussi… distingués, continua-t-elle en tâchant d'avoir l'air d'une véritable aristocrate.

Hélas, elle ruina son effet en se tournant vers lui avec un grand sourire.

— C'est bien, n'est-ce pas ?

Les bras croisés sur son torse, il haussa un sourcil.

— Oui, milady, confirma-t-il. Mais tâchez tout de même de rester dans votre rôle un peu plus d'une poignée de secondes.

Elle l'observa un instant, avant de pencher la tête sur

le côté, les mains sur les hanches, d'un air de défi. Car c'était bien un défi, non ? Un défi qui la contraignait à être à la hauteur de son rang, à aller au-devant des gens qui risquaient de la mépriser, voire de la rejeter. Le tout avec grâce et une bonne dose de morgue.

Pour finir, il lui fallait également résister aux sentiments qui l'animaient, sous peine de s'écarter de ses devoirs. À savoir son envie d'être une femme qui voulait et qui éprouvait des choses encore inconnues pour elle quelque temps plus tôt. En l'occurrence, elle le voulait, *lui*.

Si son père avait su assouvir ses désirs, c'était parce qu'il était un homme. Et le fait d'être un duc exécrable n'y avait rien changé. Mais si de son côté elle n'était pas à la hauteur de son rang de duchesse — et c'était ce qui l'attendait —, elle ne serait jamais une femme d'exception. Surtout vu l'idée qu'elle se faisait de la chose — c'est-à-dire pouvoir aimer quand elle le voulait, être heureuse. Et aimée en retour.

Au mieux, elle pouvait tâcher de ne pas être une duchesse minable et inconvenante. C'était déjà un premier but.

Forte de cette décision, Genevieve se drapa dans sa dignité d'aristocrate et adressa un signe de tête à Archie. Il fallait qu'elle cesse de penser à celle qu'elle rêvait d'être afin d'être enfin celle qu'elle était vraiment.

— Cette fois, j'aimerais que vous fassiez semblant d'être un homme.

Elle dut se retenir d'éclater de rire. Sa demande pouvait paraître incongrue puisque Archie était un homme — aucun doute là-dessus ! Cela étant, tout le problème était là.

— Faites comme si nous avions à négocier quelque

chose, vous et moi, expliqua-t-elle. Imaginons que vous me trouvez indigne de détenir ce titre.

En d'autres termes, comme tout le monde ou presque.

— Et que vous me le faites comprendre à travers votre attitude.

Archie plissa les yeux.

— En êtes-vous bien sûre ?

Une seconde. N'en avait-il pas profité pour se rapprocher d'elle ? Pour effacer une partie de cette distance obligée ? Là, il s'arrêta, les lèvres plissées. Elle vit alors un muscle de sa joue tressauter.

— Sûre et certaine.

Elle fit elle aussi un pas dans sa direction. Pour se rapprocher, mais pas autant qu'elle l'aurait voulu.

— Enfin, ce n'est évidemment pas ce dont j'ai envie. Ce serait idiot de ma part. Mais j'ai besoin de savoir ce qu'on éprouve, afin d'être prête à tout. C'est une éventualité à envisager, résuma-t-elle avec amertume.

Il garda les yeux posés sur elle un long moment, et elle sentit le souffle lui manquer à mesure qu'elle sentait son regard inquisiteur l'étudier.

— Commençons, dans ce cas.

Archie se redressa et leva le menton, les bras croisés. Il plissa les yeux et pinça les lèvres.

— Bonjour, milady. Je suis l'un des fournisseurs de votre propriété.

Cette fois, son regard n'était plus le même. Le mépris qu'il exprimait était concret, et il la percuta de plein fouet.

— Vous n'avez pas à vous occuper de ces questions, dit-il froidement.

Si elle avait ignoré qu'il faisait semblant, elle aurait cru qu'elle lui était profondément antipathique. Et, à vrai dire, elle ne put s'empêcher de frissonner devant cette mine fermée. Mais à quoi bon se voiler la face ? Elle allait réellement croiser ce genre d'individus. Autant apprendre comment réagir, et sans tarder.

Que lui avait conseillé Archie, quelques jours plus tôt, déjà ? « Assumez le fait que vous êtes dans votre bon droit. » Très bien. C'était dans le domaine du possible.

— Vous vous méprenez, Mr…

Elle laissa sa phrase en suspens, la tête penchée, en attendant qu'il réponde. Il ravala le sourire qu'il voulait esquisser et répondit :

— Mr Mieux-que-vous.

Elle-même se mordit la lèvre pour ne pas s'esclaffer.

— Très bien, Mr Mieux-que-vous. Tous ces problèmes me regardent. Pour la simple et bonne raison que ce duché m'appartient. À moins que vous ne voyiez les choses autrement…

Une fois encore, elle se garda d'aller au bout de sa phrase. Le silence était son meilleur atout, il la mettait en position de force.

— C'est juste que je n'ai pas l'habitude de traiter ce genre d'affaires avec une lady, argua Archie en balayant cette remarque d'un haussement d'épaules. Vous serait-il possible de me laisser poursuivre cette conversation avec un homme ?

— Non.

Ce fut un vrai cri du cœur. Clair, net, péremptoire.

De quoi lui donner envie de pousser un hurlement de triomphe. Mais elle se retint de le faire.

— Non, c'est à moi que vous devez vous adresser, et à personne d'autre. À moins que vous ne souhaitiez me voir faire affaire avec quelqu'un d'autre ?

Cette fois, elle ponctua sa phrase en levant le menton et en haussant un sourcil. Pour la première fois, elle se sentait pleinement dans son rôle de duchesse.

Facile, puisque ce n'était qu'un jeu inventé par Archie afin de l'aider à prendre confiance en elle, mais tout de même.

— Non, non, bien sûr que non, milady.

Tiens, son ton avait changé et frisait l'obséquiosité.

— Je n'avais pas bien saisi avec qui je traitais, c'est tout. Si vous le permettez, je vais vous montrer ce que nous avons fait pour votre compte.

La seconde d'après, il décroisa les bras et lui adressa un grand sourire.

— Bravo. C'était remarquable. Vous avez trouvé la bonne tactique et vous l'avez appliquée à la perfection. Traiter avec les gens est un vrai combat, ce qui oblige à adopter une stratégie en conséquence.

Il fronça les sourcils, la mine pensive.

— Je ne m'en étais jamais rendu compte.

Soudain, il ouvrit de grands yeux et lança d'une traite :

— Si vous meniez davantage de batailles et de réunions d'affaires, le monde serait plus prospère et vivrait en paix !

Elle ne put que battre des paupières. Cet aveu lui avait fait un choc.

— Je… C'est… Merci.

Comment expliquer à quelqu'un qu'il vient de vous faire le plus beau compliment qu'on puisse imaginer ?

— Bref, vous n'êtes pas de l'avis de Mr Mieux-que-vous ? Vous ne pensez pas qu'il vaut mieux laisser des hommes régler ces questions ?

Genevieve avait retrouvé son ton moqueur, incapable de dire ce qu'elle ressentait au plus profond de son être. En grande partie parce que tout cela était… bien trop fort.

— Bien sûr que non, rétorqua-t-il. Même si j'admets que j'ai été étonné d'apprendre que vous aviez hérité de ce titre.

— Vous n'êtes pas le seul, marmonna-t-elle.

— C'est quand même invraisemblable que les hommes aient le pouvoir uniquement à cause de leur sexe. Votre père gérait-il son duché mieux que vous ? Bien sûr que non. Malgré tout : je doute que beaucoup de gens se soient opposés au fait qu'il hérite. Et pourquoi ? Tout simplement parce que c'était un homme. Indépendamment de sa personnalité.

Seigneur. Il avait réussi, Dieu sait comment, à se rapprocher d'elle, avec une intensité folle dans le regard. Soudain, il posa les mains sur ses épaules, comme pour la clouer sur place. Encore qu'elle ne comptait guère bouger.

— Vous êtes formidable, Genevieve. Vous serez digne de votre titre.

— Oui, acquiesça-t-elle.

Ce n'était pas une promesse qu'elle lui faisait. C'était un constat.

— Vous y arriverez, affirma-t-il en caressant sa peau du bout des doigts.

D'un coup, elle eut toutes les peines du monde à respirer, étrangement.

— Milady, dit-il d'une voix marquée par l'inquiétude, tout va bien ? Nous pouvons nous arrêter pour aujourd'hui.

De toute évidence, elle avait fini par manquer d'air

sans même s'en rendre compte. Cet échange l'avait laissée chancelante.

— Tout va bien, merci.

Elle leva les yeux vers lui. Pétrifiée, comme toujours, par la taille et par la beauté de cet homme. Et même encore plus à présent qu'elle savait que c'était quelqu'un d'attentionné, qui prenait sa mission à cœur. Comme elle.

— Et si je nous faisais servir du thé ?

Elle soupira bruyamment. Elle n'avait pas pu s'en empêcher. Pire : elle n'en avait eu aucune envie.

— Je ne suis pas à l'article de la mort, ne vous forcez pas à demander du thé, vous détestez ça au plus haut point !

— Le problème n'est pas là, rétorqua-t-il en lui lâchant les épaules. Mais, en prenant le thé, on se dispense de faire des tas d'autres choses. Quand les gens s'installent pour boire du thé, ils se tiennent tranquilles. Ils sont… assis.

— Et vous préférez être actif ? Réaliser des choses ?

Maintenant qu'il avait éclairé sa lanterne, tout était beaucoup plus logique. Mais ce n'était pas tout…

— Et les gens de votre famille ? Est-ce qu'ils se contentaient de rester assis à boire du thé au lieu de faire des choses ?

Le visage d'Archie se durcit. Mince, pourquoi ne pouvait-elle pas retirer ce qu'elle venait de dire, faire mine de ne rien savoir sur sa famille, ou de ne pas voir comment leur attitude passée continuait de l'affecter ? Hélas, c'était impossible. Prétendre le contraire aurait été malhonnête, et il saurait que c'était un mensonge. Il penserait qu'elle le prenait en pitié alors qu'elle souhaitait simplement le voir heureux.

— Je suis navrée, je n'aurais pas dû poser cette question.

— Non, non, ce n'est rien.

Il tendit la main, qu'elle attrapa, et la guida vers l'une des chaises près du mur du fond. Elle s'assit et attendit qu'il place son siège devant elle. Ses longues jambes la touchaient presque.

Mais ils se retournèrent aussitôt. La porte venait de s'ouvrir !

— Excusez-moi, milady.

Sir William fit son entrée, et Genevieve résista à son envie de lui crier de partir. Et encore, ce cri aurait sûrement ressemblé à un couinement.

— Oui, sir ? répondit-elle d'un ton froid on ne peut plus digne d'une duchesse.

Et dire qu'il lui avait fallu à peine dix minutes pour apprendre à le maîtriser ! Du coin de l'œil, elle aperçut d'ailleurs Archie se retenir de sourire.

— Milady, ma sœur espérait vous demander votre avis sur deux ou trois choses avant que le thé soit servi.

Cette fois, elle dut faire un effort surhumain pour ne pas éclater de rire. Car cela aurait été extrêmement mal élevé !

— Nous souhaitons regagner Londres à temps pour qu'elle fasse son entrée dans le grand monde, mais cette perspective l'angoisse beaucoup. Je lui ai dit que vous sauriez l'apaiser.

Auparavant, elle se serait demandé comment elle pouvait calmer les angoisses de quelqu'un alors qu'elle-même avait terriblement besoin d'être rassurée. Mais maintenant ? Eh bien elle s'en savait capable.

— Bien sûr. Dites à votre sœur que je passerai la voir dans un moment.

Sir William attendit qu'elle se lève, en lui tenant la porte. Se montrait-il courtois ou faisait-il en sorte qu'Archie et elle ne soient plus seuls ensemble ?

— Nous nous reverrons au moment du thé, Mr Salisbury, dit-elle par-dessus son épaule alors qu'elle sortait.

Elle n'en était pas sûre, mais elle crut entendre son cousin étouffer ce qui ressemblait fort à un juron.

Chère Genevieve,

Vous m'avez demandé de vous parler de mes proches. Je n'ai jamais eu le sentiment qu'ils me manquaient avant de vous rencontrer et de voir comment vous vous créez une famille avec les gens de votre entourage. Des gens comme Clarkson, Wilkes, et même moi.

J'aimerais que mes parents accordent autant d'importance à la famille que vous. Si c'était le cas, je ne redouterais peut-être pas à ce point notre retour à Londres, qui me taraude en permanence.

Archie

(Courrier jamais envoyé.)

Chapitre 20

— Miss Evelyn, auriez-vous envie de m'accompagner en ville plus tard dans la journée ?

Genevieve sentit son estomac se nouer à cette idée. Une sorte de retour de flamme après cette soirée qui l'avait tant déstabilisée. Elle était censée faire prochainement son entrée dans le grand monde — sans doute quelques jours plus tard. Ce serait comme plonger un orteil dans l'océan. Un océan qui cachait certainement bien des moqueries et des doutes.

Elle tendit une tasse de thé à la jeune femme.

— J'aurais tout intérêt à faire quelques emplettes et à me montrer, histoire que mes fermiers sachent à quoi je ressemble, et que je suis quelqu'un de simple. Comme eux.

Et pourvu que les choses restent ainsi ! Mais pour le moment, en se rendant au village, elle montrerait au moins qu'elle était une propriétaire tout à fait accessible. Et pas une de ces aristocrates qui faisaient collecter les loyers par un intermédiaire en se moquant éperdument du reste.

Car elle prenait vraiment les choses à cœur. Peut-être un peu trop.

— Ce serait merveilleux.

Miss Evelyn semblait enthousiaste à cette idée, et Genevieve se surprit à répondre par un grand sourire.

— Merci de veiller à ce que ma sœur se sente à l'aise.

Sir William leva sa tasse de thé vers elle comme pour porter un toast.

— Vous êtes une hôtesse exquise, ajouta-t-il en reposant sa tasse dans la soucoupe. Quand comptez-vous rentrer à Londres ? Evelyn et moi avons loué une maison et nous serions très heureux que vous passiez régulièrement nous voir.

Il lança un regard à sa sœur avant d'ajouter :

— Ma sœur se réjouit d'avoir une amie, surtout alors qu'elle s'apprête à entrer dans la haute société.

Le visage de Miss Evelyn s'éclaira. On la sentait pleine d'espoir.

Genevieve se tourna vers Sir William.

— Figurez-vous que j'ai évoqué ce sujet tout récemment avec Mr Salisbury.

Par courrier, ce qui aurait pu paraître étrange aux yeux des autres, mais l'habitude était prise, désormais.

— Et j'en ai conclu que je devrais rentrer. Il est grand temps pour moi de me montrer.

Verrait-elle resurgir l'angoisse qui l'avait saisie lors de la fête au village ? Miss Evelyn et son frère seraient là, quoi qu'il en soit. Et Archie ? Il serait à ses côtés lui aussi — tant qu'il résisterait aux pressions de sa tante Sophia, qui voulait à tout prix le faire revenir.

Genevieve se sermonna. Elle pouvait y arriver. Bien sûr que oui.

— Formidable ! s'exclama Sir William avec enthousiasme. Et si nous faisions le trajet ensemble ?

— Oui, ce serait l'idéal.

Pourvu qu'elle ne regrette pas d'avoir répondu si vite ! Et pour cause : elle ne serait pas seule avec Archie. Mr Salisbury. Ils ne revivraient donc pas ce fameux trajet nocturne…

Était-ce un mal ou un bien ? Impossible à dire. Elle ne tenait pas trop à le savoir, en réalité.

— Miss Evelyn, seriez-vous d'accord pour que nous nous rendions au village dans environ une heure ? demanda-t-elle.

La jeune femme acquiesça avec enthousiasme tandis que Genevieve finissait sa tasse de thé. En ravalant ses sentiments par la même occasion.

— Vous souhaitez vous rendre en ville ?

Genevieve répondit à Miss Clarkson qui ajustait sa robe :

— Oui. Je me dis qu'il n'est pas inutile de montrer aux gens du village que je suis un être de chair et d'os. Pas juste quelqu'un qui encaisse les loyers en les oubliant le reste du temps.

L'inquiétude se peignit sur le visage de la jeune femme.

— C'est une bonne idée, vous croyez ?

Genevieve avait raconté à Miss Clarkson comment elle s'était sentie durant la soirée au village. Avait-elle confié ce qu'elle avait fait dans la voiture qui la ramenait à la propriété ? Évidemment que non, elle n'était pas bête à ce point. Pourtant, le peu qu'elle avait dit avait inquiété sa femme de chambre.

— Ai-je vraiment le choix ?

Genevieve déglutit avec peine tant elle avait la gorge nouée.

— Enfin, si, j'ai le choix, mais ma décision est prise : je ne serai pas une duchesse absente.

Elle secoua la tête d'un air incrédule.

— Des gens comptent sur moi, et je n'en reviens toujours pas. Mais ils doivent savoir que je n'ai aucun point commun avec les membres de ma famille.

Pas même avec Sir William et Miss Evelyn, qui étaient pourtant deux personnes tout à fait charmantes !

— Je suis la première à souhaiter qu'une femme ait autant de responsabilités qu'un homme, répondit Miss Clarkson d'un air réprobateur. Mais tout dépend de la femme en question.

Genevieve haussa un sourcil.

— Et, d'après vous, je ne suis pas la candidate idéale ? répliqua-t-elle.

— Non, je n'ai pas dit ça. Vous êtes la femme de la situation, si vous me passez l'expression. Mais je m'inquiète de ce qu'il vous en coûtera, c'est tout.

Miss Clarkson lissa un ruban de la robe de Genevieve. Un geste qui avait surtout pour but d'apaiser la jeune femme, car les rubans de sa robe étaient parfaitement en place.

— J'ai aussi vu la façon dont vous comptez sur Mr Salisbury, poursuivit-elle après s'être éclairci la gorge. Et je ne…

— Vous ne voulez pas que je tombe amoureuse de lui ?

Mais n'était-il pas déjà trop tard pour ça ?

Miss Clarkson pâlit.

— Non, ce n'est pas du tout ce que j'allais dire ! bafouilla-t-elle en la regardant. Est-ce que c'est le cas ? Vous êtes en train de tomber amoureuse de lui ?

— Oh ! euh… Non, pas du tout.

Genevieve sentit aussitôt ses joues s'empourprer. De toute évidence, elle ne rougissait pas uniquement quand elle était avec Archie. Cela lui arrivait aussi quand elle parlait de lui. Ou quand elle pensait à lui.

— C'est ce que tout le monde suppose parce que je suis… moi, et qu'il est…

Elle agita vaguement la main. Que dire ? Quand même pas qu'il était le plus bel homme de son cercle (très restreint) de connaissances ? Et pouvait-elle signaler au passage qu'il embrassait divinement bien, même si elle n'avait aucun élément de comparaison ? Bien sûr que non !

Miss Clarkson paraissait désormais sous le choc et épouvantée. Genevieve aurait aimé lui demander la raison d'une telle réaction, mais elle ne tenait pas à ce que sa femme de chambre s'imagine des choses… qui étaient une réalité.

— Mais il travaille pour vous ! Ce n'est pas un aristocrate, sans compter qu'il dépend de vous pour se tailler une bonne réputation, fit remarquer la jeune femme d'un air pensif. Je sais qu'il est là à titre temporaire…

Hélas, ajouta mentalement Genevieve.

— Mais tout le temps où il sera votre employé, il sera en position de faiblesse face à vous.

Genevieve sentit une folle envie de s'esclaffer l'envahir. Non, allons, il fallait qu'elle se retienne ! Mais tout de même…

— Lui, en position de faiblesse ? N'oubliez pas que je suis une duchesse célibataire qui n'aurait jamais dû hériter, à en croire la plupart des gens.

Pour la première fois, elle eut l'impression que Miss Clarkson se retenait de soupirer.

— Oui, et vous avez suffisamment de pouvoir, d'argent et d'influence pour détruire sa vie si vous le souhaitez.

Les mains jointes devant elle, sa femme de chambre lui lança un regard perçant.

Genevieve se sentit rougir. Aurait-elle vécu le même genre de scène si sa mère n'était pas partie si tôt ?

— Je ne le souhaite pas, répondit-elle tout bas.

— Bien évidemment que non. Seulement… Vous n'avez personne pour prendre soin de vous, et je voulais vous rappeler que…

— Que je suis duchesse, et par conséquent capable de détruire la vie de quelqu'un d'un simple geste.

Elle tâcha de ne pas sembler amère, mais c'était sûrement raté. Que comptait-elle encore rater d'autre par la même occasion ?

— Je me suis mal exprimée, lâcha Miss Clarkson avec un certain agacement. Je ne veux pas vous ajouter une pression supplémentaire. C'est juste que…

Soudain, elle se pencha pour attraper les mains de Genevieve.

— Je sais que c'est difficile. Ce serait difficile pour n'importe qui, insista-t-elle en les serrant avec affection. Mais vous êtes si gentille, si attentionnée, si impliquée.

Genevieve sentit ses yeux piquer. Pendant un instant, elle fut incapable de parler. Elle regarda Miss Clarkson qui continuait de lui sourire, ce qu'elle fit à son tour tandis que quelques larmes lui coulaient sur le visage, pareilles à des perles de rosée.

— Merci, dit-elle tout bas. Moi qui croyais que ce titre m'empêcherait de me faire des amis…

C'était ce qu'elle avait dit à Archie, d'ailleurs, non ? Résultat : elle pouvait déjà compter sur deux amis. Et peut-être même trois, à condition que Miss Evelyn accepte de sortir de sa coquille.

— Flûte, je suis en train de faire attendre mon invitée, lança-t-elle en retirant la main pour écraser ses larmes.

Miss Clarkson étouffa un rire gêné et sortit un mouchoir qu'elle lui tendit.

— Merci, répéta-t-elle.

Pour toute réponse, sa femme de chambre hocha la tête et lissa un autre ruban de la robe de Genevieve.

— Je vais me joindre à vous, si cela ne vous contrarie pas.

Eh bien, que d'aplomb ! Archie aurait certainement félicité Sir William pour la confiance en lui qu'il affichait. Pour sa part, Genevieve répondit avec un sourire :

— Bien sûr, vous êtes le bienvenu. Mais attention, je suis fermement décidée à acheter un nouveau chapeau.

Miss Clarkson lui tendit sa cape et Genevieve glissa les bras dans les manches, en attendant que sa femme de chambre l'attache autour de son cou. Elle s'était habituée à ce que quelqu'un se charge de ce qu'elle avait toujours fait elle-même. De toute évidence, une duchesse avait le privilège de ne jamais lever le petit doigt quand d'autres personnes moins élevées dans l'échelle sociale pouvaient le faire à sa place.

Pourvu qu'elle ne se retrouve jamais seule avec la reine ! Sans quoi, elle serait obligée de réapprendre tout ce qu'elle aurait oublié entre-temps…

— Mr Salisbury, nous nous rendons au village.

Même si personne ne risquait de le remarquer, Archie

devinait la tension qui animait Genevieve. La mâchoire crispée, il se retint de courir jusqu'à elle et de la couvrir de caresses pour lui assurer que tout irait bien.

— J'ai moi-même quelques affaires à régler, dit-il avec un mouvement de tête à l'intention de Norris, qui se tenait sur le qui-vive dans le couloir.

Ce dernier acquiesça et sortit.

Archie retint un soupir. Il ne pouvait pas se permettre de toucher Genevieve, ce qui paraîtrait totalement déplacé, mais il serait là pour elle, physiquement.

— Oh ! formidable ! répondit-elle en lui adressant un sourire qui lui fit chaud au cœur.

Malgré tout, il devrait lui rappeler de refréner son enthousiasme lors de leur prochaine séance d'entraînement. Norris revint alors avec son manteau.

— Et si nous y allions ?

Genevieve regarda ses invités, puis le regarda lui, avant d'adresser un signe de tête à Norris qui bondit vers la porte pour l'ouvrir.

— Miss Evelyn, dit-elle en attrapant le bras de la jeune femme, n'hésitez pas à me dire si les chapeaux que je choisirai ne me vont pas. J'ai si peu l'habitude de courir les boutiques !

Elles sortirent, suivies par Archie et Sir William.

— Oh ! je suis certaine que vous avez très bon goût, milady, répliqua la jeune femme.

Elle avait l'air contente qu'on lui ait demandé son avis. C'était finement joué de la part de Genevieve.

Le trajet jusqu'au village fut bref. En un quart d'heure, ils étaient sur place. Mais Archie eut l'impression que cela avait duré une éternité. Pourquoi ? En grande partie parce que Sir William faisait de son mieux pour être charmant, et à vrai dire c'était assez réussi, car ce dernier savait engager la conversation avec Genevieve sans se montrer grossier. Il arrivait même à les faire participer à la discussion, Miss Evelyn et lui, histoire de ne pas donner l'impression de la monopoliser.

Archie devait bien l'admettre : il était jaloux. De quelque chose qu'il n'aurait jamais. Cela n'avait aucun sens, absolument aucun. Et pourtant, c'était la vérité. Si seulement il avait pu avoir le droit de converser à bâtons rompus avec Genevieve. Et de lui faire un brin de cour… Hélas, c'était impossible. Il pouvait l'embrasser — ou plus exactement, il pouvait se laisser embrasser, vu le déroulement de ce fameux épisode nocturne —, mais il n'avait pas le droit de lui témoigner aussi clairement son intérêt. De son côté, Sir William ne s'en privait pas, et il avait bien raison.

— Oh ! il y a du monde.

Genevieve regardait par la fenêtre, les joues toutes empourprées. Était-ce un signe d'excitation ? De nervosité ? Les deux ? Elle l'observa à la dérobée et se mordit la lèvre.

Non, c'était bien de la nervosité.

Bon sang, pourquoi ne la tenait-il pas dans ses bras quand elle en avait besoin ?

Parce que cela aurait été tout à fait déplacé.

Parce que cela l'aurait conduit à agir de façon toujours plus inconvenante.

Mais qui avait le plus besoin de ces gestes rassurants ? Lui ou elle ?

Sir William regardait par la fenêtre, lui aussi. Il était assis à côté de lui, face à Genevieve.

— Effectivement. Mais vous allez trouver ce que vous recherchez, milady. Votre rang vous le permet.

On la sentit gagnée par la panique.

— C'est-à-dire que… Oui. Vous avez raison.

Elle semblait à deux doigts d'ajouter quelque chose, sûrement pour révéler le fond de sa pensée, mais elle se ravisa. De toute évidence, elle ne se sentait pas suffisamment en confiance pour avouer à son cousin et à sa cousine ce qu'elle ressentait en leur compagnie. Et cela le réjouissait. Était-ce mal de sa part ?

Peut-être. Mais c'était la vérité.

— Mr Salisbury, que comptez-vous faire au village ?

Elle avait parlé d'une voix anxieuse. Les deux autres s'en étaient-ils seulement aperçus ?

— Je voudrais voir quels sont les outils agricoles à notre disposition avant d'envoyer quelqu'un chercher ce dont la propriété a besoin. Il faudra quelqu'un pour épauler Mr Wilkes et s'occuper des métairies. En attendant, je lui prête main-forte.

— Vous êtes l'intendant de Lady Sophia Waterstone, n'est-ce pas ?

Archie discerna tout le mépris qui perçait dans la voix de Sir William. Comme si rappeler qu'il était un simple employé ternirait son image aux yeux de Genevieve. Mais il connaissait suffisamment bien cette dernière pour savoir qu'elle se sentait plus proche de son personnel de maison que des gens de l'acabit de Sir William.

Ce qui échappait complètement à l'intéressé, semblait-il.

— Oui, ma tante Sophia — je la considère comme ma tante, même si elle n'est pas de notre famille — a eu la gentillesse de m'envoyer Mr Salisbury quand je me posais certaines questions.

— C'est bien aimable à elle, dit Miss Evelyn.

Sans ces sous-entendus qu'on discernait dans la voix de son frère.

— Oui, et il m'a été d'une aide précieuse.

— Hum, murmura Sir William.

Archie lui lança un œil furtif. Leurs regards se croisèrent. Ce n'était pas l'envie de lui envoyer son poing dans la figure qui lui manquait.

Bizarre. Il n'avait jamais ressenti ce besoin avant, pas depuis qu'il avait commencé à donner des ordres aux autres. À cette époque, il avait été contraint de refréner ses pulsions. Au bout du compte, c'était devenu une seconde nature.

Pourtant, il était là, à deux doigts de se montrer violent. D'une façon qui ne lui ressemblait pas. Que lui arrivait-il, enfin ?

Quel homme était-il en train de devenir ? Heureusement, le fiacre ralentit avant qu'Archie se pose la question avec trop d'insistance.

Cher Mr Salisbury, Archie,

Clarkson s'inquiète que je sois trop fragile pour mener à bien mes obligations. Je crois qu'il n'en est rien (et vous, qu'en pensez-vous ?), mais une chose est sûre : mes devoirs et mes responsabilités me sont encore inconnus pour une large part et cela me terrifie. Dire que, dans quelques jours, on me présentera au grand monde comme la duchesse de Blakesley ! Ma vie est en train de changer. Elle a déjà changé, en fait.

J'ai toujours voulu qu'elle soit différente, mais pas comme ça.

Genevieve, duchesse de Blakesley

Chapitre 21

— Bienvenue, Madame la duchesse. Entrez, je vous en prie.

La boutiquière s'inclina si profondément que Genevieve s'empressa de s'inquiéter. La pauvre femme allait se faire mal aux genoux !

— Merci.

Elle entra dans la petite boutique, heureuse de constater que cet endroit était propre et ordonné. Oh ! elle serait quand même entrée si cela n'avait pas été le cas. Et pour cause : c'était la seule chapelière du village. Il n'empêche, cette impression de propreté et d'ordre l'aidait beaucoup à s'imaginer coiffée d'une des créations de la boutique.

— C'est charmant, s'exclama Miss Evelyn.

Genevieve se retourna vers elle avec un sourire. Aussi étonnant que cela puisse paraître, la jeune femme était encore plus innocente qu'elle ! En un sens, c'était rassurant de savoir qu'elle avait des points communs avec certaines dames de la haute société.

Même si cette jeune dame n'avait pas encore fait son entrée dans la haute société en question.

— En quoi puis-je vous aider ? demanda la commerçante.

Les plis crispés autour de sa bouche montraient à quel point elle était tendue.

Comme ça, nous sommes deux, songea Genevieve.

— La duchesse est à la recherche d'un chapeau neuf. Ou deux, répondit Sir William.

— Oui, j'aimerais acheter un chapeau. Et peut-être des rubans également.

Autant afficher son indépendance d'esprit. Et puis ce n'était pas un achat inutile : elle sentait bien que Miss Clarkson n'était peut-être pas capable de supporter toute cette pression, et comme elle aimait lisser des rubans pour se calmer…

— Laissez-moi vous montrer quelques modèles, ils sont juste là, dit la femme en désignant une table.

Effectivement, ce n'étaient pas les chapeaux qui manquaient !

Genevieve était occupée à étudier les modèles avec attention quand la clochette de l'entrée retentit. Quelqu'un entra dans la boutique. Mais il fallut qu'il prenne la parole pour qu'elle sache de qui il s'agissait.

— Tiens, Madame la duchesse est venue frayer avec les petites gens.

Leonards. On devinait un tel mépris dans sa voix ! Elle se tourna pour observer son ancien régisseur et écarquilla les yeux. Il était dans un état déplorable, bien pire que la semaine précédente, quand il avait été démis de ses fonctions.

Elle vit à la fois Sir William et Archie s'avancer vers lui lorsqu'il se pencha vers elle.

— Qui êtes-vous pour me chasser de mon poste ?

Sir William voulut se placer à côté d'elle, mais elle lui fit signe de s'écarter. Elle ne devait compter sur personne pour résoudre ses problèmes, pas même sur un homme ! Si elle s'était entraînée à jouer son rôle de duchesse, c'était pour savoir affronter des moments comme celui-ci.

— Permettez-moi de revenir sur les faits, Mr Leonards.

Elle était satisfaite de constater qu'elle parlait d'une voix calme. Mais était-ce une surprise ? Plus maintenant.

— Vous avez volé l'argent de cette propriété, année après année.

Il voulut ouvrir la bouche mais elle leva la main afin de poursuivre :

— J'aurais presque pu vous pardonner si vous aviez fait du bon travail. Mais ce n'est pas le cas. Vous avez maltraité mes fermiers, vous vous êtes dispensé d'effectuer des réparations pourtant urgentes, et à cause de vous…

Et de mon père.

— … le nom des Blakesley est un objet de moquerie.

Leonards se mit alors à hurler comme un possédé, juste sous son nez. Elle aurait pu reculer. Mais elle n'en fit rien. C'était sa toute première occasion de faire ses preuves, d'affirmer son autorité — car on ne lui demandait pas autre chose. Et qu'importe si cette épreuve s'accompagnait d'une épouvantable odeur d'alcool, doublée de celle d'un homme qui n'a pas vu un bout de savon depuis longtemps.

— Je sais ce que vous vous racontez, tous les deux, continua l'ancien régisseur en pointant Archie du doigt. Vous êtes incapable de prendre une décision sans l'aide de cet animal-là. Vous croyez que personne ne va s'en apercevoir ?

Malgré la violence de ces propos, elle était soulagée que Leonards n'ait pas évoqué la « proximité » bien particulière qu'elle entretenait avec Archie…

— Retirez ça.

Archie. La voix sourde avec laquelle il répondit la fit frissonner. Était-ce parce que cet ordre sonnait comme une menace ? Parce qu'il était intervenu pour la protéger ? Les deux à la fois ? Aucune idée.

Mais non ! Bien sûr qu'elle avait son idée. C'était pour les deux raisons à la fois. Sauf qu'elle refusait de se l'avouer. Par ailleurs, il fallait bien reconnaître qu'il se dégageait de lui quelque chose d'animal.

— Madame la duchesse est tout à fait capable de s'occuper de ses affaires, mais elle n'a pas de temps à perdre à cause d'individus comme vous, ajouta-t-il d'un ton dédaigneux.

— Vous devriez partir, intervint Sir William en s'avançant pour repousser l'importun.

Genevieve vit comment ce geste fit grimacer Archie. La seconde d'après, celui-ci referma la main sur le bras de Leonards. L'ancien régisseur crispa le poing, prêt à frapper !

Sir William devint pâle comme un linge. Elle l'avait bien vu.

Archie bloqua l'attaque et fit battre Leonards en retraite manu militari. Il était tellement fort que l'autre semblait reculer de son propre chef. Mais elle se rendait bien compte que son adversaire résistait, qu'il essayait de se libérer. Sauf qu'il n'était pas assez costaud.

— Tout va bien, milady ?

Sir William s'était porté à sa hauteur tandis qu'Archie et Leonards franchissaient la porte. Il voulut poser la main sur son bras, avant de se raviser. Sans doute avait-il pris conscience que ce geste aurait paru tout à fait déplacé.

— Oui, merci, répondit-elle.

Par la vitrine de la boutique, elle aperçut Archie. Il semblait dire deux mots à Leonards, le visage à deux centimètres du sien, avec de véritables éclairs dans les yeux.

— Souhaitez-vous rentrer ? poursuivit Sir William.

S'était-il rendu compte qu'elle se préoccupait de ce qui se passait dehors ? Sans doute pas. Cela voulait donc dire que toute son attention était tournée vers elle. Et c'était assez flatteur, non ?

Elle aurait aimé rentrer, oui. C'était la seule envie qui l'animait, avant même d'être prise à partie aussi violemment. Mais cela aurait été indigne de son rang. Or si elle s'était rendue dans cette boutique, c'était pour cette raison, justement : pour faire son devoir, pour répondre aux attentes des uns et des autres — et tant pis si certains ne lui accordaient guère de crédit.

— Non, restons.

Genevieve regarda la commerçante et lui adressa un semblant de sourire.

— Désolée pour ce contretemps. Auriez-vous des modèles à me recommander ?

La femme resta un instant immobile, avant d'opiner vigoureusement.

— Oui, milady. Si vous voulez bien vous donner la peine de me suivre.

Elle hocha la tête avant de se rendre à l'endroit indiqué par la chapelière, suivie de près par Sir William.

Archie devait s'efforcer de rester calme. Pas question de céder à l'envie qui le tenaillait — à savoir envoyer son poing dans la figure de Leonards, puis partir avec Genevieve loin du reste du monde.

Un projet tentant, mais irréalisable.

Au lieu de quoi, il la regarda choisir un chapeau — en l'occurrence un modèle avec une espèce de fruit posé en biais sur le dessus. Miss Evelyn était juste à côté d'elle, comme un caneton qui aurait suivi sa mère à droite, à gauche.

Et Sir William ? Il jouait au coq, en paradant comme s'il s'était chargé de Leonards en personne. Et pas comme s'il avait envenimé les choses…

Toute cette situation lui courait sur les nerfs. Et puis pourquoi convoquait-il tous les animaux de là-basse-cour, subitement ? Il était soldat, pas fermier !

— Mr Salisbury, avez-vous besoin de… faire ce que vous aviez en tête ?

Formidable. Voilà qu'il était obligé d'ajouter Sir William à la liste des types à qui il souhaitait coller un bon coup de poing.

— Oui, bien sûr.

Archie jeta un œil à Genevieve, qui s'était tournée vers lui.

— Je serai de retour dans un quart d'heure, milady.

Ne vous laissez pas importuner pendant mon absence, dit-il avec les yeux. *C'est promis, Mais ne faites pas de bêtises*, sembla-t-elle lui répondre sur le même mode.

Il eut besoin de moins d'une demi-heure pour régler ses affaires. Sûrement parce qu'il n'avait pas perdu de temps à parler et parce qu'il n'avait pas caché son impatience quand ses interlocuteurs faisaient traîner la conversation en longueur.

Malgré tout, il était arrivé juste à temps pour voir Sir William aider Genevieve à monter dans la voiture. Ce dernier se retourna et afficha un sourire satisfait, comme s'il devinait exactement le fond de ses pensées.

Encore que, si cela avait été le cas, il n'aurait pas été en train de sourire.

Le trajet de retour fut une vraie torture, là encore. Mais, cette fois, ce fut parce que personne n'osait parler. Ce qui lui laissa le loisir d'imaginer mille et une manières de donner une bonne correction à Leonards. Était-ce bien utile ? Sans doute pas, mais cela l'aida à se sentir mieux.

Finalement, il se décida à briser le silence.

— Puis-je vous parler un instant, milady ?

Ils venaient de descendre de la voiture. Sir William traînait derrière pour conduire Genevieve jusqu'à l'intérieur de la maison. Celle-ci sembla s'apaiser, ce qui apaisa Archie en retour.

— Oui, bien sûr, Mr Salisbury. Je vous rejoins dans votre bureau dans cinq minutes.

Archie ne put s'empêcher de jeter un regard triomphal à son rival. Qui avait l'air d'écumer !

— C'était atroce.

Voilà le cri du cœur que poussa Genevieve en entrant. Archie se tenait près de la porte. Il lui posa une main sur l'épaule pour l'attirer près de lui. De l'autre, il referma la porte derrière eux.

— Tout va bien ? demanda-t-il en scrutant son beau visage.

Elle leva les yeux vers lui. On la sentait légèrement agacée.

— Oui, merci. Toute cette histoire m'a un peu secouée, mais ça va mieux.

Il aurait aimé qu'elle ne soit pas complètement remise de ses émotions. Pour des raisons parfaitement égoïstes, d'ailleurs. Car il aurait pu en profiter pour la prendre dans ses bras, la serrer contre lui, la protéger de tous ceux qui comptaient lui faire du mal.

Hélas, c'était impossible. Ce n'était pas son rôle. Cela n'entrait même pas dans les attributions d'un intendant !

— Merci, dit-elle en s'écartant pour aller s'asseoir sur une chaise.

Et pas n'importe laquelle : celle sur laquelle il avait jeté sa redingote, le premier soir, quand il l'avait embrassée.

Oh non, voilà qu'il se mettait à s'intéresser à des objets aussi banals que des chaises, des voitures, des boutons ! Et qu'il se plongeait dans les souvenirs qu'ils lui évoquaient. C'était la première fois qu'il se montrait aussi sentimental, aussi romantique. Et dire qu'une simple chaise le laissait rêveur.

Il se serait collé des gifles… s'il n'avait pas trouvé que tout cela lui plaisait.

— Je veux rentrer à Londres, déclara-t-elle tout de go. Maintenant.

Genevieve avait parlé d'un ton sans réplique. De toute façon, il voyait mal quel argument avancer pour la contredire. Un argument sensé, du moins.

Il l'avait formée du mieux qu'il avait pu. Et elle était bien partie pour être une aristocrate d'exception. Elle n'avait plus besoin de lui, désormais. Chacun pouvait reprendre sa route — lui pour retourner à sa vie campagnarde, elle pour diriger le duché. Elle était née pour ça, même si personne ne l'y avait préparée.

— Soit. Je vais informer le personnel. Wilkes veillera à pourvoir les derniers postes vacants, il sait ce dont vous avez besoin.

— Oui, merci.

Archie l'entendit alors se lever. Les pieds de la chaise glissèrent sur le tapis dans un bruissement léger.

— Mr Salisb… Archie, est-ce que je…

Brusquement, elle s'interrompit, et il la sentit poser les mains dans son dos. Elles glissèrent le long de ses hanches avant de se refermer sur son torse.

— J'aimerais que tout cela cesse de m'angoisser.

Ils restèrent dans cette position sans bouger. C'était à peine s'il osait respirer. Elle était là, la tête collée contre son dos. Elle le tenait, comme si c'était lui qui cherchait du réconfort, alors qu'elle en avait cruellement besoin, elle aussi !

À quoi bon le nier ? Il n'avait aucune envie de la quitter.

— Vous êtes prête, à présent, Madame la duchesse, dit-il en l'appelant volontairement par son titre. Vous êtes bien entraînée, et vous savez ce qu'on attend de vous.

Toujours le dos tourné, Archie haussa les épaules. Il savait qu'elle sentirait ce geste.

— Vous serez formidable.

Pour toute réponse, elle le serra un peu plus fort.

— Merci, murmura-t-elle. Je me sens bien plus en confiance grâce à vous.

Et, moi, je me sens bien plus vivant grâce à vous. Voilà

ce qu'il aurait aimé répondre. Mais c'était impossible. À quoi bon faire peser un poids inutile sur ses épaules ? Cela aurait été lui faire comprendre qu'il avait envie d'elle, alors qu'il n'en avait pas le droit.

Chère Genevieve,

Ce soir, quand vous avez descendu l'escalier, vous étiez tellement belle que cela m'a fait mal. Mais ce n'était pas le fait de votre robe, même si celle-ci était nettement plus élégante que les tenues que vous aviez l'habitude de porter. Non, c'était vous.

Je crois que je suis tombé amoureux de vous.

Archie

(Courrier jamais envoyé.)

Chapitre 22

— C'est ma préférée, milady.

Miss Clarkson recula et observa Genevieve d'un œil approbateur. La jeune femme fit un grand geste pour désigner toute la robe. Et aussi celle qui la portait, sans doute.

— Avec cette couleur, on dirait que vous avez de l'or dans les yeux.

Là, comme si c'était plus fort qu'elle, elle lissa un des rubans qui flottaient au niveau de la taille de Genevieve.

— Vous devriez tout le temps porter du vert. Seulement, ce serait faire injure aux autres tenues de votre garde-robe, dit-elle en les observant.

La penderie débordait de robes neuves, dans une profusion de couleurs qui indiquait clairement que Genevieve était quelqu'un d'important qui n'avait pas besoin de se plier aux conventions. Et qui ne portait pas le deuil.

La robe qu'elle avait revêtue pour sa première soirée officielle à Londres était vert olive, rehaussée de rubans dorés et de dentelle. En la découvrant, elle avait eu peur que ce soit trop. Elle ne s'était jamais trouvée particulièrement jolie, après tout. Elle s'accordait une place moyenne sur l'échelle de la beauté. Mais maintenant que Miss Clarkson l'avait aidée à l'enfiler et qu'elle regardait son reflet dans la glace… elle pouvait dire qu'elle n'était pas loin d'être renversante, même si cette robe y était pour beaucoup. En revanche, comme cette dernière ne serait pas sensible aux compliments, Genevieve se chargerait volontiers de les recevoir à sa place.

Et Archie ? Qu'allait-il penser d'elle, à présent ?

Cette idée l'accabla, même si elle avait tort de penser à lui. Miss Evelyn et Sir William attendaient certainement qu'elle les rejoigne au rez-de-chaussée afin qu'ils partent pour la soirée. Pas Archie. Il n'avait pas été invité, en grande partie parce que personne ne connaissait sa véritable identité. Les gens ne savaient même pas qu'il était là ! Et puis, techniquement, il était à son service. Par conséquent, le fait qu'il participe à cette sortie aurait paru déplacé.

Elle était arrivée à Londres quelques jours plus tôt. Chandler avait procédé à des changements drastiques parmi les membres du personnel et renvoyé les domestiques qu'il jugeait incompétents. Ils avaient été remplacés par des personnes recrutées par l'agence qui avait recommandé Archie à sa tante Sophia.

Une véritable tornade s'était abattue sur la maison, nettoyée du sol au plafond. Les vieux meubles rutilaient. Constater qu'ils avaient retrouvé leur splendeur passée la fit sourire.

Sa grand-mère lui avait réservé un accueil plein de tendresse. Même le chat Byron semblait content de la voir !

Elle était de retour. Elle était duchesse. Et elle était en route pour sa toute première soirée.

Et elle s'y rendrait comme une femme riche et incroyablement puissante, ce qui ne manquerait pas de susciter les commentaires des gens. Cette perspective ne la rassurait guère, bien au contraire. Par bonheur, elle serait en compagnie de Miss Evelyn — qui semblait encore plus intimidée qu'elle — et, dans une moindre mesure, de son frère. Cela réussit à calmer quelque peu son cœur qui battait la chamade.

Enfin, même si c'était à présent au trot plutôt qu'au galop, il allait très vite malgré tout. La voix de Miss Clarkson l'arracha à ses pensées.

— Tout ira bien.

— Merci, Clarkson, répondit Genevieve avec un sourire. Que pourrait-il m'arriver de pire ?

Plusieurs images envahirent aussitôt son esprit. Elle en train de trébucher dans l'escalier au moment où on l'annoncerait, elle en train de faire tomber du vin rouge sur sa belle robe, ou bien encore de pousser un couinement de souris au plus mauvais moment. Elle agita les mains pour chasser ces visions.

— Peu importe, s'empressa-t-elle d'ajouter.

Pas question que Miss Clarkson lui dresse l'inventaire des autres choses horribles qui pouvaient s'abattre sur elle au cours de la soirée.

— J'irai chercher votre cape quand vous descendrez, dit la jeune femme d'une voix compréhensive.

— Merci.

Genevieve jeta un œil dans la chambre, élégante et impeccable. On n'en attendait pas moins d'une duchesse… Pourquoi fallait-il qu'elle s'absente de la maison pour toute une soirée ? Sa grand-mère et Byron auraient peut-être aimé la rejoindre autour d'une tasse de thé…

Sauf qu'elle se devait d'affronter le reste du monde. C'était nécessaire. Elle serait incapable d'avancer si elle refusait de se mêler aux gens de sa classe. Comment persuader ces derniers qu'elle était une femme réfléchie et digne d'intérêt s'ils la considéraient comme une étrangère ? Si elle vivait en recluse alors qu'elle occupait une position d'habitude réservée aux hommes ?

C'était impensable.

Forte de cette résolution, elle quitta le confort rassurant de sa chambre, avec sa robe pour seule armure — encore qu'une belle tenue pouvait être une arme à part entière. Et elle descendit au rez-de-chaussée, là où son cousin et sa cousine l'attendaient.

Archie n'avait pas prévu d'attendre qu'elle descende. Seulement… C'était ce qui s'était passé. Il savait qu'elle se rendait à une fête en compagnie des Garry et, de son côté il passerait la soirée à contrôler les comptes que Wilkes lui avait envoyés afin de les soumettre à son approbation. Il avait donc pris le chemin de la petite pièce qu'ils appelaient le bureau. Par pure coïncidence, il s'était arrêté pour discuter avec Chandler, qui l'avait présenté à l'un des nouveaux valets de pied. Là-dessus, il s'était arrêté pour goûter un gâteau que la nouvelle cuisinière lui avait fait apporter, histoire qu'il lui donne son avis. Une pure coïncidence, une fois encore.

Il avait bien failli s'étrangler avec son morceau de gâteau quand il avait aperçu Genevieve en haut de l'escalier. L'air hésitant, elle regardait ailleurs, le pied posé sur la marche suivante. Là, elle hocha la tête et osa jeter un œil en bas, ce qui le laissa pantois. Si seulement il avait été à ses côtés ! Pour lui dire combien elle était adorable, élégante… Non : splendide. Pas uniquement parce qu'elle était duchesse, un rôle qu'elle avait commencé à assumer pleinement grâce à leurs séances d'entraînement, mais parce qu'elle était elle-même. Belle, forte, intelligente, attentionnée et…

Archie fut pris d'une quinte de toux. La main devant la bouche, il tenta d'étouffer le bruit. Au moins, cela lui éviterait de lui avouer ce qu'il ressentait.

Bon sang. Il avait fini par tomber amoureux d'elle, c'est ça ?

Et il ne savait pas quoi faire. Vraiment pas.

— Bonsoir tout le monde, dit-elle d'une voix basse et presque tremblante. Bonté divine, Miss Evelyn, vous êtes splendide !

La jeune femme baissa la tête et sourit, les joues tout empourprées. Ce qui le rendit fier de Genevieve. Elle avait constaté que Miss Evelyn était une personne timide qui avait besoin d'attention et de mots gentils — comme elle-même l'avait été. L'était-elle encore ? Peut-être. En tout cas, elle savait quoi dire pour mettre les gens à l'aise.

Ce n'était pas quelque chose qu'elle avait appris depuis qu'elle avait reçu ce titre. C'était une qualité innée chez elle.

— Mr Salisbury.

Archie se fit violence pour croiser son regard. Pourquoi fallait il qu'elle soit duchesse ? Pourquoi n'était-elle pas l'une des voisines de Lady Sophia, voire l'institutrice du village ?

— J'aurais aimé que vous soyez des nôtres.

La grand-mère de Genevieve avait refusé de les accompagner, car avec sa mauvaise vue elle s'estimait incapable d'assumer le rôle de chaperon. Elle trouvait donc ridicule de s'aventurer loin de la maison — et de Byron — alors que Genevieve avait deux personnes de sa famille pour veiller sur elle.

— Inviter un intendant à une soirée aurait été fort… démocratique de la part des Eastbrook.

Sir William. Si quelqu'un était de trop ici, c'était bien ce type !

— Détrompez-vous, Sir William. Mr Salisbury a beaucoup à faire ce soir. Sans quoi, je lui aurais demandé de nous accompagner, lui rétorqua Genevieve d'un ton sans réplique.

Quelle surprise ! Archie s'inclina en essayant de ne pas bomber le torse. Car ces mots lui procuraient une fierté immense.

— Je vous remercie, milady. Mais, comme le rappelle Sir William, cela aurait été inconvenant.

En réalité, cela l'arrangeait un peu. Car il y avait de fortes chances pour que sa famille soit de la fête, et il n'avait aucune envie de les croiser. Ni de subir leur indifférence méprisante.

— Et puis j'ai du travail, ajouta-t-il.

Genevieve affichait un air aussi farouche que déterminé. Pour un peu, on aurait dit qu'elle allait lui demander de venir malgré tout parce qu'elle ne supportait pas le snobisme de Sir William.

— La voiture de milady est avancée.

Sur ces mots, Chandler s'empressa de se diriger vers la porte avant que la discussion ne vire au conflit de classes. Genevieve regarda Archie une dernière fois. Ce regard semblait dire qu'elle aurait vraiment aimé l'avoir près d'elle. Devinait-elle le fond de ses pensées ? Avait-elle également envie qu'ils s'embrassent ? Peut-être.

Mais peut-être le remerciait-elle pour tout ce qu'il avait fait. Rien de plus.

— La duchesse de Blakesley.

Tandis que la voix du majordome résonnait dans la salle, Genevieve prit une grande inspiration et s'avança. Elle avait l'impression d'entendre la foule murmurer. Comme si le temps s'était arrêté parce qu'elle avait posé le pied sur une marche.

Miss Evelyn et Sir William étaient derrière elle, comme l'exigeaient les convenances et autres conventions. Elle aurait tout de même apprécié d'avoir sa jeune cousine à côté d'elle, au moins. Car elle avait besoin d'être soutenue alors que l'aristocratie londonienne l'observait avec autant d'intérêt qu'une meute de loups aurait regardé une poule. À cet instant, son titre de duchesse ne pesait pas lourd dans la balance.

Elle se mit à rire, avant de se rendre compte que c'était pour le moins incongru, vu la situation. Elle devait se montrer digne. À la hauteur de son rang. Bref, il lui fallait faire en sorte que ces gens l'acceptent parmi eux, en dépit des circonstances particulières qui l'avaient amenée à hériter.

— Madame la duchesse, quel plaisir de vous avoir parmi nous. Je suis la comtesse d'Eastbrook.

Son hôtesse accompagna ses mots d'une profonde révérence. Elle avait environ quinze ans de plus qu'elle, avec une chevelure sombre parsemée de quelques fils gris et un sourire aussi chaleureux que sincère.

— Voici mon mari, dit-elle en désignant un gentleman venu se placer à ses côtés.

— Madame la duchesse, dit-il en s'inclinant.

Il avait l'air presque aussi amical que sa femme. Cette soirée ne serait peut-être pas aussi horrible qu'elle l'avait imaginé un peu plus tôt dans sa chambre.

— Merci infiniment de m'avoir invitée, répondit-elle. Voici mes cousins, les Garry. Miss Evelyn et Sir William.

L'un et l'autre remercièrent leurs hôtes d'avoir pu se joindre à eux, et Genevieve vit le regard de la comtesse se tourner à nouveau vers elle.

— La soprano italienne Isabella Fortunato chantera plus tard dans la soirée. Elle est divine, j'espère que vous l'apprécierez.

Ce que je vais apprécier, c'est de m'asseoir et de l'écouter en silence, songea-t-elle.

— Merci, je m'en réjouis d'avance, répondit-elle.

— Pouvons-nous vous offrir quelques rafraîchissements, Madame la duchesse ?

Sans attendre qu'elle réponde, la comtesse se tourna vers son mari.

— Cher ami, apportez donc un peu de vin à la duchesse et à Miss Evelyn. Auriez-vous l'obligeance d'accompagner mon époux, Sir William ? Ce sera plus simple pour apporter tous les verres. Oh ! nous avons des valets de pied des plus capables, cela va sans dire, mais j'aimerais m'entretenir seule avec ces dames.

Le comte esquissa un rictus et s'inclina devant sa femme.

— Je sais quand je suis de trop, mon amie. Venez, sir, ces dames ont des sujets d'importance à évoquer.

Les deux hommes s'éloignèrent, les laissant seules toutes les trois.

— Est-ce votre première sortie en public depuis que vous avez hérité de votre titre ? demanda aussitôt la comtesse avec un regard perçant.

— Oui, avoua Genevieve. Cela se voit-il à ce point ? Elle observa la pièce. La plupart des invités la regardaient. Elle avait l'impression d'être un insecte sous un microscope. Mais, au moins, les insectes avaient l'avantage d'être petits, ils pouvaient fuir en un éclair. Elle n'avait pas cette chance.

— Non, répondit la comtesse d'un ton rassurant. J'avais simplement entendu dire que personne ne vous avait encore vue. Et nous sortons très régulièrement, le comte et moi. Votre situation est pour le moins inhabituelle. Pardonnez-moi de présenter les choses ainsi.

— La duchesse est formidable, intervint Miss Evelyn avec ferveur. Elle a été très gentille avec mon frère et avec moi.

Genevieve se sentit rougir. La faute à la perspicacité de son hôtesse, mais aussi au soutien indéfectible de Miss Evelyn.

— Merci, ma chère, dit-elle avec un signe de tête. C'est une telle joie de se sentir entourée…

Entourée de gens qui n'en ont pas après mon argent ou mon pouvoir. Voilà ce qu'elle aurait aimé dire, mais elle se ravisa.

— Bien sûr. La famille, c'est tout ce qui compte, n'est-ce pas ? conclut la comtesse en les observant tour à tour.

La famille. La sienne était réduite à sa plus simple expression. Mais elle s'en était construit une avec

Clarkson, Miss Evelyn, Wilkes — qui remplaçait l'autre à merveille. Et puis il y avait sa grand-mère, ainsi que Mr Salisbury. Archie.

Si seulement elle avait éprouvé des sentiments strictement familiaux pour lui ! Hélas, l'intérêt qu'il lui inspirait était bien différent…

— Voici les rafraîchissements.

Le comte venait de les rejoindre, suivi par Sir William.

— Vous avez fini de cancaner ?

— À peine, mon ami, répondit la comtesse en leur souriant. Je parlais à la duchesse de son entrée dans le grand monde. Je n'ose imaginer à quel point c'est difficile de faire la connaissance des uns et des autres.

Genevieve fit résolument taire la panique qui l'envahit en entendant ces mots.

— Eh bien… Oui.

— Elle y parvient sans difficulté aucune, intervint Sir William. La duchesse a toutes les armes pour occuper sa position, elle n'a besoin d'aucun entraînement.

En prononçant ce dernier mot, il lui jeta un regard éloquent. Cette fois, ce fut tout son visage qu'elle sentit s'embraser. Ce qui était à la fois inconfortable et troublant.

Faisait-il allusion au temps qu'elle passait avec Archie ? À leurs séances d'entraînement ? Elle ne se souvenait pas d'en avoir parlé en sa présence, mais elle avait déjà remarqué que Sir William était étonnamment doué pour deviner certaines choses.

— Duchesse, laissez-moi vous conduire jusqu'à votre siège. Le concert va commencer dans un petit quart d'heure.

La comtesse désigna le reste de leur petit groupe d'un signe de tête.

— Je vais vous réserver les sièges à côté de la duchesse. Ne vous éloignez pas, mon mari aura ainsi la chance de faire plus ample connaissance avec vous.

Genevieve laissa la comtesse la conduire dans une grande pièce attenante à celle où se trouvaient la majorité des invités. Des domestiques installaient des chaises, disposaient des objets sur les tables, et quelques personnes avaient déjà pris place. Reste qu'on sentait une nette différence entre la première salle, bondée, et celle-ci.

— J'ai pensé que vous aimeriez passer quelques instants au calme avant que tout le monde ne vienne s'asseoir, expliqua Lady Eastbrook en se dirigeant vers le fond de la pièce.

Genevieve la suivit, la tête bien haute, comme elle avait appris à le faire. Comme si tout ce qui l'entourait ne méritait guère d'importance.

— Ces sièges vous conviendraient-ils ? demanda la comtesse en désignant des chaises au centre du premier rang.

— Oh…

Comment lui dire qu'elle ne souhaitait pas être le point de mire de tous les regards ?

— Ou par ici, peut-être, continua Lady Eastbrook en la menant sans brusquerie vers le côté de la pièce. Comme cela, si la fatigue se fait sentir et vous oblige à partir, personne ne s'en apercevra.

— Parfait, merci, répondit-elle en prenant place.

La comtesse s'assit juste à côté d'elle.

— Je suis vraiment heureuse que vous soyez venue ce soir. Accueillir la nouvelle duchesse de Blakesley pour sa première apparition officielle ! Je vais faire des envieux.

— Tout le plaisir est pour moi.

Malgré tout, elle n'avait pas l'impression d'être une vraie duchesse, mais bien d'avoir usurpé la place de quelqu'un.

— Je suis à votre entière disposition pour susciter d'autres jalousies, si vous caressez cette idée.

— Formidable ! s'exclama la comtesse. Quoi qu'il en soit, vous risquez d'éveiller un vif intérêt chez certains célibataires en vue quand ils découvriront qu'en plus d'être duchesse vous êtes aussi charmante que jolie.

Genevieve ne connaissait pas assez bien son interlocutrice pour lui expliquer que ce compliment avait de quoi lui faire pousser un couinement de souris avec autant de force qu'une cantatrice italienne. Elle se contenta donc d'afficher un sourire distant et de hocher la tête.

— En fait, poursuivit la comtesse en fixant un point derrière elle, j'ai déjà repéré quelques jeunes hommes intéressés, même si votre Sir William semble tenir la corde.

Genevieve se retourna à son tour. Ce qu'elle vit la laissa pantoise. Effectivement, une cohorte de gentlemen, tous relativement jeunes, faisaient mine de flâner dans les parages. À elles seules, leurs tenues montraient qu'ils n'avaient pas l'habitude de travailler.

Ils étaient bien différents d'Archie, dont le physique semblait taillé pour l'effort. Chaque jour, il se retroussait les manches ! Penser à lui suffit à l'émoustiller au plus profond d'elle-même.

— Merci de nous avoir réservé des sièges, dit Sir William en passant devant elles pour prendre place. Ma sœur nous rejoindra dans un instant, elle a croisé l'une de ses connaissances.

— Milady, pouvez-vous me présenter à madame la duchesse ?

Un autre jeune homme avait surgi du petit groupe pour se placer au bout de la rangée, avec un regard plein d'espoir. Il lui semblait vaguement familier. Pourtant, elle aurait juré ne l'avoir jamais rencontré.

— Bien sûr.

La comtesse et elle se levèrent, tout comme Sir William.

— Voici Mr Salisbury. L'héritier du vicomte Salisbury.

Genevieve sentit tout son corps se glacer en regardant celui qui était forcément le frère aîné d'Archie. Mais était-ce le plus âgé de la fratrie ? Elle ne savait même pas s'il avait d'autres frères et sœurs. Avec un peu de chance, les Salisbury étaient très nombreux !

Pendant qu'elle se faisait ces réflexions, il prit la parole :

— Ravi de vous rencontrer, Madame la duchesse.

— Mr Salisbury. Voilà qui est intéressant, intervint Sir William. Un Mr Salisbury assiste la duchesse en qualité d'intendant par intérim. Quelle drôle de coïncidence, vous ne trouvez pas ?

Cette fois, ce fut au jeune homme de rester pétrifié. Il écarquilla les yeux avant de la regarder, comme s'il lui demandait de confirmer.

— Oui, c'est la vérité, répondit-elle le plus doucement possible. Mr Salisbury est l'intendant de Lady Sophia Waterstone, une vieille amie de ma famille. Elle a eu la gentillesse de me l'envoyer à titre temporaire afin qu'il me vienne en aide.

L'héritier du vicomte ouvrit la bouche et la referma plusieurs fois, sous l'œil à la fois curieux et inquisiteur de Sir William.

— Ça alors, finit-il par dire en déglutissant avec peine, en voilà une coïncidence.

— Oui, n'est-ce pas ? s'exclama Miss Evelyn, qui venait de les rejoindre.

Son ton enjoué lui valut un regard exaspéré de la part de son frère.

Genevieve en profita pour désigner le siège à côté d'elle, celui que convoitait Sir William.

— Mr Salisbury, désirez-vous vous asseoir ?

Celui-ci s'assit avec élégance, une jambe croisée sur l'autre.

— Milady, j'espère que vous…, enfin, je veux dire…

— C'est un choc, je le conçois.

Je le conçois à présent, du moins. Elle aurait aimé insister auprès d'Archie pour avoir des détails sur sa famille. Cela lui aurait permis de comprendre ce qui avait déclenché cette dispute, outre sa décision de partir sous les drapeaux. Car, de toute évidence, il y avait autre chose — mais peut-être se laissait-elle influencer par sa propre vision de la famille. Comment tourner le dos à la chair de sa chair ?

Mais, après tout, les gens qui avaient la chance d'avoir une famille se rendaient-ils toujours compte qu'il s'agissait d'un bien des plus précieux ?

— J'ai tenté de retrouver sa trace depuis son retour.

Maintenant qu'elle avait compris pourquoi ce jeune homme ne lui était pas inconnu, elle n'avait aucun mal à repérer ce petit air de famille. À l'image d'Archie, il était grand, mais pas autant que ce dernier. Il était beau, oui, mais pas autant que son frère non plus. Et il semblait plus doux, aussi. On n'avait pas l'impression qu'il était à deux doigts de sonner la charge ou de jouer les redresseurs de torts.

C'était sans doute le privilège d'être l'aîné. Mieux : l'héritier de tout un clan !

— Avez-vous d'autres frères et sœurs ? demanda-t-elle brusquement.

Même si elle était gênée de l'interroger pour avoir des informations sur leur famille.

— Oui, un autre frère, acquiesça-t-il. Plus âgé qu'Archie. Il est vicaire dans le nord du pays. Il est très sérieux, et un peu prétentieux, pour être honnête.

L'espace d'un instant, Genevieve eut l'impression de voir double. Ou plus exactement, de voir Archie sous les traits de son frère. À cause de cet air malicieux, de cette franchise. Les liens entre ces deux-là étaient une évidence, même s'ils ne s'étaient manifestement pas parlé depuis longtemps.

— Quand est-ce arrivé ? s'enquit-elle.

Sans faire semblant de ne pas comprendre, il répondit aussitôt :

— Il y a quatre ans. Cinq, peut-être.

Il secoua la tête.

— Il n'a pas été forcé à partir, il avait beaucoup à faire ici.

— Il avait peut-être le sentiment que ce n'était pas suffisant.

Aurait-elle refusé son titre de duchesse si on lui avait laissé le choix ?

« Vous pouvez rester qui vous êtes si vous le souhaitez, quelqu'un de votre famille se chargera de diriger le duché à votre place. Vous n'aurez pas à assumer la moindre responsabilité, mais vous serez obligée de voir tous ces biens péricliter. De voir tous ces gens qui dépendent de l'héritage des Blakesley condamnés à une existence misérable. Tout ça par la faute de votre père, un panier percé doublé d'un alcoolique, si on en croit les rumeurs. Et vous assisterez à ce désastre en simple spectatrice. » Qu'aurait-elle fait si on lui avait dit une chose pareille ? Oh ! elle ne pensait pas que la situation d'Archie soit aussi dramatique, mais elle savait qu'il voulait se rendre utile, changer les choses, défendre sa patrie, protéger et soutenir les gens restés au pays. Ces gens qui travaillaient en ce moment même sur les terres qu'elle possédait.

— Cela aurait dû lui suffire.

Mr Salisbury avait parlé d'une voix aussi grave que tendue. Cette décision continuait de le faire souffrir. Une souffrance peut-être exacerbée par ce qu'il venait de découvrir ? Son frère cadet était à Londres et n'avait pas cherché à le contacter. Archie s'était-il tenu à l'écart parce qu'il doutait d'être bien accueilli ? Pour ne pas entendre leurs récriminations ?

Ou parce qu'il n'aspirait pas à retrouver une vie de gentleman ?

Il était intendant, après tout. Il n'avait aucune difficulté à gérer des biens, à travailler avec des gens. Être en société, en revanche… Ironie de l'histoire, il l'avait formée à son rôle de duchesse alors qu'il n'avait manifestement pas la moindre envie de faire son retour dans le grand monde.

Conclusion : peu importait ce qu'elle éprouvait pour lui, peu importait le plaisir qu'elle ressentait quand elle l'embrassait, il ne pourrait jamais avoir un rôle durable dans sa vie. Pas si elle souhaitait réussir ce qu'elle était censée faire.

Mr Salisbury l'arracha à ses pensées si déprimantes.

— Assez parlé de ma famille, changeons de sujet, proposa-t-il avec ce sourire charmant qui ressemblait tant à celui de son frère. Avez-vous déjà entendu cette fameuse cantatrice italienne ?

— Non, je…

Comment expliquer que c'était la première fois qu'elle s'aventurait dans le grand monde ?

— Je viens de rentrer à Londres. Arch… Je devais m'occuper d'une de mes propriétés.

— Où habitiez-vous avant d'hériter ?

Du coin de l'œil, Genevieve aperçut une petite femme aux cheveux bruns s'entretenir avec la comtesse. Sûrement l'artiste, puisqu'elle portait une robe un peu plus voyante que celles des autres femmes de l'assistance. Elle désignait le bout de la pièce d'un mouvement de tête, comme si elle réfléchissait à l'endroit où elle se placerait.

Pour sa part, Genevieve voulait vraiment en terminer avec cette conversation, même si cela l'obligeait à rester assise pendant le récital de la chanteuse. L'intérêt que lui portait le frère d'Archie avait pourtant l'air sincère. Après tout, c'était sûrement une bonne façon de s'entraîner à discuter avec un gentleman. Qui n'était pas le Mr Salisbury qu'elle connaissait, mais presque.

— J'habitais à la campagne.

Était-ce une réponse digne de ce nom ? Pas sûr, car elle ne précisait pas où. On comprenait que ce n'était pas à Londres, ce qu'il savait déjà. Un peu comme si elle avait répondu qu'avant d'être duchesse elle n'était pas duchesse. Cela n'avancerait guère son interlocuteur.

Que lui aurait conseillé Archie ? Le temps de prendre une grande inspiration, elle poursuivit :

— J'habitais à la campagne, dans l'une des propriétés du duché, dans le Shropshire. C'était assez isolé.

C'était une façon de dire qu'elle avait peu l'habitude de parler aux autres, à part à ses domestiques.

C'était aussi un peu ce qu'Archie avait décidé de faire, en fait.

Oh ! pourquoi n'était-il pas là ? Tout aurait été si différent si elle avait eu la possibilité de le regarder pendant qu'elle était en représentation face aux gens. Elle ne se serait pas sentie aussi angoissée, c'était certain. Mais, surtout, elle aurait pu se tourner vers lui et savoir qu'il s'empresserait de la protéger. Il aurait suffi d'un mot, d'un geste.

Hélas, impossible de compter sur lui. Pas seulement parce qu'il n'était pas là à cet instant précis, mais aussi parce qu'il ne faisait pas partie de son avenir. Pourquoi ? Parce qu'elle avait changé de vie, et parce que lui de son côté avait choisi de suivre une voie bien particulière.

— Vous aimez Londres ?

Et voilà Mr Salisbury qui revenait à la charge… Fort heureusement, la femme brune se dirigea vers le bout de la pièce avec la comtesse. Un murmure parcourut la foule alors que chacun prenait place.

— Bienvenue, chers amis, dit Lady Eastbrook en adressant un grand sourire à l'assemblée. Je suis ravie d'accueillir Miss Isabella Fortunato, qui est venue spécialement de Milan. Miss Fortunato sera sur la scène du Royal Theater dans quelques jours, mais elle va chanter pour nous juste avant que le public londonien puisse l'entendre.

La comtesse ne cachait pas sa satisfaction, mais tout cela semblait normal. Encore un des privilèges auxquels on avait droit en faisant partie de ce monde. Pour sa part, Genevieve n'y attachait guère d'importance. À celui-ci comme à ceux qu'elle aurait dû s'estimer heureuse d'avoir.

Il faudrait qu'elle s'entraîne à dire merci pour quelque chose qui ne la rendait pas heureuse. Ce qui lui donnait la sensation d'être ingrate. Encore un avantage de sa classe sociale.

Elle se sentit brusquement triste et mal à l'aise.

Aussitôt après, le concert commença.

Cher Archie,

Je me suis rendu compte que je n'aime pas me rendre à des soirées mondaines. Mais aussi que je n'apprécie pas les femmes qui chantent comme si on leur plantait des aiguilles dans le corps.

Mais, surtout, je me suis rendu compte que ce qui me plaît le plus, c'est vous, et j'aurais préféré que ce ne soit pas à ce point.

Genevieve

(Courrier jamais envoyé.)

Chapitre 23

Sans surprise, Archie fut incapable d'aller se coucher, même s'il était tard. Genevieve n'était pas rentrée et, pour une raison qui lui échappait et qu'il ne tenait pas à étudier de plus près, il avait l'impression qu'il ne pourrait pas aller dormir avant d'avoir l'assurance qu'elle ne risquait rien.

Il resta donc assis dans la petite pièce qu'il avait réquisitionnée pour en faire son bureau, à guetter attentivement le bruit de la porte, à regarder la pendule, puis tendre l'oreille à nouveau.

Est-ce qu'elle s'amusait ? Il était vraiment très tard, et il savait qu'elle n'avait pas l'habitude de sortir. La preuve : lors de la fête au village, on aurait cru voir un enfant fatigué. Ce qui n'était pas le cas, loin de là. C'était une femme aussi forte qu'intelligente, et d'une telle bonté ! Une femme dont la bouche était douce et dont la peau l'était tout autant, pareille à de la soie sous ses doigts. Encore que non. Pas de la soie. La soie avait un côté trop mondain pour elle. Oh ! Genevieve ne manquait pas d'élégance, loin de là. Mais cette matière-là était réservée à ces soirées dans la haute société qui l'angoissaient tant. Et Genevieve n'avait pas simplement besoin d'être admirée. Mais d'être caressée, d'avoir quelqu'un qui la serre dans ses bras.

Était-il le seul à s'en apercevoir ? Sir William, son autre soupirant — enfin, son seul soupirant acceptable, plutôt — donnait l'impression qu'il voulait la traiter comme une poupée de porcelaine, alors qu'Archie pour sa part voulait se donner à elle. Jusqu'au bout.

Les images de ce qu'il aurait rêvé de faire défilèrent dans son esprit. Résultat : il en oublia complètement la tâche qui était censée occuper sa soirée.

Soudain, il entendit la porte s'ouvrir.

— Dieu soit loué, marmonna-t-il en se levant d'un bond de sa chaise.

Il se rendit dans le couloir juste à temps pour voir Genevieve et ses deux invités rentrer. Elle avait un visage encore plus pâle qu'à l'accoutumée.

— Vous voilà de retour, dit-il.

— Oui, répondit Miss Evelyn en laissant Chandler la débarrasser de sa cape.

Sir William aidait Genevieve, et Archie sentit ses yeux devenir comme deux fentes tandis qu'il regardait ce bellâtre se pavaner. Mais ce n'était pas tout : il serra les poings, et sa gorge se noua tandis que tout son corps aurait voulu bondir et emmener Genevieve loin d'ici.

Même s'il n'avait aucun droit de le faire.

— Mr Salisbury, dit-elle d'une voix plus aiguë que d'habitude, auriez-vous l'obligeance d'attendre un moment ? J'aimerais vous parler.

— Nous avons rencontré un membre de votre famille, ce soir, intervint Sir William d'un air satisfait.

Archie se raidit en entendant ces mots. Et le ton sur lequel ils étaient prononcés.

— Oui, votre frère, expliqua Genevieve. Par ici.

Elle désigna le salon, celui où elle prenait le thé chaque après-midi en compagnie de Clarkson — et maintenant de ses deux invités collants.

— Entendu, marmonna-t-il.

Le temps de s'incliner devant Miss Evelyn et Sir William, il la suivit dans la pièce. Ce faisant, il ne pensait guère à son frère — très certainement George, puisque Charles avait décidé d'entrer dans les ordres. Et pour cause : il était trop occupé à admirer Genevieve, tant sa robe lui allait à merveille.

Elle se retourna lorsqu'il referma la porte derrière eux. Elle le laissa faire, avant de hocher la tête, comme si elle venait de prendre une décision.

— J'imagine que vous souhaitez un peu de discrétion pour cette discussion, dit-il.

Et qu'importe si ce n'était qu'une façon de justifier le fait de se retrouver seuls tous les deux.

— Oui, murmura-t-elle d'une voix tremblante.

— Tout va bien ?

S'inquiéter pour elle était bien pire que d'imaginer cette rencontre entre elle et George. Cela pouvait attendre. Car elle passait avant le reste.

Genevieve secoua la tête et la baissa en se mordant la lèvre.

— Je vais bien. La soirée s'est passée à merveille. À mon avis, personne n'aura de reproches à me faire.

Cela semblait l'étonner. Mais lui n'était pas surpris.

— En revanche, il y a un moment où j'ai bien failli tourner de l'œil.

Elle tenait les mains devant elle. Et il put constater à quel point elle les serrait.

— Vous saviez que vous en étiez capable. Je suis navré que vous doutiez encore de vos capacités. Que s'est-il passé ?

— Rien, avoua-t-elle, avant de le regarder avec de grands yeux. Non, rien, vraiment. C'était très bien, seulement… À un moment donné, une femme s'est mise à chanter.

— Quelle femme ? Peu importe, continuez.

— C'était une cantatrice qui était le clou de la soirée, et j'ai cru que ce serait formidable. Et ça l'était, jusqu'au moment où j'ai eu l'impression… que je n'arrivais plus à respirer. Tout ce que je voulais, c'était courir loin de là en hurlant.

Elle s'arrêta et laissa échapper un petit rire.

— Ce que je me suis gardée de faire, bien entendu.

Pendant ce temps, Archie s'était rapproché d'elle, si près que s'il se contentait de baisser la tête et elle de lever la sienne, ils…

Ça y est.

Ils s'embrassaient. À nouveau.

Cela semblait si naturel. La conclusion idéale pour une soirée qui ne l'avait guère été. Genevieve se haussa sur la pointe des pieds pour lui caresser le menton de la paume. La peau d'Archie était légèrement rêche, si différente de la sienne. Il lui attrapa la main pour lui serrer les doigts, avant de la poser sur son torse.

Oh ! quelle sensation merveilleuse. Le torse d'Archie était musclé, et elle se lova contre lui à mesure qu'elle déplaçait sa main — enfin, ses deux mains, car elle n'avait pas résisté à l'envie de poser l'autre — vers le creux de son dos. Sans cesser de l'embrasser, il lui avait attrapé les coudes et la maintenait en place. Comme si elle comptait s'en aller alors qu'elle pouvait l'embrasser. Ici et maintenant.

Archie avait plongé la langue dans sa bouche avec autant de sensualité que d'ardeur. Elle s'était laissé faire, en caressant ces lèvres pleines avec les siennes. Une seconde plus tard, il avait les mains sur sa taille et il lui caressait les hanches. Elle l'embrassait à en perdre la tête mais, paradoxalement, elle eut le sentiment de s'être enfin trouvée. De savoir qui elle était vraiment. Une femme qui voulait être embrassée par quelqu'un comme lui, quelqu'un qu'elle voulait embrasser en retour. Et qui sans honte aucune allait laisser glisser sa main le long du dos de ce diable d'homme, jusqu'à ses fesses, qui étaient aussi musclées que le reste de son corps. Elle les caressa tout en se hissant sur la pointe des pieds pour avoir pleinement accès à sa bouche.

Il mit fin à ce baiser, le souffle court.

— Je ne devrais pas, commença-t-il.

Mais il s'arrêta dès qu'elle secoua la tête avec véhémence.

— Ne dites pas ça. N'y songez même pas.

Elle lui caressa le torse du creux de la main, sensible à ce corps dur collé tout contre elle. Elle aimait ce qu'elle provoquait chez lui. Et la réciproque était tout aussi vraie.

— Ce n'est pas seulement à cause de vous, continua-t-elle en faisant courir sa bouche sur la mâchoire d'Archie pour déposer une myriade de baisers sur cette peau légèrement piquante. C'est aussi à cause de moi.

Là, elle arriva à la hauteur de son cou et lécha la peau au-dessus de sa cravate, juste sous son menton. Si seulement elle avait pu le débarrasser de ses vêtements, le déballer comme le plus beau des cadeaux et l'embrasser partout.

Cette pensée la rendit littéralement folle.

Elle recula pour croiser son regard. Il avait de vraies flammes dans les yeux, une lueur sensuelle brillant dans ces profondeurs d'un bleu intense. Elle tressaillit devant le désir à l'état brut qu'elle y perçut, mais c'était certainement la même chose de son côté. Et qu'importe si elle n'avait pas beaucoup d'expérience — et même aucune expérience du tout.

— J'ai envie de retirer ça, dit-elle en désignant sa cravate.

Pour toute réponse, il leva le menton. C'était donc oui.

Elle posa les doigts sur le tissu et défit le nœud en l'enroulant autour de ses doigts avant de tout enlever.

Et là… Seigneur. Elle aperçut cette peau nue qui l'appelait presque. Elle avait envie de la mordiller, de l'embrasser, de laisser sa langue courir sur ces formes viriles qui piquaient sa curiosité.

Oui, il l'avait embrassée pour… Pour quoi, d'ailleurs ? Pour la réconforter ? Pour la protéger ? À présent, elle avait la sensation que quelque chose avait changé entre eux. Tout était plus profond, plus équilibré, et terriblement sensuel.

Et cela lui donnait envie d'aller encore plus loin. Sans tarder.

— Et maintenant ? demanda-t-il d'une voix étranglée.

On apercevait les veines de son cou, comme si une tension extraordinaire l'animait. *Vous n'êtes pas le seul.* Voilà ce qu'elle aurait voulu lui assurer. Mais il y avait forcément un moyen d'alléger cette tension entre eux.

Une tension qui était tout de même délicieuse. Cela aurait été dommage de ne pas la faire durer.

— Maintenant…, répondit-elle avant de s'apercevoir qu'elle ne savait pas comment poursuivre sa phrase.

Et si elle ne le savait pas, c'était à cause de qui elle était, de ce qu'elle était.

— Bien, reprit-elle en se mordillant la lèvre. Et maintenant quoi ?

Autant lui demander clairement ce qui pouvait se passer ensuite puisqu'elle n'en avait aucune idée. C'était la meilleure réponse, de toute évidence, car il esquissa un sourire. Mais pas le sourire qu'on faisait pour remercier quelqu'un de vous avoir passé le sucre. Ou pour saluer quelqu'un de bon matin alors qu'on l'avait vu pas plus tard que la veille.

Non, ce sourire-là exprimait autre chose. Archie semblait heureux qu'elle lui ait posé cette question, car il avait certainement beaucoup d'idées qu'il avait hâte de mettre à exécution. Face à un tel sourire, elle sentit son cœur chavirer et son estomac se nouer — sans parler d'autres parties de son corps. C'était la première fois qu'elle ressentait une chose pareille.

— Mettez-vous sur le sofa, ordonna-t-il.

Elle sentit un frisson lui traverser tout le corps — y compris ses parties les plus intimes — et s'écarta pour s'exécuter.

Peu importait ce qu'il voulait, elle en tirerait un plaisir immense.

Elle s'assit comme on le lui avait appris, c'est-à-dire en duchesse digne de ce nom — les genoux serrés, le dos droit, les mains posées négligemment sur les cuisses. Elle le regarda marcher dans sa direction. Il la dévorait littéralement des yeux. Mais, au lieu de prendre place à côté d'elle, il s'agenouilla, la tête baissée vers le sol. Non, il fixait… ses pieds ?

Pourquoi ça ? Était-ce encore l'une de ces choses qu'elle ignorait et qu'elle aimerait bien découvrir ?

Lorsqu'il releva la tête, croiser ce regard d'un bleu profond la fit sursauter avec force. Il lui adressa un nouveau sourire, un sourire animal. Et elle sentit ses genoux — pourtant toujours collés — se mettre à trembler très fort. Si fort qu'elle eut envie de se laisser tomber sur le tapis avec lui.

— Vous avez dansé, ce soir ? demanda-t-il.

Archie avait parlé d'une voix si grave et si rauque qu'elle ne comprit pas sa question tout de suite.

— Dansé ? répéta-t-elle, avant de secouer la tête. Non, je n'ai pas dansé, je me suis contentée d'écouter.

D'écouter la cantatrice italienne, votre frère, la comtesse, Sir William…

— Alors vos pieds ne sont pas fatigués, dit-il d'une voix teintée de déception.

Mais pourquoi ?

— Je suis restée un bon moment debout, répondit-elle en faisant tourner ses chevilles.

Archie étouffa un rire avant de placer ses mains aussi puissantes qu'immenses sur les pieds de Genevieve. Là, il commença à défaire les lacets et les boutons de ses chaussures. Chacun de ces gestes la fit frémir, la gorge nouée, même si la raison de cette réaction lui échappait. Peut-être parce qu'il avait les mains posées sur elle ? Sûrement, même. Ces doigts experts la libéraient de ses chaussures, la laissant en bas. Et quand il tendit la main…

Elle ne put s'empêcher de pousser un gémissement quand il se mit à lui caresser la plante des pieds.

— Vos pieds ont souffert, murmura-t-il en penchant la tête.

— Oui…

Et elle s'entendit pousser un couinement de souris. Une fois encore. Mais celui-là exprimait autre chose que de la peur. Quelque chose comme… de la curiosité.

Archie leva la tête en entendant ce cri et plissa les yeux. Mais pas comme s'il était en colère. Comme si une autre émotion bouillonnait en lui.

Sans doute celle qui la tenaillait en ce moment même.

Il se remit à lui masser les pieds, avec force, puis au bout de quelques instants il remonta les mains vers ses chevilles, qu'il enserra.

Cette sensation à travers la soie fine de ses bas…

Pouvait-elle dire ce qu'elle avait en tête ? Après un long moment d'hésitation, elle finit par se décider. De toute manière elle semblait incapable de chasser cette idée de son esprit.

— Puis-je retirer mes bas ?

Archie se raidit, avant de secouer lentement la tête. Genevieve essaya de ne pas montrer l'étendue de sa déception.

— Non. Parce que je compte les retirer moi-même.

Oh. Voilà qui changeait tout. S'il les enlevait lui-même, cela signifiait que… Elle laissa échapper un petit cri quand il remonta les mains le long de ses jambes, jusqu'à ses genoux, qu'il écarta, avant de s'aventurer encore plus haut. Mais comme il avait les bras noyés sous les jupons de sa robe, elle ne pouvait même pas voir où il la touchait.

Mais elle était en mesure de le sentir.

Et c'était merveilleux. Partout où il posait les doigts, on aurait dit qu'il produisait des étincelles. Et elles l'embrasèrent littéralement.

Quand il atteignit le haut de ses bas, il glissa un doigt entre sa peau et la soie. La jambe gauche, puis la jambe droite. Ce contact arracha à Genevieve un profond soupir. Là, elle ne put que retenir son souffle : il commençait à la débarrasser de ses bas, avec une lenteur insoutenable. Chaque geste était une délicieuse torture.

Elle prêta soudain attention à la respiration d'Archie — bruyante, difficile. Chaque son semblait venir du plus profond de son être.

Se faisait-elle des idées ? Peut-être. Mais pas sûr…

Il atteignit alors ses chevilles et la libéra enfin de ses bas, qu'il lâcha par terre à côté de lui avant de se relever, ses mains puissantes et chaudes posées sur les mollets de Genevieve. Sur ses genoux.

Sur ses cuisses.

Archie se pencha vers l'avant, et elle écarta les jambes pour le laisser venir à elle. Il s'empara de sa bouche tout en relevant sa jupe. Et elle fut plus qu'heureuse d'accueillir sa langue qui ne demandait qu'à entrer.

Les mains posées sur lui, elle fit glisser sa veste jusqu'au bout de ses bras. Il s'écarta le temps de laisser le vêtement tomber par terre, puis il se remit à lui caresser les cuisses. Il poussa un grognement sourd au moment de l'embrasser.

Soudain, elle attrapa sa chemise dont elle défit les boutons un par un, jusqu'à ce qu'elle soit en mesure de poser la main sur son torse, sans rien pour la gêner.

Oh ! Seigneur. C'était à la fois chaud, fort et doux.

Ce torse était recouvert d'une légère toison qui épousait les contours de ces muscles parfaitement dessinés. Elle glissa la main jusqu'à l'endroit où battait le cœur d'Archie, avec force et intensité.

Deux qualités qui lui ressemblaient.

Archie était toujours agenouillé par terre, collé contre elle, même si elle s'était penchée pour être au plus près de lui. Il avait les mains en haut de ses jambes, tout près du foyer de cet immense brasier. Il mit fin à leur baiser, les yeux animés par un désir profond qui la fit frémir.

— Puis-je vous caresser, Genevieve ? demanda-t-il sans cesser de la toucher.

Elle n'y connaissait pas grand-chose, mais devinait à quoi il faisait référence.

— Oui, s'il vous plaît, répondit-elle en retirant la main de son torse. Si vous m'autorisez à en faire autant.

Un coin de la bouche d'Archie se releva pour esquisser un sourire qu'elle prit pour un oui, et qui la poussa à glisser la main jusqu'à la ceinture de son pantalon. Avant de s'arrêter net quand il entama cette douce torture. Là, elle ne put que le laisser faire.

Elle poussa un petit cri quand il toucha un endroit bien précis, puis gémit quand il… Quand il glissa un doigt en elle ? Seigneur. Comment un simple geste était-il capable de déclencher une telle sensation ?

De toute évidence, il avait la réponse.

— Cela vous plaît ? demanda-t-il avec un sourire entendu.

Et pour cause : il savait pertinemment que cela lui donnait du plaisir. Il suffisait de voir la façon dont elle s'agitait sur le canapé en poussant des sons incohérents.

Elle s'enhardit suffisamment pour glisser la main

encore plus bas, pour s'arrêter sur cette espèce de bosse qu'on voyait nettement se dessiner. Il poussa un soupir, les yeux clos, tandis qu'il poursuivait ses caresses.

— Cela vous plaît ? demanda-t-elle en écho.

Prononcer ces quelques mots était presque impossible tant elle était emportée par ces sensations divines. Il rouvrit les yeux et sourit :

— Petite dévergondée, répondit-il en accélérant les mouvements de ses doigts.

Car il en avait glissé un autre.

Genevieve fut incapable de parler, de gémir ou de faire quoi ce soit à part pousser des soupirs. Des soupirs qui n'étaient pas très dignes d'une duchesse, tout bien réfléchi.

Mais qui étaient dignes d'une femme emportée par la passion.

— Jouissez pour moi, Genevieve, dit-il d'un ton pressant.

Sur le moment, elle ne vit guère où il voulait en venir...

Mais, soudain, elle eut l'impression de tomber dans un précipice et de s'envoler en même temps. Une force mystérieuse s'empara de tout son corps. Elle poussa un cri, encore plus fort cette fois, et il se pencha pour la faire taire avec un baiser. Un baiser aussi possessif que ravageur qu'elle accueillit avec fougue.

Cette sensation lui parut durer non pas des secondes, mais des heures entières, effaçant tout ce qui l'entourait au passage. Quand enfin elle s'apaisa, Genevieve battit des paupières pour recouvrer ses esprits. Et s'aperçut qu'Archie souriait, l'air extrêmement satisfait.

— Vous avez aimé, n'est-ce pas ? demanda-t-il.

— Vous saviez que ce serait le cas.

Elle avait gardé la main posée sur lui et le sentait toujours aussi dur.

— Est-ce que…

Elle s'arrêta aussitôt. Tenait-elle vraiment à poser la question ?

— Non, je m'occuperai de ça plus tard, dit-il en se penchant pour l'embrasser encore.

Cette fois, c'était un baiser plein de douceur. Et pourtant, l'impression d'être toute à lui persistait en elle. Comme s'ils s'appartenaient l'un l'autre.

Ce qui était loin d'être vrai.

Chère Genevieve,
Je me suis caressé en pensant à vous.

Archie

(Courrier jamais envoyé.)

Chapitre 24

Comment avait-il réussi à regagner sa chambre sans mourir de honte ? Archie s'interrogeait encore. Il avait tâché de cacher son excitation en tenant sa veste devant lui, sa cravate mollement attachée autour de son cou. S'il avait croisé quelqu'un, il aurait dit que… Eh bien il n'en savait rien. Il avait l'esprit trop encombré d'images de Genevieve pour faire une phrase complète.

Heureusement, il n'avait vu personne. Il ouvrit à la volée la porte de sa chambre, qu'il referma tout aussi violemment, avant de s'adosser au battant avec soulagement. Il jeta sa veste par terre, et tant pis s'il n'avait pas de valet pour la ramasser. Lui-même était un employé de maison, après tout.

Elle avait un goût si divin. Il aurait tellement aimé la goûter… à cet endroit, mais l'emmener sur les cimes du plaisir avec ses doigts lui suffisait — pour le moment. Il porta les doigts à sa bouche et les lécha.

C'était si bon. Il repensa à l'expression sur son visage quand elle avait joui — déstabilisée, passionnée et satisfaite à la fois. Il garderait ce visage gravé un long moment dans son esprit, il le savait.

Archie se traîna jusqu'à son lit, sur lequel il se laissa

tomber sans grande élégance. Allongé sur le dos, il posa immédiatement la main sur son pantalon, le temps de défaire la braguette pour libérer son sexe durci.

Qu'aurait-il ressenti si elle l'avait caressée ?

Avec sa petite main, aurait-elle su comment bien empoigner son sexe ? Ce qu'il faisait en ce moment même. Très vite, il commença à se caresser.

— Doucement…, dit-il dans un murmure.

Une façon de se rappeler ce qu'il aurait voulu lui dire.

— Comme ça, souffla-t-il en fermant les yeux.

Il imagina la scène qui aurait eu lieu si elle avait été là. Elle se serait concentrée sur sa tâche en se mordillant la lèvre tandis qu'elle l'aurait caressé avec application. Aurait-elle été nue ? Il s'interrompit pour réfléchir à la question. En partie nue, oui. Peut-être aurait-elle porté des bas pour tout vêtement, ainsi qu'un collier de perles, ou quelque chose dans ce goût-là.

Pour le reste, elle aurait tout simplement été Genevieve. Ses seins magnifiques auraient été libérés de sa robe. Il ne les avait pas encore vus. Il voulait tellement lui sucer les tétons, refermer doucement les dents dessus tout en attrapant leurs formes rondes.

Ce serait pour la prochaine fois. Si prochaine fois il y avait…

Cette pensée désagréable s'immisça en lui avant qu'il ne puisse la chasser. Il n'avait pas le droit de vivre ce genre de moments avec elle. Il n'était qu'un employé. Elle était duchesse. Ils ne pouvaient pas être ensemble, de quelque façon que ce soit. Et pourtant, il était là… seul. Et comme il ne faisait là rien qui porte atteinte à son honneur, il n'avait qu'à laisser libre cours à ses fantasmes, maintenant qu'il avait commencé.

Archie prit une grande inspiration et se remit à se caresser. Encore un peu plus vite, en imaginant ses seins rebondir. Ce qui ne ferait que le rendre encore plus excité. Il songea à la façon dont elle se lécherait les lèvres en regardant son sexe, il pensa à ce qu'il ressentirait s'il pouvait entrer au cœur de son intimité, douce et brûlante.

Bon sang, il avait envie de plonger en elle, encore et encore, jusqu'à en perdre haleine. Pour l'heure, il avait déjà le souffle court tant il se caressait de toutes ses forces.

Elle le regarderait tout en continuant de faire monter et descendre sa main, en tâchant de deviner s'il aimait ça. Il l'imagina poser une fois encore les yeux sur son sexe, alors qu'elle s'activerait sur lui, plus vite, plus fort, plus…

Soudain, Archie poussa un grognement guttural tandis que l'extase l'emportait. Il resta allongé un moment, la poitrine qui se soulevait par saccades, la main toujours sur son sexe. C'était sans espoir, il le savait. Pourtant, il n'arrivait pas à s'empêcher d'imaginer cette scène. D'imaginer ce qui se passerait s'il était nu en sa compagnie, sur un pied d'égalité avec elle. S'il était son partenaire. Le temps d'une étreinte. Pour toujours.

Que faudrait-il pour que cela se produise ? Il n'en avait aucune idée. Mais il ferait tout son possible pour trouver la réponse.

— Mr Salisbury ?

Du fond des limbes du sommeil, Archie entendit qu'on frappait à la porte. Il avait sombré assez vite — atteindre les cimes du plaisir avait souvent cet avantage — et rêvé à des choses agréables. Il suffisait de voir la façon dont son cœur battait la chamade.

Fallait-il en conclure qu'il avait envie d'être réveillé à… 7 heures du matin, d'après ce qu'indiquait la pendule ? Non. Mais de toute évidence, il n'avait pas le choix.

— Qu'est-ce que c'est ? lança-t-il.

Il avait l'impression que c'était la voix de Chandler, le majordome, mais il n'en était pas certain.

— Une certaine Lady Sophia vous attend en bas. J'ai déjà informé la duchesse de son arrivée.

Archie se raidit, avant de bondir hors du lit et de balayer la pièce du regard. Où étaient ses vêtements, nom de nom ?

— Parce qu'elle est là ? lança-t-il.

Évidemment ! Pourquoi Chandler aurait-il dit ça, sinon ?

— Oui, répondit aussitôt ce dernier sans relever ce que cette question avait de profondément stupide.

Dieu merci, les domestiques compétents n'avaient pas disparu !

— Je descends dans dix minutes, répondit-il en prenant une chemise propre et un pantalon qui n'avait pas passé toute la nuit par terre.

Pourquoi son employeuse était-elle ici ? Une idée lui traversa l'esprit. Peut-être était-ce une urgence. Ce n'était pas invraisemblable. Dans l'ensemble, Lady Sophia n'aimait pas Londres et tâchait de ne jamais s'y rendre. Conclusion : il devrait partir dans peu de temps. Voire le jour même.

Et il ne reverrait plus Genevieve. En tout cas, plus jusqu'au mariage de celle-ci. Elle se laisserait rapidement convaincre de devenir l'épouse d'un gentleman, c'était certain. Car, tôt ou tard, elle allait bien devoir se marier, non ?

Archie sentit son cœur se serrer à cette idée.

Moins de dix minutes plus tard, il descendit l'escalier et se rendit dans le petit salon, toujours hanté par ce sombre sentiment.

— Ma chère, vous avez l'air rayonnante !

Genevieve répondit au compliment de sa tante avec un sourire légèrement forcé.

Elle n'avait pas beaucoup dormi la nuit précédente. Comment aurait-elle pu fermer l'œil alors qu'elle avait l'esprit envahi par le souvenir de toutes les caresses d'Archie, de sa sensualité ? Elle n'aurait jamais cru qu'un corps — le sien, en l'occurrence — soit capable de ressentir autant de plaisir. Et elle aurait tant aimé revivre cette expérience, même si c'était impossible.

Ce serait elle qu'on blâmerait s'ils continuaient dans cette voie. Il ne l'aurait jamais touchée si elle ne lui avait pas fait comprendre qu'elle n'y voyait aucun inconvénient.

— Merci, répondit-elle.

Au même moment, la porte s'ouvrit, et Genevieve vit sa grand-mère entrer, d'un pas étonnamment alerte pour son âge. Elle se leva aussitôt pour la guider jusqu'à sa chaise.

— Bonjour Sophia. Vous êtes bien matinale ! Heureusement que Byron m'avait réveillée pour que je le laisse taquiner les oiseaux.

— Il est tôt, oui, mais je me devais de venir, répondit l'intéressée.

Genevieve sentit la culpabilité l'envahir. Sa marraine avait les yeux fixés sur elle. Était-elle au courant de ce qui s'était passé cette nuit ? De toutes les sensations que lui avaient procurées les doigts experts d'Archie ?

Brusquement, le rouge lui monta aux joues. Si sa tante Sophia ne savait rien jusqu'à cet instant, elle allait certainement commencer à se douter de quelque chose.

— La propriété se porte à merveille, soyez sans crainte. Mr McCready veille au grain, précisa Lady Waterstone.

Avec un peu de chance, sa tante ne se rendrait compte de rien parce qu'elle était trop occupée à raconter son histoire.

— Mais, maintenant que Mr Salisbury est parti vous aider, Waterstone Manor est un endroit bien triste. Aucune de mes amies ne vient plus me rendre visite. En tout cas, pas aussi régulièrement qu'avant.

Elle adressa un sourire satisfait à Genevieve avant de poursuivre :

— Bref, je me suis dit que j'avais tout intérêt à vous rendre visite histoire de voir du monde. Et j'espère que Mr Salisbury rentrera avec moi, car il vous a énormément aidée, me semble-t-il. Le majordome remplit son office à la perfection et la maison est splendide. Quant à vous, ma chère, on ne dirait pas que vous venez tout juste de faire votre entrée dans la bonne société. Vous êtes tellement à la mode ! Si je ne vous connaissais pas, je ne serais pas sûre d'être digne de vous parler, vu votre importance.

Genevieve sourit à sa marraine. Même si elle avait plutôt envie de grimacer devant tant de déférence…

Soudain, la porte s'ouvrit à nouveau. Sur Archie, cette fois. Enfin, Mr Salisbury. Il avait les joues légèrement empourprées. Que pensait-il de ce qui s'était produit dans la nuit ? Était-il atterré par la façon dont elle s'était comportée ? Regrettait-il ce qui était arrivé ?

Ou bien se demandait-il si cela se reproduirait ?

— Mr Salisbury !

Lady Sophia lui adressa un grand geste, comme s'il risquait de ne pas l'apercevoir. Le pauvre Truffe en fit les frais. Le petit chien tomba des genoux de sa maîtresse avec un gémissement suraigu. Il finit par se relever et se secoua, avant de fixer Archie.

— Milady, répondit ce dernier en s'inclinant. Madame la duchesse.

Seigneur. Il suffisait qu'il la regarde pour qu'elle ait l'impression de manquer d'air…

Pourquoi fallait-il qu'il soit si beau ? Quelle injustice ! Elle savait que Chandler venait de le réveiller. Et malgré tout, il avait l'air… parfait. Parfaitement habillé, parfaitement digne. On n'avait pas l'impression que la veille il l'avait embrassée à en perdre haleine, avant de lui offrir tant de plaisir.

Sa grand-mère le salua d'un ton enjoué, et Genevieve en fit autant. Elle sentit ses joues s'enflammer une nouvelle fois. Que devait faire une duchesse au moment de recroiser l'homme qui lui avait procuré tant de plaisir ? L'étiquette avait-elle prévu une situation pareille ?

Tiens, et si elle écrivait un manuel pour envisager ce genre de cas de figure ? L'ennui, c'est qu'elle aurait été la seule à bénéficier de ces conseils.

Donc, autant laisser tomber.

— Mr Salisbury, j'expliquais justement à la duchesse que le manoir paraissait bien vide sans vous.

Lady Sophia ramassa Truffe et le plaça sur ses genoux.

— Peu de gens me rendent visite. Alors j'ai eu l'idée

de passer et de vous faire profiter de ma voiture pour rentrer. Vous n'aurez qu'à repartir avec moi dans une petite semaine.

Genevieve sentit sa gorge se nouer en entendant sa marraine annoncer la nouvelle comme si ce n'était qu'un détail. Cette fois, elle sentit ses joues s'embraser pour de bon, comme si elle était incapable de détourner les yeux d'Archie — qui la fixait avec la même intensité. Puisqu'il était possible de foudroyer quelqu'un du regard, pouvait-on également l'embrasser ?

Car, si tel était le cas, c'était exactement ce qu'ils étaient en train de faire. Et pas de manière sage. Il suffisait de constater la façon dont il la regardait pour s'en convaincre. Elle baissa la tête avant même que sa grand-mère puisse deviner ce qui se tramait entre eux.

— Une semaine.

Archie avait parlé d'une voix mal assurée. Ce qui eut le mérite de la rendre folle de joie. Il ne voulait pas partir ! Hélas, elle ne pouvait pas le garder, pas sans trahir la confiance de sa marraine. Sans parler du scandale que cela déclencherait.

Moralité : elle ne le retiendrait pas.

— Une semaine, oui. Ou deux, répondit Lady Sophia. Londres n'est pas mon lieu de prédilection, c'est un fait, mais je reviendrai peut-être sur mon idée si vous me faites un peu visiter la ville. Et il semblerait que vous ayez fait du beau travail, c'est encore mieux que je ne l'imaginais, Mr Salisbury. Je sais que vous ne verrez pas ce retour d'un mauvais œil, Genevieve. Vous voilà formée à la perfection.

— Bien sûr, dit-elle tout bas.

Pourquoi fallait-il qu'elle soit soulagée à l'idée qu'il

reste auprès d'elle un peu plus longtemps que prévu ? Le départ était inévitable, et il serait encore plus douloureux.

— Je suis navrée d'arriver si tôt. Mais figurez-vous que l'idée m'est venue en pleine nuit. J'ai consulté Truffe, et nous avons décidé de partir sans perdre une seconde.

Lady Sophia semblait ravie. Comme si son comportement impétueux n'avait absolument rien d'anormal… C'était sans doute l'impression qu'elle avait, en tout cas. De toute manière, ce n'était pas son petit chien qui risquait de la contredire, même s'il avait été « consulté ».

Non, décidément, elle n'en avait fait qu'à sa tête comme d'habitude.

Genevieve eut de la peine pour les domestiques de Waterstone Manor. Ils avaient dû courir dans tous les sens la veille au soir pour préparer à la hâte le voyage de leur patronne. Ils avaient certainement maudit Archie au passage, car c'était à cause de lui qu'ils s'étaient couchés si tard.

— Bien, qu'y a-t-il au programme aujourd'hui ? poursuivit Lady Sophia en observant tout le monde d'un air réjoui.

Que dire ? *Figurez-vous que je comptais repenser au moment de passion que j'ai vécu dans la nuit avec votre intendant, ma chère marraine. Puis me demander si cela se reproduirait. Et, si c'était le cas, quand ?*

— Je… Je n'avais rien prévu de particulier.

Personne n'ayant répondu, Genevieve avait été obligée de prendre la parole. Impossible d'avouer ce qu'elle avait sur le cœur. Pas sans détailler toutes sortes de choses qu'elle-même peinait à expliquer.

— Formidable ! J'ai toujours souhaité jeter un œil

au St. James's Palace. Pensez-vous que la reine sera sur place ?

— Peut-être, mais il y a peu de chance pour qu'elle sorte balayer l'escalier, par exemple.

— Mais vous êtes duchesse, vous pouvez solliciter un entretien, non ? J'adorerais rencontrer notre chère souveraine, expliqua sa marraine d'un ton rêveur.

— Oh ! moi aussi !

Ah non, sa grand-mère n'allait pas s'y mettre ! Genevieve tourna la tête dans sa direction. Un geste parfaitement inutile puisque celle-ci ne pouvait pas la voir. Une chance.

— Nous ne pouvons pas rencontrer la reine, dit-elle d'une voix encore plus étranglée qu'un peu plus tôt.

— La duchesse a raison.

Archie. Il venait d'intervenir, posément. Elle lui jeta un regard plein de gratitude. Et garda les yeux sur lui. Il aurait été dommage de s'en priver, non ?

— La reine s'est rendue dans l'une de ses résidences d'été, ce sont les journaux qui l'ont annoncé. Et, avant que vous me posiez la question, j'ignore laquelle.

Il avait bien fait d'anticiper la réaction de sa grand-mère et de sa marraine !

— Oh ! très bien. Mais j'aimerais tout de même voir le palais. Mr Salisbury, vous n'avez qu'à rester ici et vérifier les comptes que Mr McCready souhaite soumettre à votre approbation.

Genevieve ouvrit la bouche pour objecter, avant de s'apercevoir que ce n'était pas possible. Archie était un employé — qui n'était même pas à son service ! Elle n'avait aucun droit de demander qu'il les accompagne, de dire qu'il devait absolument rester travailler pour elle, elle ne pouvait pas… Non, c'était impossible. Autant oublier.

Elle déglutit avec peine tant elle avait la gorge nouée, avant de hocher la tête :

— Peut-être avez-vous envie de vous reposer un peu après ce long voyage, ma tante ? Il faut que j'avale quelque chose.

Même si rien ne pourra calmer la douleur qui me serre le cœur.

— Et je veux m'assurer que Chandler est au courant de notre programme pour les prochains jours, ajouta-t-elle. Notre nouvelle cuisinière sera certainement heureuse de savoir que j'ai de la visite. Jusqu'à présent, je crois que mon appétit d'oiseau l'attristait beaucoup.

— Formidable ! En attendant, votre grand-mère et moi allons rester ici et cancaner un peu. Peut-être pour parler des jeunes hommes que vous avez dû rencontrer…

Des jeunes hommes… Oh non, elle avait complètement oublié !

— Il se trouve qu'un gentleman loge ici. En l'occurrence l'un de mes parents, Sir William Garry, qui est là avec sa sœur, Miss Evelyn Garry.

— Est-ce qu'il est jeune ? Et célibataire ? s'enquit Lady Sophia. Il pourrait se joindre à nous pour notre promenade.

Genevieve vit sa marraine se caler au fond de son siège et donner une petite tape sur la tête de Truffe. Qui ne sembla guère apprécier ce geste.

— Voilà encore une bonne raison d'attendre que toute la maisonnée soit levée. J'ai hâte de rencontrer ce jeune homme.

— Maintenant que Vivy a fait son entrée dans la

bonne société en tant que duchesse, elle ne manquera jamais de soupirants, ajouta sa grand-mère.

Pour ne rien arranger…

Genevieve se tourna aussitôt vers Archie, c'était plus fort qu'elle. Il avait cessé de la regarder. Au lieu de quoi, il se semblait se concentrer sur l'autre bout de la pièce. Pourquoi ? Mystère. Elle tendit le cou pour apercevoir ce qu'il regardait. C'est-à-dire rien, sauf s'il était particulièrement intéressé par la bergère en céladon qu'un de ses parents éloignés avait manipulée avec si peu d'égards quelques semaines plus tôt. Quelqu'un l'avait retirée de sa place de choix pour la poser sur une autre table, loin du passage. La petite bergère se serait-elle plainte ? Et Archie l'aurait-il entendue ?

Mais non, enfin, quelle idée !

Genevieve secoua la tête et retourna à la conversation entre Lady Sophia et sa grand-mère. Hélas, cela allait de mal en pis.

— Un membre de la famille royale ferait un mari idéal pour notre Vivy.

Voilà ce que venait de lancer Lady Sophia. Elle avait de toute évidence adopté le surnom que lui donnait sa grand-mère. Mais il y avait pire : elle voulait lui faire épouser un homme qui n'était pas Archie.

Pourtant, elle ne risquait guère de mieux s'entendre avec un parfait inconnu qu'avec Archie. C'était même impensable !

En tout cas, elle en doutait fortement.

— Certes, mais le bonheur de Vivy avant tout, répondit sa grand-mère.

Enfin quelqu'un qui s'inquiétait de ce qu'elle voulait, et pas seulement de ce que son titre pouvait lui accorder !

— À mon avis, elle devrait s'intéresser à un monarque étranger. Cela lui donnerait l'occasion de visiter des contrées lointaines !

Bien. De toute évidence, elle avait parlé trop vite…

— Si vous voulez bien m'excuser, dit-elle entre ses dents, je vais prendre une légère collation.

Là, elle essaya de ravaler les mots qui lui brûlaient les lèvres.

« Grand-mère, tante Sophia, écoutez-moi bien. Je ne veux pas épouser quelqu'un à cause de son titre. Ne jouez pas les entremetteuses alors que je n'ai aucune envie de me marier. Parce qu'on m'empêche d'épouser celui que j'aime. »

Chère Madame,

Comme l'heure de mon départ approche, j'aimerais arrêter le temps. Je souhaiterais également vous rappeler quelques détails que votre futur intendant devra avoir en tête. Ce vade-mecum pourra être confié à votre époux, quand vous serez mariée. Mais, s'il vous plaît, réfléchissez-y bien.

Chandler est un excellent majordome, mais il n'a pas été formé à la gestion d'une grande maison. Ce sera à vous de lui faire comprendre que vos besoins sont très différents de ceux de votre père. J'aimerais également vous rappeler de récupérer les bijoux qui font partie des biens du duché. J'espère qu'il y a des perles, cela vous irait à ravir. Vous pourrez les porter lors de vos événements mondains.

J'aimerais vous voir les porter. J'aimerais vous voir tous les jours de ma vie.

Mr Salisbury

Chapitre 25

— Vous ne m'aviez pas dit que votre famille habitait Londres, lança Lady Sophia d'un air outré.

Archie retint un soupir. *C'est précisément pour cela que j'ai souhaité oublier tous ces gens.*

Son employeuse lui avait demandé de passer la prendre afin qu'ils planifient leur retour. Autour d'une tasse de thé, par-dessus le marché !

Mais il y avait pire : il ne pourrait bientôt plus voir Genevieve.

— Je n'ai plus aucun contact avec ma famille, répondit-il en essayant de garder un ton léger. Je n'ai pas évoqué le sujet car c'est… quelque peu gênant.

Il s'interrompit un instant, le temps de savoir quoi dire. Comment présenter les choses pour qu'elle ne le harcèle pas avec ce sujet comme un chien de chasse sur les traces d'un lapin ?

— Je gagne ma vie en travaillant, désormais, et ma famille n'apprécierait guère qu'on raconte que quelqu'un portant leur nom est un simple employé.

Le voir partir sous les drapeaux les avait déjà suffisamment peinés. Maintenant qu'il était de retour au pays, apprendre leur porterait le coup de grâce.

Oh ! ses frères n'avaient pas la même vision des choses que leurs parents, mais il ne comptait pas réapparaître tant que ces derniers seraient de ce monde — et aux dernières nouvelles, c'était bien le cas. George avait-il cherché à le contacter après avoir découvert qu'il vivait à Londres ? Non. Cela prouvait bien qu'un fossé s'était creusé entre eux.

Et voilà qu'on allait lui fermer d'autres portes. En l'occurrence celles-ci, chez Genevieve. *Vivy.*

Son existence allait-elle devenir une succession d'endroits qu'il serait obligé de quitter après y avoir passé un moment de sa vie ? Il y avait d'abord eu la maison familiale de Londres, puis les contrées lointaines où il s'était battu avec ses frères d'armes. Et, désormais, il pouvait ajouter cette demeure.

Le seul lieu où il était encore le bienvenu était Waterstone Manor, et c'était uniquement parce qu'il était doué dans son métier. Si d'aventure il devait quitter son poste, Lady Sophia le regretterait quelque temps, car cela la priverait de certaines visites. Mais n'importe qui serait en mesure de le remplacer.

Dieu que cette idée était déprimante…

— Eh bien vous devriez vous réconcilier avec eux. Rien n'est plus important que la famille, n'est-ce pas ?

Cette dernière question était adressée à Truffe, roulé en boule dans les bras de sa maîtresse. Mais il ne daigna pas répondre.

Au même instant, la porte s'ouvrit pour laisser entrer Genevieve. Elle s'immobilisa en découvrant la scène. Et notamment le plateau à thé face à eux, ce qui sembla la faire sourire. Archie se leva pour la regarder et sourit à son tour. Comme Lady Sophia ne pouvait pas voir son visage, il en profitait pour montrer une partie de ce qu'il ressentait.

Genevieve écarquilla les yeux et secoua la tête. Comme si son imagination lui jouait des tours… Que pouvait-elle bien se dire ? Peut-être pensaient-ils à la même chose. À leur envie de se retrouver seuls tous les deux. Nettement moins habillés.

Et sans thé.

— Je suis pile à l'heure, dit-elle en traversant la pièce pour prendre place sur la chaise à côté de lui.

Archie se rassit et désigna la table.

— J'adore prendre le thé, lança-t-elle en lui adressant un regard malicieux.

— Je faisais justement remarquer à Mr Salisbury qu'il n'y a rien de plus important que la famille.

À vrai dire, Lady Sophia donnait plutôt l'impression de parler à son chien, mais peut-être qu'elle ne voyait guère de différence entre un être humain et un animal… Genevieve s'immobilisa alors qu'elle s'apprêtait à se servir et lui adressa un sourire figé.

— Je ne suis pas sûre d'être la personne la plus à même de répondre à cette question, ma tante.

Là-dessus, elle esquissa en direction d'Archie un autre sourire. Un vrai, qui lui alla droit au cœur.

— Ma famille est constituée de gens avec qui je n'ai aucun contact, dit-elle. À quelques exceptions près, bien sûr. Ma grand-mère, vous et les personnes qui travaillent là où j'ai grandi, à la campagne. Sir William et Miss Evelyn sont mes cousins mais, à mes yeux, ils ne font pas encore partie de mon cercle d'intimes.

Archie retint son souffle. Pourvu que ce ne soit jamais le cas !

Lui aurait bien voulu faire partie de ses proches. L'avoir à ses côtés pour toujours. Si elle devenait sa femme, il exécuterait ses moindres désirs. Surtout si cela les amenait à se retrouver nus…

Elle était plus que capable d'assumer ses nouvelles responsabilités, même si elle n'en était pas complètement convaincue. Quoi qu'il en soit elle était forte, compétente, intelligente. Elle ferait le nécessaire pour réparer les torts que son père avait causés.

— Et Mr Salisbury a été d'une aide inestimable, ajouta-t-elle en le regardant.

Avec des yeux bien plus éloquents que des paroles.

— Merci, milady.

Sur ces mots, il prit une gorgée de thé qu'il avala en même temps que tout ce qu'il aurait aimé lui avouer.

Genevieve ne put s'empêcher d'aller voir Archie dans sa chambre, cette nuit-là. Ils avaient dîné tous ensemble. Sa tante Sophia avait passé tout le repas à les étudier attentivement. Par bonheur, tout cela avait échappé à sa grand-mère. S'il y avait bien une chose dont Genevieve n'avait pas envie, c'était que ces deux-là se mettent dans la tête qu'il se tramait quelque chose. Quelque chose qu'elles n'approuveraient jamais, c'était une certitude.

Hélas, sa marraine n'avait pas cessé de répéter que la famille était de la plus grande importance. Pendant ce temps, sa grand-mère en avait profité pour parler de tous les célibataires bien nés que Genevieve risquait de rencontrer. Tout en incluant Sir William dans le lot, bien entendu.

C'était un véritable supplice. Un supplice d'autant plus insoutenable qu'Archie était assis face à elle. Elle avait pu croiser son regard à plusieurs reprises et partager un peu de ce martyre.

Ce qui avait rendu ce repas moins pénible — un peu seulement.

Elle toqua à nouveau, plus fort cette fois, et resta la main en suspens dans l'air quand la porte s'ouvrit subitement. Il ne semblait pas surpris de la voir.

— Vous n'auriez pas dû venir, grogna-t-il d'une voix sourde.

Toujours est-il qu'il lui attrapa le bras avant de l'entraîner à l'intérieur.

Fallait-il croire ce qu'il disait ou ce qu'il faisait ? Elle eut la réponse quand il l'embrassa. Les actes l'emportaient sur les mots.

C'était un baiser aussi farouche qu'ardent, un baiser qui laissait deviner les frustrations de la soirée. D'autant que l'heure de la séparation approchait à grands pas… Comme elle éprouvait exactement la même chose, elle lui rendit son baiser, les doigts plongés dans ses cheveux. Elle fit ensuite courir les mains sur ses épaules, le long de ses bras, et autour de sa taille.

Archie la pencha en arrière, un bras enroulé autour de ses hanches, et l'arracha du sol. Elle se sentit alors basculer. Car ils venaient de s'écrouler sur le lit. Puis il la retourna et lui écarta les jambes, la bouche toujours collée à la sienne.

De son côté, elle continua d'explorer son corps. Elle adorait ça. Plus que son quotidien de duchesse ? Peut-être. Non : sans aucun doute. L'explorer, c'était caresser tous ces muscles impeccablement dessinés, ces reliefs intrigants et animés par une force incroyable.

Manifestement, cela lui plaisait aussi car, après avoir frôlé le col de sa robe, il commença à tirer dessus. Tout à coup, il mit un terme à leur baiser pour marmonner quelque chose en découvrant ce corps qui était offert à son regard.

L'instant d'après, Genevieve le sentit poser la bouche sur ses seins et lui embrasser les tétons. Avec ce même mélange d'ardeur et de délicatesse qu'au moment de lui dévorer la bouche.

Les doigts plongés dans ses cheveux, elle laissa échapper des sons inintelligibles. Des sons qui semblèrent l'inciter à continuer ce qu'il était en train de faire, avant de se pencher pour remonter sa robe. Puis il referma les doigts sur sa jambe, et les fit remonter jusqu'au centre de son intimité.

Juste au moment où elle tentait de se lover tout contre lui, il s'arrêta. La bouche sur ses seins, la main sur sa jambe, tout.

Elle crut être abandonnée. Allait-elle ressentir la même chose au moment où il partirait ?

— Nous ne devrions pas faire ça, dit-il d'une voix mal assurée.

— Non, sans doute pas, acquiesça-t-elle.

Pourvu qu'ils n'aient rien de plus à partager. Car ils savaient d'ores et déjà tous deux qu'ils n'avaient pas d'avenir en commun à cause de la position qu'il occupait. Mais surtout à cause de la vie qu'elle menait, à tous les points de vue.

Archie se détacha d'elle, mais il en profita pour lui attraper la main. Leurs doigts se touchaient. Établir ce petit point de contact entre eux était leur seule façon de montrer le lien qui les unissait l'un à l'autre.

Un lien immense. Un lien qu'on devinait chaque fois qu'elle tournait la tête vers lui quand quelqu'un faisait une remarque idiote, méprisante, ou les deux à la fois. Ou quand elle s'était sentie tellement à l'aise quand il avait incarné Lady Anne ou un autre personnage de leurs séances d'entraînement.

Mais on le devinait aussi en ce moment même, alors qu'elle n'éprouvait qu'un seul désir : le déshabiller complètement, pour qu'elle examine et explore la moindre parcelle de son corps tandis qu'il en ferait autant avec elle. Oui, elle était censée être une femme respectable, une duchesse digne de ce nom… Eh bien au diable les convenances !

— Et maintenant, que faisons-nous ? demanda-t-elle au bout d'un long silence.

Archie prit une grande inspiration et finit par répondre :

— Rien.

Ce n'était qu'un mot, mais c'était comme si on le lui avait extorqué. Genevieve sentit sa gorge se serrer.

— Mais…

— Mais rien, la coupa-t-il en lui serrant les doigts. Vous êtes la duchesse de Blakesley, et moi le troisième fils d'un vicomte qui n'a pas hésité à renier la chair de sa chair.

Oh. Présentée de cette façon, la situation n'offrait guère d'espoir.

— Il y a forcément une solution, insista-t-elle.

À quoi bon vivre si son existence était aussi vide ? Cela étant, elle doutait que les dizaines de gens qui dépendaient du duché se soucient de ses états d'âme.

Archie se releva et lui lâcha les doigts. Il se passa la main dans les cheveux, ce qui fit tomber cette fameuse mèche sur son front. Cette mèche qu'elle aurait aimé écarter, comme toujours.

— Vous feriez mieux de vous en aller, lâcha-t-il d'une voix rauque.

Bien. Si elle devait partir, elle allait partir. Une fois debout, elle rabattit sa robe pour se donner un air respectable, ou presque, et lissa ses cheveux qui avaient été décoiffés quand elle s'était allongée sur l'oreiller.

Elle tâcha aussi de reprendre son souffle.

Mais cela ne l'empêcha pas de sentir ses genoux faiblir. Elle se retourna. Il était toujours assis, les yeux fixés sur elle d'un air implacable. La vertu de cet homme avait quelque chose de terrible et d'extraordinaire. Il refusait d'aller plus loin parce qu'il n'y avait rien à espérer.

— À demain.

Et voilà qu'elle recommençait à couiner comme une souris !

— Encore quelques heures et vous serez parti en compagnie de ma tante, continua-t-elle dans un sanglot.

Ne pleure pas, Genevieve. Arrête tout de suite.

Elle ravala la boule qui s'était formée dans sa gorge et ajouta d'une voix plus forte :

— Vous allez me manquer, Archie. Je vais regretter ces moments-là, bien sûr, mais surtout notre amitié. Je ne sais pas si je me trouverai autant de points communs avec quelqu'un d'autre, à tous les niveaux.

Elle s'interrompit une seconde.

— Il n'y a qu'une chose sur laquelle nous ne sommes pas d'accord, et c'est l'importance du thé, dit-elle, histoire d'alléger l'atmosphère.

— À demain, Genevieve.

La seconde d'après, elle remontait le couloir, bien consciente qu'il la suivait des yeux. Et tout aussi consciente qu'ils n'avaient rien à espérer de l'avenir. Maintenant qu'elle avait quitté cette chambre, tout était terminé.

Archie se laissa tomber sur le matelas dès qu'il eut refermé sa porte. Mais il bondit aussitôt du lit, trop agité pour rester immobile.

Qu'allait-il faire ?

Hélas, il n'y avait aucune solution. Elle n'était pas pour lui. Même s'il se réconciliait avec sa famille, une duchesse ne se marierait jamais avec le troisième fils d'un vicomte, surtout si le premier était libre !

Il y avait fort à parier que ses parents, et peut-être même son frère, étaient en train d'échafauder un plan pour mettre le grappin sur cette duchesse célibataire et lui faire épouser George. Et tous les hommes bien nés avaient certainement le même genre d'idée en tête. Ils n'avaient qu'à faire la queue et exposer leur cas à Genevieve. Elle n'aurait qu'à choisir le meilleur parti et le problème serait réglé.

Et si elle le choisissait, lui ?

Il s'assit pour réfléchir. Ce n'était pas la première fois que cette idée l'effleurait, loin de là, mais c'était se bercer d'illusions. Seulement… Que se passerait-il si l'inimaginable se produisait ? S'ils se mariaient ?

Ils pourraient vivre à la campagne, puisqu'ils s'y trouvaient bien l'un et l'autre. Ils pourraient s'occuper des propriétés de Genevieve et discuter des outils agricoles qu'ils devraient acheter. Et si d'aventure elle attendait leur enfant — non, quand elle attendrait leur enfant —, il s'occuperait de tout jusqu'à ce qu'elle soit en état de reprendre.

Il l'encouragerait à poursuivre leurs séances d'entraînement. Pas tellement pour apprendre à naviguer au sein de la bonne société, mais pour se concentrer sur des choses plus importantes, comme prendre soin de ses terres et de ses employés. Pour gérer ses biens avec maestria et montrer à tous les Mr Mieux-que-vous du monde qu'elle était taillée pour cette vie. Pour donner une voix à celles et ceux qui ne seraient pas entendus autrement.

Il s'allongea sur le lit de tout son long, les mains derrière la tête, et se mit à réfléchir à cette éventualité. À ce que cela signifierait pour eux deux.

Cela vaudrait toutes les critiques qu'ils risquaient de s'attirer, voilà ce que lui soufflait son cœur. Mais c'était avant tout elle que ces attaques viseraient, et c'était donc à elle de décider si elle souhaitait ou non les affronter.

Il devait la convaincre.

Archie laissa son esprit se remémorer tous ces moments difficiles sur le champ de bataille, quand il persuadait ses hommes de marcher vers la ligne de front. Alors même que certains étaient conscients de trouver la mort au bout du chemin.

Oh ! le mariage ne débouchait pas sur un sort aussi funeste, bien sûr. Du moins, il espérait que ce n'était pas le cas. Il n'empêche qu'il devrait se montrer aussi convaincant avec elle qu'à l'époque où il menait ses hommes au combat.

Et pour cause : leur désir de vivre ensemble était une cause juste. Lui qui n'aimait rien tant que les choses bien en ordre, il voulait que ceux qui méritaient d'être ensemble le soient pour de bon.

Parce qu'il l'aimait. Il voulait être avec elle pour le restant de ses jours.

À présent, il ne lui restait plus qu'à la persuader de faire le même choix.

Cher Archie,

Je crois savoir ce que nous devons faire, même si c'est un saut dans le vide et un affront fait aux convenances. Je viendrai vous rejoindre dans votre chambre à coucher au retour de ma sortie au théâtre en compagnie de la comtesse d'Eastbrook, afin de vous parler.

Genevieve

Chapitre 26

— Étiez-vous déjà allée au théâtre auparavant ?

La comtesse avait posé sa question sincèrement, sans mépris.

Genevieve s'interrogea. Aurait-elle trouvé une nouvelle amie ? Visiblement, c'était le cas.

Elles étaient assises dans la loge privée du comte et de la comtesse, libres de voir et d'être vues. Elle portait l'une de ses nouvelles robes, bien entendu. En l'occurrence dans un joli tissu bleu, si léger qu'elle avait l'impression de flotter jusqu'au ciel.

Elle se sentait belle, même si Archie n'avait pu lui donner son avis sur la question — il ne s'était pas joint à eux pour le dîner, car sa tante Sophia lui avait demandé de l'accompagner chez une vieille amie. Comme elle était son employeuse, il avait dit oui, forcément.

Genevieve avait donc mangé en compagnie de Sir William et de Miss Evelyn. Elle s'était surprise à observer la pendule en souhaitant qu'elle avance plus vite. Elle avait hâte de parler avec Archie. Accepterait-il sa demande ?

Qui n'était évidemment pas une demande en mariage…

En attendant, elle était au théâtre, pour la première fois de sa vie. Forcément ! Elle avait connu si peu de chose.

— Non, jamais, milady, répondit-elle avec un sourire.

Elle jeta un œil au parterre. Il y avait une grande variété de gens, des membres de la haute société ou des gens qui semblaient avoir travaillé toute la journée et qui étaient massés au fond de la salle, debout, pour se divertir un moment.

Se sentait-elle anxieuse ? Non. Ce n'était pas comme si elle n'était jamais sortie en public. Peut-être s'habituait-elle à son quotidien de duchesse ? Cela aurait été la meilleure nouvelle du monde. Mais aussi la pire, car cela voudrait dire qu'elle pouvait dorénavant se passer de ses séances d'entraînement. De toute façon, son professeur était sur le départ…

Elle n'avait plus besoin de lui, désormais. Ou plutôt si, plus que jamais, mais pas pour cela du moins.

— C'est un régal, même pour quelqu'un qui habite en ville depuis des années, dit la comtesse. Le plus difficile, c'est de se laisser prendre par l'intrigue et de ne pas s'intéresser au public. Même si c'est une activité très agréable…

Lady Eastbrook en rougissait presque. Genevieve éclata de rire et tapota la main de son amie. Oui, « amie » était bien le mot.

— J'adorerais me laisser prendre par l'intrigue.

Surtout si c'est une histoire d'amour qui se termine bien.

Elle se pencha pour observer à nouveau la foule en contrebas et distingua plus clairement les différents groupes, cette fois. Les gens qui travaillaient pour vivre, vêtus d'habits sombres et usés, des familles de commerçants avec des flopées d'enfants tout endimanchés, et puis…

— Qui est-ce ?

Elle désigna soudain une femme vêtue d'une robe particulièrement chatoyante, d'une couleur dont elle ne connaissait même pas le nom. Une couleur entre le jaune citron et l'orange, mais encore plus vive.

La comtesse suivit son regard et plissa les lèvres.

— C'est Mrs Foster. C'est… une amie très chère du vicomte Salisbury.

Genevieve sentit la curiosité l'envahir en entendant le nom de famille d'Archie. Et ce que la comtesse venait de dire la frappa. « Une amie très chère. » Sa maîtresse, donc ?

Dommage qu'elle ne puisse pas mieux voir cette femme. Elle apercevait quelques plumes et un grand collier qui se déployait sur le décolleté de celle-ci, assez profond par ailleurs.

— Et, d'après vous, l'épouse du vicomte est-elle au courant de l'existence de Mrs Foster ?

— Oui, acquiesça la comtesse avec un soupir, je suis sûre que oui. Ces choses-là ne restent jamais secrètes bien longtemps. Et Mrs Foster a les faveurs du vicomte depuis près de cinq ans.

Conclusion : Archie était peut-être au courant, lui aussi.

Elle aurait tellement aimé trouver une quelconque excuse et rentrer sans perdre une seconde pour lui parler. Sauf que cela aurait été très grossier de sa part. De toute façon, elle ne savait pas trop quoi lui dire. Enfin, si : elle voulait lui avouer ses sentiments et voir s'ils étaient un tant soit peu réciproques.

Si tel était le cas, alors ils pourraient parler du futur.

***

Avant même de recevoir le message de Genevieve, Archie espérait qu'elle passerait le soir. Ce serait donc le cas. Tant mieux, voilà qui lui permettrait de tout expliquer, de résoudre tous les problèmes — d'une façon inédite.

Alors quand il entendit frapper à la porte, aux environs de minuit, il bondit pour ouvrir, avant qu'elle ait eu à recommencer. Elle se tenait devant le seuil, dans ses habits de nuit, un chandelier à la main. La lumière tremblante jetait des ombres sur son visage. L'espace d'une seconde, il la prit pour une apparition tout droit sortie de son imagination.

— Je peux entrer ? demanda-t-elle de cette voix aiguë qu'elle prenait quand elle était nerveuse.

À vrai dire, il était nerveux, lui aussi. Il avait passé une bonne partie de la soirée à réfléchir à ce qu'il allait dire, et il n'avait toujours pas la réponse. La seule chose dont il était certain, c'était qu'il parlerait.

— Bien sûr.

En s'écartant, il en profita pour jeter un œil dans le couloir pour s'assurer que personne ne traînait dans les parages. On aurait pu les voir et les entendre…

Même si elle disait oui, cela ne changerait pas grand-chose. D'aucuns seraient scandalisés d'apprendre que la duchesse avait rejoint son fiancé tard dans la nuit, mais les fiançailles seraient là pour faire taire les mauvaises langues. Et puis elle était duchesse, elle pouvait user de son influence…

Archie faillit lever les yeux au plafond. Donner libre cours à son imagination ne lui réussissait pas. Il avait intérêt à se concentrer un peu. Sans quoi, comment comptait-il lui faire sa demande ?

— Comment s'est passée votre soirée ? s'enquit-il en lui faisant signe de s'asseoir.

Elle secoua la tête, mais finit par prendre place sur le lit. Il sentit sa bouche esquisser un sourire. Il s'attendait à cela — à ce qu'elle commence par refuser de s'asseoir, avant de le faire quand même.

Il la connaissait bien.

Il l'aimait.

Il espérait qu'elle dirait oui.

— La soirée n'était pas sans intérêt, dit-elle en plissant les yeux.

Elle faisait mine d'observer un point derrière lui, comme à son habitude. Il manqua de sursauter quand elle posa soudain les yeux sur lui.

— J'ai vu quelqu'un. Enfin, quelqu'un que vous connaissez sûrement.

Genevieve parlait d'une voix toujours aussi tremblante. Archie ferma les yeux et prit une grande inspiration.

— Encore mon frère George ?

Avec un peu de chance, il quitterait Londres sans voir ce dernier une seule fois.

— Non, pas votre frère. Mais une certaine Mrs Foster.

Ces mots flottèrent dans l'air entre eux, en suspens, comme s'ils étaient plus légers que l'air. Même si c'était loin d'être le cas…

— Je sais de qui il s'agit, répondit-il d'une voix lugubre.

Il n'avait pas pensé à cette femme depuis des années. De toute évidence, elle vivait toujours aux crochets de son père. Genevieve devait en savoir suffisamment à ce sujet. Sans quoi, pourquoi lui en aurait-elle parlé ?

— La comtesse n'a pas voulu trop m'en dire.

Encore heureux !

— Mais elle m'a expliqué qu'elle et votre père étaient…

— Oui, ils l'étaient. Et ils se sont encore, visiblement.

Archie se leva, incapable de rester en place, et se mit à faire les cent pas entre la chaise sur laquelle il s'était assis et son lit — sur lequel elle se tenait. Il se retourna pour la fixer.

— Pourquoi êtes-vous venue me voir, Genevieve ?

Ce n'était quand même pas pour parler de la maîtresse de son père ! Et ce n'était sûrement pas parce qu'elle le soupçonnait de vouloir faire sa demande en mariage.

Pour toute réponse, elle pivota la tête et regarda ce fameux tableau avec tout ce rouge, derrière lui. Pourquoi ne s'en était-il pas déjà débarrassé ? Cette toile avait l'air de la fasciner !

— Je…

À peine eut-elle commencé sa phrase qu'elle secoua la tête, le nez baissé vers le tapis. Elle préférait regarder n'importe où sauf dans sa direction.

— Quoi ?

Son cœur se serra. Pourquoi avait-elle tant de mal à lui parler ? Qu'avait-elle à lui annoncer ?

Qu'elle allait se marier ?

Bon sang, il était peut-être arrivé trop tard…

— Dites-moi, lâcha-t-il d'une voix rauque.

Elle écarquilla les yeux d'un air étonné.

— Vous avez l'air troublé, répondit-elle. Il n'y a rien… Enfin, j'espère que nous pourrons nous entendre. Il est assez rare qu'une femme demande ce genre de choses, mais…

Là, elle prit une grande inspiration. Il en fit autant,

sans même s'en rendre compte mais, quand il entendit ces mots, le poids qui l'écrasait s'évanouit.

— Si vous comptez demander ce que je pense, ce que je devrais moi-même demander, alors la réponse est oui, souffla-t-il tout bas.

Il vit l'incrédulité se peindre sur son visage. Avait-elle vraiment tant de mal à imaginer qu'il voulait l'épouser ? Être avec elle pour le restant de ses jours ?

— C'est vrai ? s'écria-t-elle d'une voix étranglée. Cela ne paraîtra pas bizarre ?

Archie secoua la tête avant de s'agenouiller devant elle. Il attrapa les mains de Genevieve et les posa sur les cuisses de celle-ci. Pas question de se laisser distraire par l'idée de ce qui se cachait sous cette chemise de nuit. Même s'il en avait le droit, à présent, non ? Elle était d'accord.

Genevieve allait devenir sa femme. Elle comptait le laisser entrer dans sa vie et être avec elle.

Il ouvrit la bouche pour lui dire qu'il l'aimait. Non, pour le clamer haut et fort, afin qu'elle le sache ! C'était son intention. Mais elle prit la parole avant lui.

— Nous pouvons vous trouver un poste pas loin d'ici, répondit-elle en haussant les épaules.

Ses joues se mirent à rosir, et elle reprit :

— Je ne sais pas comment les choses se passent, en règle générale. Et vous comprendrez que j'aurais du mal à me renseigner sur la question.

Il battit des paupières, sans lui lâcher les mains, bouche bée. De quoi parlait-elle, enfin ?

— Et vous pourrez continuer de m'aider à gérer la propriété, si d'aventure les gens s'interrogent.

Cette fois, elle avait les joues tout empourprées

et regardait partout dans la pièce. Mais plus dans sa direction.

— Si d'aventure les gens s'interrogent ? répéta-t-il.

Inutile de le nier, il nageait en plein brouillard.

— Oui, si d'aventure certains laissent entendre que… Enfin, si certains veulent savoir pourquoi nous passons autant de temps ensemble. Pourquoi nous avons l'air si proches.

C'était bien la première fois qu'il l'entendait parler d'une voix aussi aiguë. Mais il ne voyait toujours pas où elle voulait en venir. Et puis tout à coup… il comprit.

— Arrêtez-moi si je me trompe…

Il lâcha les mains de Genevieve et se redressa. Comme elle restait assise sur le lit, elle dut pencher la tête en arrière pour le regarder.

— Vous voulez que je sois votre amant ?

— La comtesse disait plutôt que Mrs Foster était une « amie très chère » de votre père.

Il continua de la fixer avec des yeux si perçants et si intenses qu'elle dut regarder ailleurs. En l'occurrence, en direction de cette satanée peinture.

— J'ai cru que vous souhaitiez devenir ma femme, lâcha-t-il tout bas.

S'il ne s'était pas contrôlé, il aurait hurlé. Et il était hors de question d'alerter toute la maisonnée. Dommage, car cela lui aurait permis d'obtenir ce qu'il voulait. Et pour cause : le fait qu'on les surprenne ensemble l'aurait définitivement compromise.

L'ironie de la situation ne lui échappait pas. Pas plus que le risque qu'il avait été sur le point d'encourir. Céder à ses impulsions, ce serait perdre son honneur. De toute manière, il ne pouvait pas faire une chose pareille, pas alors qu'elle s'était montrée aussi claire.

— Devenir votre femme ?

Cette fois, Genevieve semblait déstabilisée. Pourquoi ? Cette idée était-elle si invraisemblable ? Il sentit sa fierté — cette fierté qui l'avait conduit à rompre avec sa famille — bouillir au fond de son être. Cela le rendait malade. Il était écœuré qu'elle ait eu une idée pareille. Qu'elle ait cru qu'il serait entièrement d'accord. De s'être mépris sur les sentiments qu'elle éprouvait. Lui qui avait osé croire qu'elle souhaiterait l'épouser !

— Mais vous n'avez aucune envie que je devienne votre femme ! bredouilla-t-elle.

Archie s'obligea à reculer. Il devait certainement l'intimider en restant planté devant elle alors qu'elle était assise. Sur son lit, par-dessus le marché…

— Comment pouvez-vous le savoir, Genevieve ? grogna-t-il en se passant rageusement la main dans les cheveux. Vous ne m'avez même pas posé la question, vous me l'avez dit vous-même.

Il prit une nouvelle inspiration pour ajouter :

— L'idée ne vous a même pas traversé l'esprit.

Elle ouvrit la bouche, comme pour protester, mais il leva la main.

— Vous allez me dire que cette idée vous a effleurée. Peut-être est ce le cas. Mais vous l'avez balayée. La preuve : vous avez imaginé que je pourrais être votre… « ami très cher ». Les bras m'en tombent. Avez-vous seulement songé à la façon dont je pourrais réagir ?

Il se remit à faire les cent pas, sans un regard pour elle. Pas alors qu'elle avait jeté l'éventualité d'un avenir ensemble aux orties. Sans même lui demander son avis ! Comme une véritable aristocrate, en somme.

— Toutes mes félicitations, Madame la duchesse, lança-t-il d'un ton dédaigneux. Vous voilà pleinement formée et prête à prendre votre place au sein de la bonne société. Prête à traiter les gens comme des moins-que-rien parce que vous avez un titre, et pas eux.

Elle avait porté la main à sa bouche, les yeux mouillés de larmes. Il aurait aimé ne pas avoir le cœur brisé devant tant de souffrance. Il aurait aimé ne pas s'en soucier.

Ne pas l'aimer.

— Je devrais partir, dit-elle d'une voix aussi sourde que tremblante.

Elle chancela au moment de se lever. Il se précipita pour la rattraper. C'était plus fort que lui, il ne voulait pas qu'elle se fasse mal, et tant pis pour ce qu'elle lui inspirait en ce moment même. L'espace d'un instant, il la retint dans ses bras.

Ce qu'il aurait aimé faire, jour après jour.

Hélas, ce rêve avait volé en éclats. Et il ne lui restait plus qu'un cœur déchiré, un orgueil blessé et la certitude que le lien qui les unissait était brisé pour toujours.

Genevieve sentit ses genoux faiblir alors qu'elle regagnait sa chambre. Un dernier effort, et elle pourrait fermer la porte, oublier le monde, s'évader. Que s'était-il passé ? Pendant un instant, ils avaient été en parfaite harmonie. Et, le moment d'après, il s'était emporté. Qu'avait-elle fait ?

Une fois devant la porte, elle tourna la poignée et entra. Seule. Ce qu'elle serait toujours, peu importait qui la vie mettrait sur son chemin.

Elle s'appuya contre le battant, les yeux clos, tandis qu'elle penchait la tête en arrière. *Qu'est-ce que j'ai fait ?* se répéta-t-elle, les mains à plat sur le bois dur. Cette matière brute sous ses doigts était comme un reflet du poids des émotions qui l'écrasaient. Mais peut-être ne se posait-elle pas la bonne question. *Qu'est-ce que je n'ai* pas *fait ?* Voilà ce qu'elle devait se demander. Pourquoi avait-elle été aussi stupide ? La mine basse, elle marcha vers son lit. Un lit dans lequel elle serait toujours solitaire, sans qu'il puisse la rejoindre. Pour la prendre dans ses bras, pour l'embrasser, pour être avec elle de mille et une manières.

Elle grimpa sur le matelas et se laissa tomber sur le couvre-lit sans même se glisser sous les draps. Tirer les couvertures lui aurait demandé un effort surhumain. Comment avait-elle pu se tromper à ce point ?

Duchesse ou pas, elle n'avait pas eu l'impression qu'il tenait à partager sa vie pour toujours. Elle avait hésité à lui demander d'envisager une telle éventualité. Pourquoi ? Parce qu'elle doutait qu'il éprouve de tels sentiments pour elle. Même si chacun de ses gestes laissait penser le contraire.

Parce qu'elle n'avait pas confiance en elle.

Même après tout ce temps, même alors qu'elle avait gagné en assurance, en tant que duchesse mais surtout en tant que femme, elle doutait qu'elle lui suffirait.

Résultat : elle avait tout fait pour que ce ne soit pas le cas.

Les larmes se mirent à couler, plus tard qu'elle ne l'aurait pensé. Cette remarque flotta dans une partie lointaine de son esprit. Mais, quand elles se mirent à couler pour de bon, ce fut un vrai torrent, un déluge qui semblait naître du plus profond de son âme et lui traverser le corps en balayant tout sur son passage.

Quand finit-elle par s'endormir ? Difficile à dire. Mais l'aube n'allait pas tarder à se lever. Le reste de sa vie se dessinait devant elle. Un avenir solitaire, loin de tout, fait de devoirs et de responsabilités, mais sans amour.

Jamais.

Madame la comtesse,

Ce message pour vous informer que Lady Sophia et moi-même partirons très tôt demain matin. J'ai donné des instructions à Chandler sur ce qui doit être fait sans délai, et je correspondrai avec lui afin de m'assurer que vos affaires personnelles se déroulent sans accroc.

Respectueusement,

Mr Archibald Salisbury, capitaine à la retraite

Chapitre 27

— Cette soirée est-elle à votre convenance, Madame la duchesse ?

La comtesse semblait inquiète. Sans doute parce que Genevieve ne s'amusait pas, loin de là. Et elle n'était pas une actrice assez consommée pour faire croire aux gens que c'était le cas.

Ironie du sort, elle semblait avoir besoin de nouvelles séances d'entraînement à la vie aristocratique. Mais peut-être était-elle triste, tout simplement. Pourquoi en douter ? Elle était bel et bien déprimée depuis qu'Archie était parti. Ou, plus précisément, depuis l'avant-veille de son départ. Autrement dit depuis près de trois semaines.

— Bien sûr, milady, je vous remercie.

Genevieve adressa un sourire à son amie. Et il était sincère. Dans l'intervalle, Anne et elle s'étaient rapprochées, même si elle ne sentait pas capable de lui confier ses peines de cœur. Oh ! son amie se doutait bien que quelque chose clochait, mais elle refusait d'insister. Elle tenait simplement à lui rappeler qu'elle était là en cas de besoin.

— Tiens, voilà Mr Salisbury !

À ces mots, Genevieve sentit son cœur bondir. Hélas, il s'agissait de l'autre Mr Salisbury…

Le frère d'Archie était un homme agréable. S'ils s'étaient rencontrés avant qu'elle ne croise la route de son frère cadet, elle aurait même pu envisager de passer sa vie avec lui. Mais son charme et ses traits fins n'étaient rien comparés à l'intensité qui animait son frère. Lui n'était pas charmeur : il en imposait. Et il était d'une beauté à couper le souffle, pas simplement agréable à regarder.

Il n'était pas facile. Il n'était pas charmant. Il n'était pas à elle.

— Bonsoir, Madame la duchesse. Bonsoir, milady, les salua-t-il. Quelle belle soirée, n'est-ce pas ?

— J'évoquais justement la question avec la duchesse.

Genevieve surprit alors le regard de conspiratrice que lui lança la comtesse. Comme si celle-ci avait tout deviné, même si on ne lui avait rien dit.

En un sens, c'était la façon dont elle communiquait avec Archie — avant.

— On ne s'ennuie jamais, chez les Musgrove, dit le frère de ce dernier avant de baisser la voix. Ils se sont manifestement assuré les services de Mr Velasquez, le célèbre ténor espagnol.

Il hocha la tête avant de leur sourire. Comme si c'était à lui qu'on devait cette occasion unique en son genre.

Formidable. Elle avait le cœur en miettes, mais cela ne suffisait pas. Elle serait encore obligée d'écouter un chanteur miauler pendant des heures.

— Quelle merveilleuse nouvelle ! s'exclama la comtesse en battant des mains. Je meurs d'envie de l'entendre. Mon mari et moi avons des places pour son concert de la semaine prochaine. Et les Musgrove sont parvenus à le faire venir ce soir ? Il faut que je trouve notre hôtesse pour lui demander comment elle a fait. Veuillez m'excuser…

Et elle fila sans même attendre la réponse.

Genevieve resta donc seule avec Mr Salisbury. Mais pas le bon. Car celui-ci s'enthousiasmait à l'idée d'entendre un homme chanter l'amour et les peines qu'il procure. En toute honnêteté, ce n'était pas un programme qui intéressait Genevieve.

— Avez-vous eu… des nouvelles de mon frère ?

En entendant Mr Salisbury poser cette question d'un ton hésitant, elle sentit sa gorge se nouer, étranglée par tant d'émotion qu'elle s'étonna de ne pas éclater en sanglots.

— Non. Enfin, il est en contact avec mon majordome, mais il ne m'a pas donné de nouvelles directement.

Elle regrettait de ne plus recevoir ses lettres. Elle regrettait tout.

Pour la millième fois, elle s'interrogea. Pourquoi avait-elle été suffisamment bête pour ne pas comprendre ce qu'il voulait ? Résultat : elle avait fait de sa propre vie un enfer. Et celle d'Archie ? Ce n'était sans doute pas le cas, même s'il devait trouver son quotidien moins agréable qu'avant. Car il tenait sans doute encore à elle, elle en avait l'intime conviction.

En revanche, tenait-il à elle autant qu'elle tenait à lui ? Rien n'était moins sûr.

— J'espérais que… Pourriez-vous lui transmettre ceci de ma part ?

Et, sur ces mots, il lui tendit une lettre. Elle se figea en observant l'enveloppe qu'il lui présentait.

— Archibald refusera de l'ouvrir s'il voit que c'est moi qui l'ai écrite. Je me demandais donc si vous ne pourriez pas la glisser dans l'une des missives que vous lui faites parvenir…

Il s'arrêta pour la regarder. Être fixée par ces yeux si semblables à ceux d'Archie lui serra le cœur. Car le vrai Archie était bien loin.

Elle attrapa la lettre sans pouvoir réprimer une grimace. Que dirait-il quand il la recevrait ? Que penserait-il de ce qui leur était arrivé ?

— Je vais l'envoyer, mais je ne peux rien vous promettre.

Pouvait-elle assurer qu'il ne déchirait pas la lettre qu'elle-même comptait lui envoyer, avec celle de son frère glissée à l'intérieur ? Non. Mais au moins, il serait certainement admiratif devant un tel stratagème.

— Merci, milady, dit-il en se penchant sur sa main.

C'est le moins que je puisse faire, vu la façon pitoyable dont je me suis comportée avec votre frère. Voilà la phrase qui lui brûlait les lèvres, mais elle n'oserait jamais la dire. Pas plus à ce Mr Salisbury qu'à l'autre, celui qui hantait ses pensées.

Elle-même avait déjà du mal à voir les choses en face…

— Non, Mrs Coster, je ne saurais vous conseiller de traiter vos moutons avec le produit que vous utilisez pour vos cheveux.

Au prix d'un effort surhumain, Archie s'empêcha de lever les yeux au plafond.

— Ne vous méprenez pas : vos cheveux sont splendides, ajouta-t-il, pour le plus grand bonheur de la vieille femme qui se mit à glousser. Mais la laine et les cheveux sont deux matières bien différentes.

— Oh ! laissez donc Mr Salisbury tranquille, Hetty !

Lady Sophia — qui venait d'intervenir — attrapa un gâteau sur le plateau pour le donner à Truffe.

— Entre la préparation des festivités et les conseils qu'il prodigue à la duchesse de Blakesley, il a énormément de travail. C'est ma filleule, vous savez.

Mrs Coster leva la main en soupirant bruyamment :

— C'est au moins la centième fois que vous me le dites. Quel dommage qu'elle ait hérité de ce titre. Elle aurait eu une vie normale sinon.

Ah, ça… Personne ne le regrette autant que moi, songea Archie. Il s'était noyé dans le travail, mais cela n'y changeait rien. Quand Lady Sophia ne rappelait pas à tout bout de champ qu'elle était la marraine d'une duchesse, c'était pour se demander tout haut ce que celle-ci faisait à cet instant précis.

Très égoïstement, il aurait aimé qu'elle ne fasse strictement rien. Au moins, il n'aurait pas été obligé d'entendre parler d'elle aussi souvent.

— Qu'avez-vous prévu pour les festivités, ma chère ?

Le temps d'avaler une gorgée de thé, Mrs Coster se mit à énumérer les broderies, les gâteaux et le bétail qu'elle comptait offrir. Comme si tout le mérite lui revenait alors qu'elle ne bougeait pas le petit doigt de la journée !

Bon sang, depuis quand était-il devenu aussi cynique ? Oh ! la réponse était simple. Depuis un mois. Et, heureusement, il avait du travail. En ce moment, il aidait Lady Sophia à tout préparer pour la grande fête du 1er mai. Ce qui signifiait qu'il n'avait pas le temps de réfléchir. Ou pas beaucoup, du moins.

— Mr Salisbury, vous n'écoutez même pas !

La voix de Lady Sophia l'arracha — fort heureusement — à ses pensées.

— Pardonnez-moi, milady. Je pensais aux moutons de Mrs Coster. Vous devriez peut-être les laver avec le produit qu'utilise votre blanchisseuse pour vos vêtements. Ils seront d'un blanc étincelant.

Des moutons lavés au savon. Comment avait-il pu tomber aussi bas ?

— Vous pensez ? En voilà une riche idée !

De toute évidence, Mrs Coster était emballée par cette proposition. Mais, à en juger par la façon dont elle hochait la tête chaque fois qu'il ouvrait la bouche, elle aurait sauté de joie s'il lui avait conseillé de teindre ses moutons en vert…

Cette idée lui donna envie de rire. Tiens, et si c'était le signe qu'il était sur le chemin de la guérison ? Parfait. Il n'avait qu'à soumettre une petite dizaine de recommandations farfelues à cette pauvre femme, et il se sentirait mieux.

Voilà qui pouvait marcher.

— Est-ce que vous vous sentez bien, Mr Salisbury ? demanda Mrs Coster d'un air inquiet. Vous semblez avoir du mal à respirer.

— Oh ! ne vous inquiétez pas, mesdames, je me porte à merveille, répondit-il en se redressant sur son siège.

Au prix d'un effort intense, il se retint d'éclater de rire. Il ne s'était pas senti aussi bien depuis un certain temps. Il savait même exactement depuis quand.

***

— Je vais organiser un bal !

Étant seule dans le petit salon, Genevieve n'attira pas l'attention de grand monde. C'était d'abord elle-même qu'elle voulait convaincre. Si elle comptait mener ce projet à bien, ainsi que tous ceux qu'elle s'était fixés, elle devrait y arriver toute seule, sans aucun homme dans sa vie.

C'était douloureux, mais c'était pour cette raison qu'elle s'était entraînée. Et si elle pouvait montrer à tous les gens qui faisaient partie de son nouvel univers qu'elle était parfaitement en mesure de se débrouiller seule, alors elle déciderait peut-être de son avenir, sans se soucier des cancans et des obstacles qu'on dresserait sur sa route.

Forte de cette décision, elle laissa son esprit vagabonder loin de ce qu'elle comptait faire. *Une chose à la fois*, se rappela-t-elle en marchant vers le mur où se trouvaient les deux cordons de sonnette — l'un pour appeler Chandler, l'autre pour appeler Miss Clarkson. Elle les tira et attendit.

— Il faut ce qu'il faut, vous savez.

Miss Clarkson recula pour voir de quoi Genevieve avait l'air. Au bout de quelques secondes chargées de tension, elle hocha la tête. Ouf !

Mrs Hardwick avait fait livrer les dernières robes que Genevieve avait commandées. Ce soir, elle portait la plus belle de toutes. Une robe rose pâle qui épousait ses courbes à la perfection, rehaussée d'un tissu vaporeux et brillant. Miss Clarkson l'avait coiffée de manière plus sophistiquée qu'à l'accoutumée, et Genevieve avait profité de l'occasion pour mettre les bijoux qui appartenaient à sa famille. Elle portait donc une rivière de diamants, avec des boucles d'oreilles assorties. Quant à ses gants, ils étaient d'un rose pastel, tout comme les pantoufles qu'elle avait aux pieds.

Elle ressemblait à une princesse de conte de fées. Ce qui était à peine plus invraisemblable que la position qu'elle occupait — à bon droit, pourtant.

Archie ne serait pas là pour la voir, et c'était dommage. Encore que. Tout le défi était là. Cette fois, elle ne pourrait compter sur personne d'autre qu'elle-même pour sortir la tête haute de cette aventure.

Il lui avait donné toutes les instructions dont elle avait besoin. Désormais, c'était à elle de se débrouiller. Seule.

— Il va y avoir du monde, murmura-t-elle.

Miss Clarkson lui lissa une boucle de cheveux — vu qu'il n'y avait qu'un seul et unique ruban sur cette robe.

— Uniquement des gens comme les autres, même si certains se considèrent au-dessus du lot, dit-elle d'un ton pincé.

Lady Eastbrook serait de la fête, Dieu merci. Au moins, Genevieve aurait une amie au milieu de la foule. Les Garry viendraient eux aussi. Elle s'était d'ailleurs juré de trouver un charmant jeune homme à Evelyn. Sir William n'avait pas encore exprimé clairement ses intentions. Pourvu qu'il se retienne encore un moment, car cela risquait de gâcher l'amitié qui la liait à sa sœur. Et pour cause : elle comptait refuser la demande en mariage qu'elle sentait venir.

Pourquoi ? Parce que, si elle n'avait pas Archie, elle ne voulait personne. Elle était très consciente de sa chance : elle était l'une des personnes les plus privilégiées d'Angleterre, en dehors de la reine. Et, si elle ne tenait pas à épouser quelqu'un, personne ne la forcerait à le faire ! C'était tout l'intérêt de la soirée de ce soir : elle comptait montrer aux gens qui elle était. Et surtout qui elle n'était pas — à savoir une femme timorée, prête à épouser n'importe qui pour préserver son titre. Elle était Genevieve, duchesse de Blakesley, et elle avait décidé d'organiser une soirée chez elle.

Elle aurait pourtant aimé que cette perspective la réjouisse davantage. Une chose pareille lui aurait paru impensable, quelques années auparavant, quand elle vivait au fin fond de la campagne, sans amis, sans espoirs, sans rêves.

Il restait qu'elle était contente de s'en sortir. Et cela devait la satisfaire. Sauf si elle trouvait un moyen de réparer le désastre qu'elle avait causé. Sans quoi, il lui faudrait s'en contenter. Jusqu'à la fin de ses jours.

— Comment allez-vous, ma chère ? demanda la comtesse.

Genevieve était reconnaissante envers son amie d'être arrivée presque au début de la soirée. Anne portait une robe en satin bleu marine qui mettait merveilleusement en valeur sa chevelure sombre et ses yeux bleus.

Ah non. Si elle commençait à penser à des cheveux noirs et à des yeux bleus, elle allait fondre en larmes. Ce qui aurait été pour le moins déplacé quand on organisait une fête. Ou quand on s'y rendait, d'ailleurs.

— Je me porte comme un charme, répondit-elle en affichant ce qu'elle espérait être un sourire crédible.

Oh ! elle n'était pas au fond du gouffre — enfin, si — et elle était capable malgré tout de profiter de certains moments. Passer du temps avec son amie en faisait partie ! Alors pourquoi continuait-elle de souhaiter qu'Archie soit là pour partager ces instants avec elle ?

La réponse était évidente. Parce qu'elle l'aimait et parce qu'il l'avait aidée à surmonter tous ces obstacles. Il aurait mérité d'être là, à ses côtés, pour la voir triompher.

Car c'était bel et bien un triomphe. Chandler avait veillé à ce que les domestiques fraîchement embauchés soient convenablement préparés en vue d'un événement d'une telle ampleur. La nourriture était délicieuse, le vin coulait à flots et il n'y avait aucun chanteur pour casser les oreilles des invités. À la place, elle avait embauché trois musiciens qui joueraient pendant toute la fête. La musique accompagnerait agréablement la soirée au lieu d'être le clou de l'événement.

— Vous pouvez être fière de vous, lui glissa tout bas Lady Eastbrook afin que nul ne puisse les entendre. Tout le monde dit que cette soirée est un immense succès et que vous êtes pleinement à la hauteur de votre rang, même si vous n'avez pas été formée dès votre naissance à remplir ce rôle un jour. Contrairement à beaucoup d'hommes dans votre situation.

— Merci, répondit-elle. Voilà qui fait plaisir à entendre. Merci d'être une excellente amie, j'en ai si peu.

Genevieve en avait même un de moins, maintenant qu'Archie était parti. Et parti fâché, de plus, parce qu'elle avait proposé une solution qu'il n'aurait jamais pu accepter.

Pour la énième fois, elle laissa son esprit vagabonder jusqu'au soir où cette fameuse scène avait eu lieu. Pourquoi avait-elle songé que cet arrangement le satisferait ? Qu'il ne voudrait pas se lier à elle de façon durable ? Que cela l'affecterait moins qu'elle ?

Ce qu'elle avait été stupide ! Vraiment.

Elle avait un titre, un patrimoine, mais cela ne l'empêchait pas d'être une parfaite idiote. Décidément, elle se fondait encore mieux que prévu dans son nouvel univers. En un sens, c'était réconfortant. Ou au contraire très déprimant, suivant la façon dont on considérait les choses.

Elle attrapa une coupe de champagne sur un plateau qui passait à proximité et porta un toast à sa nouvelle vie, avant d'avaler une gorgée.

— C'était une soirée formidable ! s'exclama Miss Evelyn.

La fête n'était désormais plus qu'un souvenir. Genevieve était restée debout jusqu'à 3 heures du matin, elle avait dansé et discuté, tout en s'assurant que tout le monde s'amusait.

Tout le monde sauf elle, en réalité.

Quand était-elle devenue si… morose ? Oh ! c'était bien simple. Lorsqu'elle avait gâché sa vie en se montrant pour le moins inconséquente.

— Merci, je suis tellement contente que vous ayez pu venir.

Elle en avait même profité pour la présenter à différents jeunes gens, dont l'autre Mr Salisbury. C'était ainsi qu'elle l'appelait, car il était loin d'égaler son frère, même s'il était tout à fait charmant.

— Vous avez rendu un grand service à notre famille, milady, renchérit Sir William.

Elle ouvrit la bouche pour répondre. Être autre chose qu'un ivrogne sans cervelle aurait suffi à rendre un grand service à leur famille, mais autant garder cela pour elle.

Si d'aventure Sir William estimait — à tort — que leur famille était supportable…

Peut-être ce dernier avait-il des proches qu'elle n'avait pas encore rencontrés, des gens parfaitement respectables qui n'avaient pas renié leurs enfants quand ils estimaient que ceux-ci leur faisaient honte, ou qui n'avaient pas dilapidé des fortunes sur le tapis vert.

L'espoir fait vivre, pensa-t-elle avec amertume.

Genevieve s'habillait pour d'autres visites dans l'après-midi quand le courrier arriva, dont une lettre de sa tante Sophia. Assise à sa table de toilette pendant que Miss Clarkson la coiffait, elle ouvrit l'enveloppe. Aurait-elle des nouvelles d'Archie ? Non, inutile d'entretenir cet espoir.

Elle parcourut les différentes pages en essayant de comprendre ce que sa marraine lui racontait car, comme à son habitude, cette dernière avait écrit au gré de sa plume et de ses idées. Bref, Genevieve n'avait pas la partie facile.

— C'est un courrier de votre tante ? demanda sa femme de chambre.

Maintenant qu'elle avait terminé de la coiffer, celle-ci s'était mise à ramasser des objets éparpillés un peu partout dans la pièce.

— Oui. Elle m'explique les événements des dernières semaines en détail.

Même si elle n'évoquait pas Archie…

— Manifestement, elle attend avec impatience une grande fête. Ce sera un moment important de l'année, à ce qu'elle m'écrit. Mais elle ne m'en dit pas plus.

Elle agita le papier dans l'air et jeta un œil en direction de Miss Clarkson, qui était en train de tripoter un ruban. Pour une fois, ce n'était pas le ruban d'une robe que Genevieve portait, mais comme c'était plus fort qu'elle…

Sa femme de chambre n'avait pas arrêté de tourner toutes sortes d'objets entre ses mains depuis le départ de Mr Salisbury. Devinait-elle que quelque chose clochait ? Ce n'était pas impossible. Elle aurait peut-être voulu y remédier, mais elle n'en avait pas le pouvoir. D'où ces gestes intenables.

— J'imagine que cette fameuse fête ressemble à celle qui se déroule chaque année dans mon village, répondit-elle en cessant de s'agiter — une chance ! C'est d'abord une bonne occasion pour permettre à tout le monde de se rassembler et de passer du bon temps.

Elle haussa les épaules.

— Les fermiers de la région apportent leurs meilleurs produits et les plus belles têtes de bétail, on vend tout un tas de choses et il y a toujours de quoi s'amuser. Pour moi, le clou de la fête est toujours dans la soirée, quand les meilleurs musiciens se mettent à jouer et que tout le monde danse sous les étoiles. S'il ne pleut pas, bien sûr.

Ah, Miss Clarkson. Toujours l'esprit pratique !

— Ça a l'air charmant ! dit Genevieve. À mon avis, il y avait aussi ce genre d'événements dans le village où j'ai grandi, mais je n'ai jamais eu le droit d'y assister, cela va sans dire.

Parce qu'elle était la fille d'un duc, même si à l'époque tout le monde semblait l'avoir oublié, à commencer par son père.

— Vous devriez y aller. Quitter Londres quelque temps, avança sa femme de chambre en lissant un ruban. Vous n'êtes pas dans votre assiette depuis quelques semaines.

Depuis trois semaines et trois jours, corrigea Genevieve dans sa tête.

Mais, si elle y allait, elle verrait Archie…

— Je vais sans doute le faire, répondit-elle d'un ton légèrement moins assuré.

Miss Clarkson lui jeta un œil soupçonneux, et très vite son agitation repartit de plus belle.

Elle irait le voir, décida Genevieve. S'il l'écoutait — et rien n'était moins sûr —, elle s'expliquerait. Du moins, elle essaierait. Bref, elle ferait quelque chose.

— Auriez-vous l'obligeance d'apporter les tables de ce côté ?

Lady Sophia désigna l'endroit où ils se trouvaient un instant plus tôt, lui et Mr McCready. Archie échangea un regard avec Bob lorsqu'ils soulevèrent à nouveau la première des trois tables.

— Rappelle-moi pourquoi c'est mieux que l'armée, marmonna son ancien compagnon d'armes tandis qu'ils se dirigeaient jusqu'à l'endroit voulu par leur employeuse.

— Parce que tu ne risques pas d'y laisser ta peau.

— Mouais, rétorqua-t-il. Je risque surtout de tuer quelqu'un.

Il suffisait de suivre son regard pour savoir qui…

Archie ne put s'empêcher d'éclater de rire.

— Ah, voilà qui fait plaisir à entendre ! s'exclama son ami. Je ne t'ai pas entendu rire depuis des semaines. Ce moment est à marquer d'une pierre blanche. Mais allez, revenons à nos moutons…

Cette fois, ce fut Archie qui eut envie de commettre

un meurtre. En l'occurrence, sur la personne de Bob. Il avait évidemment fait exprès de parler de moutons, ce gredin !

Mrs Coster avait adoré l'idée de bichonner ces derniers. Désormais, beaucoup de dames de la région utilisaient tout un tas de produits capillaires sur leurs pauvres bêtes. Dont Lady Sophia.

— Est-ce le moment du rinçage ? lança-t-elle.

— Pas encore, milady, répondit-il en faisant mine de ne pas entendre les ricanements de Bob.

— Auront-ils séché quand nous les conduirons en ville ?

Et voilà qu'elle avait l'air inquiète. Comme si un mouton mouillé pouvait gâcher toute une fête !

— Oui, milady.

Et le pire, c'était qu'elle avait posé la même question un quart d'heure auparavant. Il aurait peut-être dû fabriquer un panneau qui aurait indiqué les réponses à toutes les interrogations de Lady Sophia : « Oui, nous partirons à temps pour arriver à la fête pour 9 heures », « Non, je ne pense pas », « Seulement si Mr McCready compte jusqu'à dix. » Et ainsi de suite.

Mais en un sens, ces questions incessantes l'empêchaient de trop réfléchir à ce qu'il avait perdu. À la possibilité d'être avec Genevieve, même dans la situation qu'elle avait proposée — il avait été tenté, difficile de le nier. Il était même allé jusqu'à s'habiller en pleine nuit, prêt à se précipiter à Londres pour la revoir.

Mais il ne l'avait pas fait. Parce qu'il n'avait pas à le faire. Tôt ou tard, elle se marierait, car elle ne laisserait jamais le duché de Blakesley tomber entre les mains de ces rapaces qui lui servaient de famille. Elle devrait donc se choisir un mari et avoir des héritiers légitimes.

Et il avait vu bien souvent le visage de sa propre mère quand son père quittait la maison pour « affaires ». Des « affaires » qui lui prenaient plusieurs heures. Il n'infligerait pas une chose pareille à quelqu'un. En l'occurrence à l'homme qui aurait l'honneur de vivre aux côtés de Genevieve.

Il se tourna vers son employeuse, qui était en grande conversation avec Truffe.

— Que pouvons-nous faire pour vous être agréables, milady ? demanda-t-il.

Archie ne voyait pas d'autre solution que de se noyer dans le travail. Car il était trop vieux ou trop fatigué pour se soucier de l'état de son cœur.

Archie,
J'arrive.

Genevieve

(Courrier jamais envoyé.)

Chapitre 28

— Milady !

Genevieve grimaça en entendant la voix de Sir William résonner dans son dos. Elle avait tenté de s'éclipser sans avoir à le croiser, car il comptait bien la demander en mariage, elle en avait la certitude. Et elle n'avait pas envie qu'ils se retrouvent dans cette situation gênante, car il n'y avait absolument aucune chance pour qu'elle dise oui.

Sauf si contre toute attente il lui proposait de rester amis et rien d'autre…

— Oui, Sir William ? répondit-elle en se retournant.

Elle fut soulagée d'apercevoir Chandler sortir au même moment du vestiaire avec sa cape. En parfait majordome, il ralentit l'allure pour ne pas se montrer intrusif, mais elle secoua la tête en tendant la main pour qu'il approche.

— Je… J'espérais que nous pourrions discuter de quelque chose en privé, bafouilla Sir William sans même adresser un regard au pauvre domestique

— Je suis pressée, Sir William, navrée, dit-elle très vite en laissant Chandler l'aider à enfiler son manteau. Des affaires importantes m'appellent.

Plus importantes que tout ce que vous auriez à me dire, ajouta-t-elle dans un coin de sa tête. Et tant pis si l'enjeu était crucial pour Sir William. À en croire ce que sa sœur lui avait confié, il était criblé de dettes. Mais un mariage avec une duchesse résoudrait évidemment ce problème.

Il essayait également de marier sa sœur au plus offrant. Genevieve était à deux doigts d'inviter Miss Evelyn à s'installer chez elle pour de bon. Au moins, cette pauvre enfant ne risquerait pas de finir entre les griffes d'un homme qui n'apprécierait pas sa douceur à sa juste valeur.

Quoi qu'il en soit, Sir William n'avait pas l'intention de se laisser envoyer promener si facilement. La preuve : il avança d'un pas pour lui souffler à l'oreille :

— Je comprends que vous soyez occupée. J'aimerais vous soulager de ce poids sur vos épaules, si vous me le permettez. Mieux : j'aimerais le partager.

En partageant aussi mon argent ? songea-t-elle avec ironie.

— Si vous aviez l'obligeance de m'accorder quelques minutes, notre bonheur commun y gagnerait.

Là, il la regarda d'un air très éloquent. Ce qu'il sous-entendait était on ne peut plus clair. De toute évidence, il était temps d'avoir une petite conversation avec lui. Alors soit.

— Je peux vous accorder ces quelques minutes, bien sûr. Chandler, dites au cocher que ce ne sera pas long, lança-t-elle à son majordome. Par ici, Sir William.

D'un geste, elle indiqua la bibliothèque, où elle entra la première. Sans surprise, il referma la porte derrière eux.

— Vous avez forcément remarqué l'intérêt marqué

que j'éprouve pour vous, commença-t-il, les mains dans le dos.

— En effet.

Que répondre d'autre ?

Il sembla déstabilisé, comme si elle n'avait pas répondu de la bonne manière. Pourquoi n'avait-elle pas dans sa bibliothèque un livre intitulé *Comment recevoir et décliner des demandes en mariage venues de personnes que vous ne souhaitez pas épouser* ? Cela étant, elle aurait peut-être mieux fait d'investir dans un ouvrage intitulé *Comment faire en sorte que la personne aimée vous aime en retour et désire vous épouser malgré tout.*

— Très bien, dit-il avant de s'agenouiller sur le tapis.

Là, il leva la tête vers elle et se recoiffa d'un geste de la main, l'autre posée sur le cœur.

— Si je comprends bien, vous devinez mes intentions…

Ironie de l'histoire, elle avait saisi dès le départ ce que cet homme avait en tête, alors qu'elle n'avait pas su deviner les sentiments qu'Archie lui portait.

— Dans ce cas, j'aimerais vous demander si vous me feriez l'honneur de m'accorder votre main.

Il lui décocha un sourire satisfait, comme s'il savait déjà ce qu'elle comptait répondre. Encore quelques secondes, et ce ne serait plus qu'un souvenir…

— Merci, Sir William, répondit Genevieve d'un ton ferme. Je suis flattée de l'honneur que vous me faites, mais je dois décliner votre demande.

Brusquement, il parut tomber des nues.

— Décliner ma demande ? répéta-t-il, toujours à genoux, en baissant la main posée sur son cœur.

— C'est cela, décliner votre demande, affirma-t-elle d'un air encore plus solennel. Je dois vous dire non.

Cette fois, elle prit le ton qu'elle s'était entraînée à adopter durant ses cours privés avec Archie. Ce ton qui lui permettait de marquer sa supériorité de femme bien décidée à ne pas s'en laisser conter, à condition d'agir en conséquence, bien sûr.

Sir William se releva difficilement, tandis que son visage devenait écarlate.

— Vous n'êtes pas sérieuse ! lâcha-t-il sans cacher sa colère.

— Si.

Elle leva la tête et le regarda d'un air plein d'aplomb. Archie aurait été fier.

— Vous savez que les gens parlent de votre… situation inhabituelle.

Comme si elle l'ignorait !

— Je ne l'ai pas mentionné, mais il semble que certains membres de notre famille entendent contester votre droit à être duchesse. En étant votre époux, je pourrais vous éviter ces soucis.

Genevieve plissa les yeux, la mine fermée. Sir William déglutit avec peine. Puis les traits de son visage se durcirent.

— Vous allez devenir ma femme. Ou sinon…

— Ou sinon quoi ? répliqua-t-elle en faisant un pas en avant, les mains sur les hanches. Vous allez laisser la famille anéantir le duché parce que vous essaierez de passer outre un document qui fait force de loi ? À votre aise. Vous et tous ceux qui parlent contre moi verront de quel bois je me chauffe.

Elle avait parlé d'une voix aussi sourde que furieuse qui le fit pâlir. Parfait.

— Vous ne me forcerez pas à devenir votre épouse

au seul motif que je suis une femme et que j'occupe une position dont vous me trouvez indigne. Essayez un peu de contester mon titre, si vous l'osez ! À moins que je me contente d'offrir une dot à votre sœur pour qu'elle n'ait pas à pâtir de vos machinations.

Genevieve avait lancé l'idée avant même d'y réfléchir. Mais, maintenant qu'elle l'avait fait, tout cela n'avait rien d'illogique. Elle appréciait Miss Evelyn, après tout. Ainsi, Sir William devrait accepter son refus sans essayer de lui faire perdre son titre de duchesse. Sur ces mots, elle lui adressa un signe de tête et se dirigea vers la porte.

— Sur ce, je vous laisse profiter de mon absence pour réfléchir à ce que vous comptez faire.

Convaincre quelqu'un d'autre de vous épouser, par exemple, ou je ne sais quelle idée grotesque.

Pour autant, elle n'avait guère envie de rire…

— Tout se passe sans accroc, alors ? demanda Lady Sophia.

Pour la centième fois.

— Oui, milady, répondit Archie en s'inclinant.

Il observa la foule, qui était nombreuse. Les gens étaient tous arrivés du village dans la matinée. À présent, il était près de 2 heures de l'après-midi, et on aurait dit que, d'une façon ou d'une autre, chaque habitant du coin — sans compter tous ceux qui venaient des villes environnantes — était heureux.

Lui même avait du mal à rester enfermé dans sa morosité, en dépit de la tristesse dans laquelle il avait sombré au cours des semaines précédentes. Le soleil était trop radieux, les rires trop joyeux et les moutons

— oui, même les moutons — trop étincelants pour rester là à se morfondre.

Par ailleurs, Bob l'avait menacé de confier à Lady Sophia que son intendant raffolait en cachette du poisson mariné et qu'il n'avait pas eu l'occasion d'en déguster depuis son retour, hélas — ce qu'elle ne manquerait pas de répéter à toutes ses amies. En échange du silence de Bob, Archie s'était donc engagé à faire des efforts pour paraître un peu plus enjoué.

L'idée de se retrouver noyé sous des tonnes de poisson mariné suffit à le dérider. Il n'empêche qu'à certains moments ces sourires étaient forcés, clairement.

— Ah, j'aime tellement cette fête du 1er mai ! s'exclama Lady Sophia.

Archie baissa la tête vers elle et sentit qu'il esquissait un sourire — un sourire sincère, et pas simplement pour éviter une avalanche de poissons marinés. Il se sentait bien ici. Même si Genevieve lui manquait, bien évidemment. En revanche, Londres ne lui manquait pas, pas plus que le risque de croiser un membre de sa famille. Il avait entendu dire qu'elle voyait George, et c'était bien suffisant.

— La journée se passe à merveille, milady.

— J'aimerais faire un tour là-dedans.

Lady Sophia désigna une charrette remplie de foin qui transportait plusieurs enfants. Archie haussa un sourcil. Son employeuse l'étonnerait toujours. Elle croquait la vie à pleines dents. Malgré tous ses défauts, elle avait une joie de vivre qu'il enviait.

Cette joie de vivre, Genevieve l'avait aussi.

Bon sang, ce qu'elle pouvait lui manquer !

— Dans ce cas, faisons un tour en charrette ! lança-t-il.

Il attrapa le bras de Lady Sophia et la guida vers l'endroit où le fermier s'était arrêté pour faire descendre quelques enfants. Tandis qu'ils fendaient la foule, il pria pour qu'elle ne décide pas brusquement de changer d'avis et de marcher vers le stand de tir à la carabine ou de lancer d'anneaux.

Même s'il y avait fort à parier qu'elle souhaiterait s'y rendre plus tard.

Le fermier eut l'air intrigué quand Archie lui expliqua ce qui les amenait, mais il finit par céder face aux questions incessantes de Lady Sophia. Il se donna même la peine d'étendre une couverture en laine sur la paille pour qu'elle ne salisse pas sa robe.

Archie aidait son employeuse à monter quand le visage de celle-ci parut subitement s'éclaircir. Là, elle poussa un grand cri, tout près de son oreille, ce qui le fit sursauter :

— Vivy !

Ce surnom… Archie se força à prendre une grande inspiration avant de se retourner.

Genevieve était là, à quelques mètres de la charrette, une liasse de papiers à la main. Elle se mordait la lèvre.

Il resta de marbre. Comment faire autrement ? Il était littéralement pétrifié, le cœur battant, et il avait la poitrine écrasée par un poids qui menaçait presque de faire éclater ses poumons.

— Mr Salisbury, aidez-moi à descendre pour que je puisse saluer ma filleule, lança Lady Sophia derrière lui.

— Tout de suite, répondit-il en se retournant.

Au même instant, ses mains se mirent à trembler. Elle était là. Mais pourquoi ?

Cela étant, pourquoi n'aurait-elle pas eu le droit de

venir ? Elle n'avait pas le sentiment qu'il s'était passé quoi que ce soit entre eux. Quoi que ce soit d'important, du moins. Elle lui avait fait cette fameuse « proposition », il avait dit non, point final.

Sauf qu'au fond il savait bien que ce n'était pas le point final. Et elle le savait aussi.

— Vivy, que faites-vous ici ?

Lady Sophia s'était agrippée au bras d'Archie et ils s'avançaient désormais vers Genevieve. Chaque pas qui le rapprochait d'elle était de plus en plus difficile.

— Je… Je suis venue avec des lettres, dit-elle en lui tendant la liasse de feuilles.

Des lettres ? Elle lui avait écrit ? Si c'était le cas, que faisait-elle ici ? On pouvait tout dire à l'aide d'un simple bout de papier :

Cher Mr Salisbury (avec qui j'aimerais nouer une relation inconvenante même si vous avez dit non),

J'aimerais enfreindre les règles avec vous. Veuillez me faire connaître votre réponse dès que vous en aurez la possibilité.

Illicitement vôtre,

La duchesse de Blakesley

Quelque chose dans ce goût-là.

Pour autant, Archie se contenta de prendre le paquet en marmonnant du bout des lèvres :

— Merci, milady.

La liasse était épaisse. Avait-elle décrit de façon détaillée ce qu'elle voulait faire avec lui, et vice versa ? Auquel cas, il valait mieux qu'il soit seul pour lire ces missives.

— Voilà des semaines que vous ne vous êtes pas vus ! fit remarquer Lady Sophia.

Un constat aussi évident que douloureux. Pour lui, du moins.

— Prenez ma place sur la charrette, Vivy. Vous allez adorer.

— Vraiment ? dit-elle en regardant en direction du fermier qui devait certainement les attendre.

La question était légitime. Comment pouvait-elle connaître le plaisir d'une promenade en charrette puisqu'elle avait grandi sans s'amuser avec les autres enfants de son âge ?

— À n'en pas douter, milady, dit-il en affichant un sourire charmeur.

Et pourtant, sourire était bien la dernière chose dont il avait envie. Subitement, il surprit le regard de Bob, au milieu de la foule, et lui fit signe de les rejoindre.

— Mr McCready va vous escorter jusqu'à la voiture, milady, glissa-t-il à Lady Sophia.

Après quoi, il se tourna vers Genevieve.

— Je vais vous accompagner. Vous permettez ?

Le paquet de lettres dans une main, il lui tendit le bras, qu'elle attrapa. Ils commencèrent à marcher, lentement, tandis qu'il observait la foule en souriant à quelques personnes qu'il connaissait.

— Vous avez l'air surpris de me voir.

Ce n'était pas une question.

— En effet.

Il la sentit serrer les doigts autour de son bras.

— J'ai essayé de vous écrire. Je l'ai fait. Et je n'ai pas trouvé le moyen de vous dire ce que j'avais en tête. Alors j'ai décidé de faire le déplacement.

— Dois-je vous remercier ?

Maintenant qu'elle était là, il repensa à ce qu'il avait ressenti en prenant conscience qu'elle s'était méprise sur ses intentions. Ce sentiment le frappa à nouveau. Cette douleur terrible l'étreignit une fois encore, et il sentit son cœur se serrer tandis qu'une vague de colère irrépressible lui envahissait tout le corps.

— Non.

Ce simple mot, prononcé d'une voix douce, suffit à apaiser sa colère, bien mieux qu'un long discours. Oh ! la colère qui l'animait n'avait pas disparu ; elle était toujours là. Mais il était légèrement moins énervé. Parce qu'il avait entendu le désespoir dans la voix de Genevieve.

Tirer plaisir de la tristesse qu'elle dégageait… Comment osait-il faire une chose pareille ? Mais à quoi bon se mentir ? C'était ce qu'il ressentait.

Ils atteignirent la charrette sans échanger un mot. Il l'aida à s'installer sur la couverture. Le fermier écarquilla les yeux en l'apercevant.

Car elle était splendide. Elle portait une robe neuve, ou du moins qu'il n'avait pas encore vue, d'un jaune si vif qu'il faisait de l'ombre au soleil. Elle était coiffée d'un chapeau orné de plumes dans un camaïeu de jaune et elle avait complété sa tenue avec des chaussures jaune pastel qui ne semblaient pas faites pour se promener au village. Elles convenaient mieux à des visites dans des salons élégants.

Mais c'était seulement son apparence. Il savait, sans doute mieux que quiconque, qu'elle se sentait comme une étrangère au sein de son nouvel univers. À quel point elle s'était battue pour y entrer, à quel point elle avait dû s'entraîner — avec lui — pour investir son nouveau rôle.

S'entraînait-elle avec quelqu'un d'autre, à présent ?

Cette idée le ramena à cette douleur dévastatrice qui l'avait envahi quand il avait songé que Sir William était un prétendant digne de ce nom. Il l'était peut-être encore. Et si ça se trouvait, elle était là pour lui annoncer qu'elle avait accepté la demande en mariage de son cousin, puisqu'elle était appelée à se marier, tôt ou tard. C'était dans l'ordre des choses, non ?

Mais dans ce cas, pourquoi ne s'était-elle pas contentée de lui écrire ? Cela aurait été bien plus simple.

La charrette s'élança, et leurs épaules se heurtèrent. Le parfum de Genevieve lui envahit les narines. Un parfum délicat, frais. Et cher. Enfin, sûrement.

— Comment allez-vous ? dit-elle à voix basse.

— Qui suis-je pour répondre à cette question, Genevieve ?

Archie parlait tout bas, lui aussi, mais on sentait percer de la colère.

— La dernière fois que nous nous sommes vus, vous…

Il s'interrompit pour secouer la tête.

— Je sais, je…

Soudain, la voix de Genevieve se brisa dans un sanglot. Il aurait tellement aimé la réconforter, comme l'ami qu'il estimait être pour elle. Sauf qu'il l'aurait réconforté… parce qu'elle l'avait insulté. Cela lui semblait donc invraisemblable.

— Y a-t-il un endroit où nous pourrions parler seule à seul ?

Archie jeta un œil aux autres passagers de la charrette. Les enfants les dévoraient des yeux. Sans doute parce qu'ils n'avaient jamais vu d'adultes monter dans la charrette. D'autant que Genevieve était habillée pour prendre le thé avec la reine et non pour se promener assise sur de la paille. Malgré tout…

— Accrochez-vous à moi, dit-il en enroulant un bras autour d'elle.

L'instant d'après, ils sautèrent du véhicule pour atterrir dans l'herbe. Histoire d'amortir la chute de Genevieve, il fit en sorte qu'elle tombe sur lui.

— Continuez sans nous ! lança-t-il en entendant les occupants de la charrette se mettre à crier. Nous allons rentrer par nos propres moyens.

Archie leva alors les yeux vers Genevieve, sans la lâcher. Elle était toujours allongée sur lui.

Bon sang. Elle plongea les yeux dans les siens, les lèvres entrouvertes, et il comprit, sans le moindre doute, qu'elle voulait l'embrasser.

Et c'était réciproque. Cela n'avait pas changé. Contrairement à bien d'autres choses.

Il s'assit, en veillant à ce que la robe de Genevieve ne traîne pas dans l'herbe. Elle se retrouva à califourchon sur lui, et il dut fournir un effort surhumain — un effort à la fois physique et mental — pour la relever sans ruiner le travail de Mrs Hardwick.

— Pas encore.

Elle avait parlé d'une voix légèrement tremblante, et elle leva les yeux vers lui.

— Pas encore, répéta-t-elle en se passant la langue sur les lèvres.

Il la regarda faire. C'était un spectacle si fascinant…

En tournant la tête, il constata que la charrette s'éloignait. Ils étaient au beau milieu d'une route. Voilà qui ne leur permettrait guère d'avoir la tranquillité à laquelle ils aspiraient tous les deux.

— Allons par-là, dit-il en désignant une rangée d'arbres derrière lesquels se trouvait un champ qui lui servait parfois de raccourci.

Les arbres les protégeraient au cas où quelqu'un passerait dans le coin. Il ne voulait pas qu'elle soit la cible de nouvelles médisances et qu'on l'accuse de se comporter comme une dévergondée alors qu'elle venait tout juste d'entrer dans son personnage de duchesse.

Avec son aide.

Elle se leva, plus belle qu'il ne l'avait jamais vue, et il déglutit avec peine à cause du nœud qui lui serrait la gorge.

— Venez, dit-il en se redressant à son tour.

Il prit le chemin des arbres. En entendant le bruissement de la robe de Genevieve derrière lui, il résista à l'envie de tendre la main pour qu'elle l'attrape — cela aurait été inconvenant.

Même si c'était ce dont il avait envie. Et tout le problème était là, non ?

Ils se glissèrent sous les arbres et arrivèrent dans le champ, dont toute l'étendue était constellée de petites fleurs bleues. On aurait dit un véritable tapis.

Elle le fit asseoir, puis s'installa sur ses genoux. Pour ne pas salir sa robe, peut-être ?

Ou pour une tout autre raison…

— J'ai quelque chose à vous dire, continua-t-elle après quelques moments de silence. Et, étrangement, je trouve ça plus facile de le faire en étant assise.

— Ai-je mon mot à dire ? demanda-t-il d'un ton ferme. Et si je n'étais pas aussi à l'aise que vous, duchesse ?

Il avait insisté volontairement sur son titre, et il la sentit se raidir dans ses bras.

— Je ne vous en veux pas d'être en colère.

— Vous n'êtes donc pas venue jusqu'ici pour m'annoncer que vous ne m'en voulez pas d'avoir répondu de façon raisonnable à votre requête qui ne l'était pas, tant s'en faut ? Voilà qui est bien aimable à vous.

Seigneur, il se comportait comme un parfait crétin. Quel idiot ! Néanmoins, il était animé par une colère aussi farouche que dévastatrice, et sentir ce corps gracile sur ses genoux n'arrangeait rien.

— Je vous demande de m'écouter, c'est tout, dit-elle d'une voix plus forte.

Une voix qui ressemblait presque à celle d'une duchesse.

— D'accord, je suis tout ouïe, répondit-il sans ambages.

Seulement, Genevieve ne parla pas tout de suite. Il se surprit donc à retenir son souffle en attendant qu'elle se décide.

Cher Archie,

Je vous aime. Pardonnez-moi.

Genevieve

Chapitre 29

L'espace d'un instant, Genevieve se demanda si elle pouvait rester là, assise sur les genoux d'Archie, pendant des jours et des jours.

Cette perspective ne lui semblait ni irréalisable ni désagréable.

Alors inutile de s'en préoccuper.

— Je vous ai écrit une lettre, commença-t-elle.

— Vous l'avez déjà dit.

Bien, il ne comptait pas lui faciliter la tâche…

— Et dans cette lettre, continua-t-elle après avoir pris une grande inspiration, je vous avoue que…

À présent, c'était elle-même qui ne se rendait pas la tâche facile, vu qu'elle sentait sa gorge se serrer. Sans oublier ces larmes qui menaçaient de couler…

— Qu'est-ce que vous m'avouez ?

Cette fois, il avait parlé d'un ton un peu moins rude.

— Je vous avoue à quel point je regrette mes actes. La manière dont j'ai présenté les choses. C'était un malentendu.

Elle se tourna pour lui faire face, les yeux dans les siens, même si cela la déchirait d'y voir de la méfiance.

— Non, pas juste un simple malentendu. Un terrible,

un énorme, un épouvantable malentendu, dit-elle d'une voix tremblante. Je… Je n'aurais jamais cru que vous auriez ce projet pour nous deux.

Archie haussa un sourcil d'un air sardonique.

— Quel projet ? Vivre avec vous pour toujours ?

Elle se mordit la lèvre, avec le sentiment qu'elle devait s'écarter de lui. Cela allait trop loin. Mais il referma les mains sur ses bras pour la retenir, les yeux plongés dans les siens.

— Dites-moi ce que vous avez sur le cœur, Genevieve.

La façon dont il prononça son prénom la troubla. Était-ce le signe qu'il ne la haïssait pas ? Oh ! elle n'osait croire qu'il l'aimait encore mais, à cet instant précis, elle n'avait pas l'impression que le simple fait de la voir le révulsait.

Ce constat lui donna le courage de lui parler. De lui dire la vérité, toute la vérité, sans fard.

— Au début, j'ai voulu croire que nous pourrions nous aimer, et puis…

Elle le sentit se raidir, avant de prendre conscience de ce qu'elle venait de dire. Comment pouvait-on être aussi bête ?

— Non, comprenez-moi, je sais que je vous aime. De mon côté je n'ai aucun doute.

Elle rouvrit alors les yeux, et s'aperçut qu'il n'avait pas détourné la tête. L'intensité de ce regard provoqua une réaction indescriptible dans tout son être.

— Je vous aime, Archie. Et pourtant…

— Et pourtant vous m'avez demandé de vivre avec vous sans cet amour. Vous m'avez demandé de faire quelque chose que je n'aurais jamais accepté. Et vous auriez dû le savoir.

Elle se mordit la lèvre et fixa un point derrière lui. Impossible de le regarder en face. De reconnaître qu'elle l'avait fait immensément souffrir.

— C'est vrai.

— Pourquoi ?

— Je ne pensais pas que ce sentiment était réciproque.

Elle avait parlé d'une toute petite voix, tant et si bien qu'il dut baisser la tête pour l'entendre.

— Pourquoi ça, Genevieve ?

Il parlait tout bas, lui aussi. Si bas que cela faisait vibrer tout le corps de Genevieve, des pieds à la tête.

— Je refusais de croire que quelqu'un pourrait m'aimer.

Un ange passa.

Toute la solitude et tout le désarroi qu'elle avait éprouvés depuis toujours menacèrent de la submerger. Ce constat, elle l'avait fait toute petite, quand elle s'était aperçue du peu d'intérêt que son père lui portait.

— Pourquoi avez-vous cru ça ?

Archie avait enroulé les bras autour d'elle, il la tenait tout contre lui. Elle se pelotonna contre son torse et inspira son parfum chaud et intense.

— Parce que personne ne m'a jamais aimée.

Il resserra les bras, et elle le sentit poser le menton sur sa tête. Un profond silence tomba sur eux, mais cela ne la mettait pas mal à l'aise.

— Ne dites pas des bêtises pareilles, finit-il par souffler.

Genevieve éclata de rire, sauf qu'elle avait toujours les larmes aux yeux. Si elle s'esclaffa, ce fut pour étouffer quelques sanglots. Il devait la prendre pour une folle — voire pour une parfaite idiote. Mais cela la fit rire et pleurer encore plus fort.

— Chut, dit-il en approchant la bouche près de son oreille. Arrêtez un peu.

Cette phrase eut au moins le mérite de la faire rire plutôt que pleurer. Il ne l'avait toujours pas lâchée, et son souffle la chatouillait agréablement tandis qu'il lui murmurait tout bas :

— Votre grand-mère vous aime. Tout comme certains membres du personnel de la maison qui vous ont vue grandir, si je ne m'abuse.

Elle hocha la tête.

— Lady Sophia vous aime.

— Oui.

— Et moi aussi, je vous aime.

Elle se figea. Pas possible, elle avait dû mal entendre ? Elle pencha la tête en arrière pour l'observer. Il lui rendit son regard, un coin de la bouche relevé pour esquisser un sourire entendu.

— Oui, c'est la vérité. Je vous aime, Genevieve.

Il plissa les lèvres avant d'ajouter :

— Voilà pourquoi je n'ai pas pu croire que vous souhaitiez jeter tout cela aux orties. Et rabaisser nos sentiments à une relation aussi sordide.

Il se pencha et laissa courir les doigts sur son menton, qu'il attrapa délicatement.

— Vous êtes une personne rare, Genevieve. Une duchesse qui n'a pas eu besoin d'un homme pour obtenir son titre. Mais le véritable amour ? Voilà qui est encore plus rare…

Il secoua la tête en lui caressant doucement le visage.

— Je veux croire en vous, Genevieve, mais je ne sais pas si je peux vous faire confiance.

Ces quelques mots la plongèrent dans un véritable désarroi.

— Je pensais que ma famille me faisait confiance. Et que c'était réciproque, continua-t-il, les yeux toujours plongés au fond des siens.

On y devinait une douleur immense.

— Et puis quand j'ai eu besoin de leur confiance, de leur amour, ils m'ont tourné le dos.

Il y eut un grand silence.

— Comment puis-je savoir que vous n'agirez pas comme eux ?

— Je ne ferai jamais ça, ce n'est pas possible, répondit-elle d'un ton sans appel.

À ces mots, elle se laissa glisser sur l'herbe, sans se soucier des taches qui ne manqueraient pas d'alarmer Miss Clarkson. Car cela donnerait l'impression qu'elle avait fait… des choses au beau milieu de la campagne, sous ce beau ciel d'été.

Eh bien, quitte à ce que les gens cancanent, autant sauter le pas…

— Que faites-vous ? s'enquit-il en essayant de l'attirer à nouveau vers lui.

Comme si elle était à l'abri tout contre son torse. Ce qui n'était absolument pas le cas. Du moins, elle n'était pas à l'abri de ses sentiments. Il suffisait qu'il croie en elle. Qu'il croie en elle et qu'il lui fasse confiance. Comment devait-elle s'y prendre ?

— Vous allez abîmer votre robe, et les gens vont…

Archie s'interrompit pour secouer la tête. Ça y est, il avait compris !

— Les gens vont quoi ? insista-t-elle.

Il avait peut-être compris, mais elle, savait-elle

seulement tout ce que cela impliquait ? Clairement pas. Elle écarta les jambes de manière à pouvoir s'asseoir. Elle ressemblait certainement à un petit champignon jaune dans l'herbe.

— Vous ne devinez pas ? demanda-t-il avant de se lever avec la souplesse d'un félin.

Elle aurait aimé lui en vouloir d'être tellement athlétique, mais elle se ravisa. Parce qu'elle avait déjà trahi sa confiance.

— Non.

Il secoua la tête, avec un sourire amer.

— Alors ne comptez pas sur moi pour vous le dire.

— Très bien, ne dites rien.

Peu importait ce que les gens feraient. Tout ce qui l'intéressait, c'était ce qu'il comptait faire, lui. Et pour l'essentiel, cela dépendait d'elle.

Genevieve s'agenouilla et se glissa près de lui. Elle sentit sa robe traîner sur la terre et sur l'herbe. Quelques colonies de fourmis risquaient même de s'inviter.

Tant pis.

Il baissa les yeux vers elle, bouche bée.

— Que faites-vous donc ? demanda-t-il, les mains sur les hanches.

Elle appréciait la vue qu'elle avait sur lui, difficile de dire le contraire. Grand comme il était, le voir planté devant elle avec ses mains viriles sur ses hanches était un spectacle magnifique. Sans oublier ses longues jambes et la chemise collée sur son torse à plusieurs endroits, parce qu'il avait chaud.

Cela fit naître une vague de chaleur en elle.

Au lieu de répondre à sa question, elle tendit la main pour attraper la sienne.

— Archibald Salisbury, commença-t-elle en essayant de ne pas bégayer, me feriez-vous l'insigne honneur d'accepter ma main ?

Un nouvel ange passa. Pourquoi les hommes réagissaient-ils de cette façon alors que l'élue de leur cœur était face à eux ? Heureusement que ces messieurs avaient de l'assurance ! Sans quoi, il y aurait eu nettement moins de mariages.

Finalement, il répondit :

— Non.

Quoi ? Pas possible, elle avait mal compris…

— Non ? répéta-t-elle.

Archie s'accroupit à nouveau, et son visage s'illumina d'un sourire d'une sincérité désarmante. C'était peut-être elle qui avait mal entendu…

— Non.

La main posée sur sa cheville, il écarta le tissu de sa robe. Tiens, il avait perdu son air avenant pour prendre une expression plus animale. Il remonta la main jusqu'à la hauteur de son mollet, et elle se sentit manquer d'air.

— N'allez pas croire que quelques mots vont suffire à ce que je vous accorde mon pardon.

La main d'Archie était désormais posée sur son genou.

— Vous allez devoir me le prouver.

— Et… Comment souhaitez-vous que je m'y prenne ?

Genevieve avait le souffle court. Cette main chaude sur son corps la déstabilisait complètement.

Encore quelques centimètres, et il atteignit sa cuisse. Là, il glissa un doigt entre son bas et sa peau.

— Vous allez devoir me faire confiance.

Façon de rappeler qu'elle avait douté de l'amour qu'il

lui portait. Et qu'il n'était pas sûr de pouvoir lui faire confiance. Comment le convaincre ?

Elle comptait bien ne pas ménager ses efforts.

— Alors vous… Ah !

Il avait posé la main sur le centre de son intimité, sous ses jupons. Il posa aussitôt les yeux sur sa bouche, et elle le regarda se passer la langue sur les lèvres.

C'était comme s'il l'avait léchée à cet endroit si sensible.

Est-ce que les gens faisaient ce genre de choses ? Et lui ?

Seigneur, elle n'avait jamais songé à cette possibilité, mais elle espérait que la réponse était oui, et qu'il partageait la même envie qu'elle. Car ce serait un vrai plaisir de sentir sa bouche à cet endroit, d'être embrassée à cet endroit, de laisser ses doigts lui faire perdre la raison.

Sans doute avait-elle laissé percer ces réflexions sur son visage, car un coin de la bouche d'Archie esquissa un sourire malicieux. Soudain, il glissa un doigt en elle tout en se rapprochant un peu plus.

— À quoi pensez-vous ? demanda-t-il d'une voix rauque.

La voix du désir. Enfin, c'était sans doute ça. Il n'avait quand même pas attrapé mal à la gorge en moins de cinq minutes !

Genevieve déglutit avec peine. Ce n'était pas le moment de se laisser emporter. Elle devait lui dire clairement ce qu'elle voulait, afin qu'il lui accorde sa confiance. Ce qu'ils vivaient en cet instant était pour le moins troublant, mais cela ne durerait qu'un temps. Et après ?

— Je me demandais…

Elle ne reconnaissait même pas sa propre voix. Elle tremblait, mais d'une façon très inhabituelle…

— Quoi ?

— Je me demandais si vous… Si les gens… Si on pouvait…

Elle s'arrêta à nouveau. Elle n'allait quand même pas dire ce qu'elle avait en tête ? Et s'il était outré ? Et si les gens ne faisaient jamais ce genre de choses ?

Pour sa part, elle était quasiment sûre que de telles pratiques étaient tout à fait normales. Elle manquait d'expérience dans bien des domaines, mais elle avait de l'imagination, difficile de le nier. Une imagination qui avait été décuplée quand il avait plongé les doigts en elle et que cette envie s'était imposée à son esprit.

— Quoi ? demanda-t-il sans cesser ces divines caresses.

— Comment voulez-vous que je parle de façon cohérente alors que vous me faites tout ça ? lâcha-t-elle.

Voir sa mine surprise la fit éclater de rire.

— C'est ma faute, duchesse, répondit-il avec un sourire diabolique. Je vous propose de remettre à plus tard cette demande en mariage. Qu'en pensez-vous ?

— Oh.

Cette fois, ce n'était pas un couinement de souris, mais un véritable soupir.

L'instant d'après, Archie se pencha sur sa bouche pour la recouvrir de la sienne.

[illegible]

[illegible]

Pour [illegible]

[illegible]

[illegible]

[illegible]

[illegible]

Cher Archie,

Ne vous arrêtez pas. Ne vous arrêtez pas, par pitié.

Genevieve

Chapitre 30

Archie ne se contenta pas d'embrasser Genevieve. Il la dévora, en laissant ses lèvres courir sur elle, pendant que ses doigts — trois, maintenant — la caressaient au centre de sa féminité. Elle était allongée sur l'herbe. Une petite partie de son esprit savait que sa robe jaune serait salie, mais elle s'en fichait comme d'une guigne.

Car il était là, en train de l'embrasser, et elle comptait devenir une experte dans ce domaine, quitte à ce qu'elle s'entraîne aussi souvent que possible. Pourquoi diable avait-elle passé si longtemps à faire des mondanités ou à se montrer digne et hautaine ?

Voilà ce dont elle avait envie. Lui, elle, et rien d'autre.

Il mit un terme à leur baiser et retira ses doigts, tandis qu'il s'accroupissait pour la regarder, le souffle court. C'était elle qui l'avait mis dans cet état. Ils avaient fait ce choix ensemble.

— Vous devriez vous déshabiller.

Ces mots grossiers la choquèrent, mais pas autant qu'ils auraient dû. Après quelques secondes d'hésitation, elle s'agenouilla à nouveau et retira sa robe par l'encolure.

Malheureusement — ou fort heureusement, vu les circonstances —, Miss Clarkson n'était pas là pour défaire les boutons. Genevieve se retrouva donc coincée, dans le noir le plus total. Consciente qu'une grande partie de son corps était offerte au regard d'Archie, certes, mais incapable de retirer sa tenue.

— Je ne veux plus être une lady, si je dois subir tout cela, marmonna-t-elle en gigotant.

— Un instant, je ne m'attendais pas à ce que vous… Non, pardon, j'aurais dû m'y attendre, dit-il.

Elle sentit qu'il se plaçait derrière elle pour défaire les boutons. Sa femme de chambre n'aurait pas été plus rapide ! Très vite, elle fut libérée de ses vêtements… pour se retrouver dans le plus simple appareil.

Et voilà, c'était arrivé.

Archie tenait sa robe tandis qu'il l'observait avec un sourire satisfait. Oui, elle était nue, mais cela ne la dérangeait pas vraiment.

— Et maintenant, à vous, dit-elle en étudiant son corps avec un intérêt non dissimulé.

À part son visage, le haut de son torse et ses avant-bras, elle n'avait jamais rien vu de lui. Et en tant qu'aristocrate, elle avait le droit — mieux, le privilège — d'obliger les gens à faire ce qui lui chantait, non ?

Il n'était pas encore nu, alors que c'était ce dont elle avait envie.

Il étouffa un rire.

— À vos ordres, Madame la duchesse.

Les yeux toujours plongés au fond des siens, il ôta sa veste, qu'il jeta dans l'herbe. Puis ce fut au tour de sa chemise, qu'il fit passer par-dessus sa tête, ce qui dévoila son torse.

— Attendez, ordonna-t-elle en tendant la main. Je

veux regarder d'abord. Tournez-vous afin que je vous voie sous toutes les coutures.

Avec un sourire, il commença à tourner sur lui-même, afin qu'elle étudie le haut de son corps en détail. Les courbes fermes de ses biceps, les muscles parfaitement dessinés de son torse, et les lignes intrigantes de son bas-ventre qui plongeaient sous son pantalon.

— Qu'en pensez-vous ? demanda-t-il.

— Vous êtes splendide.

Inutile d'y aller par quatre chemins. Elle devait se montrer sincère et digne de confiance, non ?

— Et maintenant, le reste, s'il vous plaît.

— Combien de fois faudra-t-il vous le répéter ? Ne dites jamais « s'il vous plaît », lança-t-il d'un ton moqueur.

— C'est vrai. Votre pantalon !

Elle tâcha de prendre une mine fermée et désagréable, mais ce fut un échec cuisant.

— C'est mieux, dit-il tandis que son pantalon tombait par terre.

Archie était planté devant elle, en sous-vêtements. On devinait sans peine son membre viril, fièrement dressé. Un spectacle qui ne la laissait pas indifférente.

Très vite, ces sous-vêtements disparurent à leur tour, et elle put observer en entier ce corps svelte, musclé, et impeccablement proportionné.

Elle devait faire pâle figure, en comparaison…

Archie se pencha sur elle, et elle se retrouva plaquée sur l'herbe, sur la terre et sans doute sur ces satanées fourmis, mais elle s'en moquait, même si elle risquait fort d'attraper un bon coup de soleil. Ce n'était pas tous les jours qu'elle offrait tout son corps aux caresses de ses rayons, loin de là.

Mon Dieu, qu'aurait dit Miss Clarkson ?

— Ce que je fais vous gêne ? demanda-t-il tout bas.

— Oui, admit-elle.

Autant être honnête avec lui.

— Mais qu'importe.

Elle passa les doigts sur son flanc, puis posa la paume sur sa peau chaude et nue, avant de la laisser courir sur les courbes de ses fesses. Là, elle osa glisser les doigts entre leurs corps pour trouver cette partie de son anatomie qui était si… insistante.

Il poussa un grognement lorsqu'elle referma la main autour de lui. Lorsqu'elle essaya, du moins.

— Ce que je fais vous gêne ? demanda-t-elle.

Archie ouvrit les yeux, qu'il avait fermés à un moment tandis qu'elle le caressait, et sourit.

— Non.

Brusquement, il se dégagea et attrapa sa veste derrière lui.

— Allongez-vous là-dessus, ordonna-t-il en l'étalant par terre.

— Ce n'est pas nécessaire, répondit-elle.

— Oh que si, Madame la duchesse, la coupa-t-il. Car je n'ai pas envie que votre dos soit griffé par les brindilles quand je m'enfoncerai en vous.

Joignant le geste à la parole, il lui fit comprendre ses intentions en faisant aller et venir contre elle son membre viril, chaud, dur et assoiffé de plaisir.

— Oh ! dit-elle.

Comment reprendre son souffle devant un spectacle aussi sensuel ?

— Voulez-vous que je fasse ça, duchesse ? Vos désirs sont des ordres. Et, si vous avez bien suivi nos leçons, vous devriez savoir comment le demander de façon convaincante.

Archie approcha la bouche de son oreille, dont il lécha le lobe, ce qui la fit frémir.

— Ordonnez-moi que je vous fasse l'amour.

Sa voix n'était qu'un murmure, mais ce qu'il venait de dire la troublait tellement. Elle avait l'impression qu'il venait de le crier sur tous les toits.

Tout en étant nu comme un ver.

Ce n'était pas le moment de s'esclaffer. Et pourtant, elle le fit.

Archie partagea son hilarité. C'était bien la première fois qu'elle l'entendait rire comme ça, avec tant d'insouciance !

— Faites-moi l'amour, dit-elle du ton le plus autoritaire dont elle était capable.

Cela aurait été impressionnant si elle n'avait pas été nue au beau milieu d'un champ, allongée sur la veste d'un intendant qui était sur le point de se donner à elle. Parce qu'elle l'avait invité à le faire.

— Vos désirs sont des ordres, répondit-il en posant la main sur sa hanche.

Il la laissa glisser jusqu'à son intimité, à cet endroit précis où elle voulait qu'il soit, et lui écarta les cuisses pour y glisser les doigts, une fois de plus.

Elle émit un soupir comblé. Enfin !

— Dites-moi ce que vous voulez, murmura-t-il tandis qu'il la caressait.

Des gestes qui la mettaient au supplice. Mais c'était la plus douce des tortures.

— En fait, dit-elle en tâchant de faire oublier qu'elle

parlait d'une voix tremblante — sans grand succès —, je me demandais si les gens embrassent…

Elle s'interrompit pour fermer les yeux tant elle était gênée.

Mais pas de se retrouver dans le plus simple appareil avec un homme qui n'était pas son mari, manifestement. Gênée de dire certaines choses.

— Est-ce qu'ils embrassent… cet endroit ? demanda-t-il d'un ton clairement moqueur. Madame la duchesse, je suis choqué.

Sur ces mots, il se pencha de manière à poser la bouche à l'endroit où elle voulait à tout prix l'avoir.

Elle n'en revenait pas. Comment avait-elle osé songer à une chose pareille ?

Mais, dès qu'il s'exécuta, elle se demanda comment elle avait fait pour ne pas y songer plus tôt. Lors de leur première rencontre, par exemple, quand elle avait été timide et agacée. Et lui, dédaigneux et dominateur.

Non, peut-être pas dès leur première rencontre, cela aurait été bien trop tôt — mais peu de temps après, alors.

Archie la lécha et l'embrassa, ce qui la fit respirer de façon toujours plus haletante tandis qu'elle s'agitait sur le sol. À cet instant, elle eut l'impression d'exploser, de s'embraser tout entière.

Il l'observa, la bouche humide, les lèvres relevées en un sourire satisfait.

— À présent, c'est à moi de vous poser une question, duchesse. Me feriez-vous l'honneur d'accepter ma main ?

— Non, répondit-elle avec un sourire malicieux.

Archie avait déjà connu d'autres femmes, bien sûr. Mais cela n'avait jamais aussi intense, aussi passionné, aussi… amusant. Car Genevieve avait ce côté pétillant. C'était un vrai plaisir de la sentir monter jusqu'au septième ciel. Il aimait la façon dont il s'était laissé séduire par ce charme fou dont elle n'avait même pas conscience. Et il était ravi de la voir si heureuse à ses côtés.

Il n'était plus en colère maintenant qu'elle s'était excusée, et de quelle manière ! Il savait le fin mot de l'histoire. Oh ! la colère reviendrait peut-être à la charge plus tard, mais comment rester fâché après une femme dans toute la splendeur de sa nudité ? Une femme qui était prête à se laisser emporter par la passion ?

— Eh bien ? dit-elle en voyant qu'il ne répondait pas. Comment comptez-vous me convaincre ?

Il se dressa sur les bras et la tourna pour qu'ils se retrouvent face à face. Elle haussa un sourcil et il ressentit le besoin de l'emmener une fois encore sur les cimes du plaisir pour l'empêcher de parler. Et de refuser son offre.

Et c'était ce qu'il comptait bien lui expliquer.

— Je ne peux pas vous convaincre avec des mots, milady. Je ne peux vous convaincre qu'avec ma langue.

Là, il se pencha pour l'embrasser passionnément, avant de s'écarter.

— Avec mon corps…

Il attrapa la main qu'elle avait posée dans son dos pour la placer sur son membre viril.

— Et avec ça.

Il l'embrassa à nouveau, la main posée sur la sienne, pour lui montrer comment il voulait être caressé.

Genevieve apprenait vite. Mais, s'il la laissait continuer, il n'y aurait plus de retour en arrière possible. Il savait ce qu'il avait à faire. Ironie de l'histoire, c'était la seule solution qui lui permettrait de sauver son honneur, puisqu'elle l'aimait et qu'il l'aimait en retour : ils étaient destinés à se marier.

Conclusion : il devait auparavant l'empêcher d'être à quelqu'un d'autre. Et il n'y avait qu'une façon pour y parvenir… Il bloqua alors sa main tout en mettant un terme à leur baiser.

— Êtes-vous prête pour moi ? demanda-t-il.

Elle hocha vigoureusement la tête. Elle n'était pas sous le choc, tant s'en faut. Cette perspective d'une vie à deux semblait vraiment lui plaire. Il imaginait déjà à quoi ressemblerait leur quotidien. Et, en toute honnêteté, il avait hâte.

— Allez-y, par pitié, dit-elle en se frottant contre son sexe.

Les yeux fermés, elle laissa échapper un petit gémissement qui lui traversa tout le corps — jusqu'à cette zone bien précise de son anatomie.

— Par pitié ? Non, ne dites pas ça, répliqua-t-il.

Comment pouvait-il la taquiner dans un moment pareil ? Tout simplement parce qu'elle lui insufflait une immense joie de vivre, qu'importent les obstacles qui les attendaient en cours de route.

— Alors venez en moi, ordonna-t-elle en relevant le menton.

— Oui, répondit-il.

Et il s'enfonça en elle d'un seul coup.

Genevieve poussa un cri et il s'immobilisa, la mine soucieuse. Mais elle le rassura :

— Soyez sans crainte, tout va bien. Continuez.

Vu le sourire qui flottait sur ses lèvres pulpeuses, elle semblait se prendre au jeu.

Archie s'exécuta, sans cesser d'aller et venir en elle.

Elle l'entourait de sa chaleur, les mains agrippées à ses fesses, tout en se mordant la lèvre chaque fois qu'il se retirait d'elle pour s'enfoncer à nouveau.

Il était exagéré de s'attendre à ce qu'elle atteigne les sommets de la jouissance dès sa première fois, mais ce moment de passion semblait lui procurer beaucoup de plaisir, vu la façon dont elle accueillait son corps, ses doigts qui lui griffaient la peau.

Il tâcha de conserver son allure, l'esprit légèrement ailleurs, afin de prolonger ce moment. Mais, très vite, il fut incapable de résister plus longtemps, tant ses mouvements s'accéléraient. Il avait le souffle court, les poumons à deux doigts d'exploser.

Il atteignit la jouissance en poussant un grognement sourd, et un torrent de sensations plus délicieuses les unes que les autres lui envahirent tout le corps. Là, il s'écroula sur elle. Il eut peur d'être trop lourd. Mais cette femme pouvait supporter bien des choses. Elle le prouvait depuis toujours.

— Oui, murmura-t-elle. Cette fois, je vous dis oui.

Chère Genevieve,

Vous ai-je dit aujourd'hui combien je vous aime ? Peut-être devrais-je vous le montrer, plutôt. Je vous retrouverai dans votre chambre après dîner.

Archie

Chapitre 31

— Je vous en prie, entrez ! s'exclama Genevieve tandis que le comte et la comtesse arrivaient.

Chandler les aida à se débarrasser de leurs manteaux et elle les entraîna vers la salle à manger.

— C'est par ici. Nous attendons encore deux personnes.

Et l'une de ces personnes allait devenir son mari.

Son mari.

Tout au long de sa vie, elle avait rêvé d'une famille, une grande famille avec plein d'enfants, d'animaux, de chaleur et d'amour.

Elle était comblée avec sa grand-mère et Byron, sa tante Sophia, Miss Evelyn et Archie.

C'était plus que suffisant.

La porte s'ouvrit à nouveau, et elle pivota la tête pour voir qui arrivait. Était-ce lui ? Enfin ? Sa tante fit un pas à l'intérieur, suivie par Archie, resplendissant dans sa tenue de cérémonie. Elle ne l'avait jamais vu habillé en vrai gentleman, tel qu'il devait être avant de rejoindre l'armée puis de travailler pour vivre. Il avait une veste et un pantalon noirs, une chemise d'un blanc immaculé, et sa cravate de soirée était rehaussée d'une petite perle grise.

Sa mèche de cheveux lui tombait toujours sur les yeux, en revanche, et elle réprima un sourire en pensant à la dernière fois où elle l'avait écartée. C'était après leur étreinte au milieu des champs, alors qu'ils évoquaient ensemble leur futur, allongés côte à côte, entièrement nus.

Elle aurait bien du mal à expliquer à Miss Clarkson comment elle avait attrapé un coup de soleil.

— Bonsoir, Vivy, dit sa tante en se précipitant vers eux, bras tendus. Merci de nous avoir invités à dîner. Vous savez combien j'aime prendre un bon repas !

Genevieve lui répondit par un clin d'œil et jeta un regard en coin à Archie, qui semblait quelque peu amusé par tant d'exubérance. Il hocha néanmoins la tête avec une tolérance pleine d'affection, et elle sentit son cœur se gonfler une fois de plus face à tant de gentillesse.

— Mr Salisbury m'a dit que vous l'aviez également invité, et j'espère que ce n'était pas une erreur, car il est ici à présent, déclara sa tante en faisant des signes à Archie dans son dos.

— Ce n'était pas une erreur, je vous le promets ! répliqua Genevieve aussi bien à l'attention de sa tante qu'à celle d'Archie. Pas une erreur du tout, répéta-t-elle d'une voix plus douce.

— Permettez-moi de vous accompagner jusqu'à la salle à manger, proposa-t-il en offrant ses deux bras aux dames.

Sa marraine se mit du côté gauche. Genevieve, elle, prit le côté droit. Tandis qu'ils marchaient, elle pressa l'avant-bras d'Archie, inspirant son parfum.

Il était là. Et il serait à elle pour toujours.

Ils pénétrèrent dans la salle à manger. La grande table était décorée de chandelles dont l'argent brillait dans une douce lumière. À leur entrée, Sir William leva les yeux vers eux et ses traits se durcirent lorsqu'il découvrit Archie.

— Par tous les diables, que fait-il ici, celui-là ? lança-t-il.

Sir William n'avait pas renouvelé sa proposition, Dieu merci, et avait accepté l'idée d'une dot pour sa sœur. Mais ils n'avaient pas encore eu l'occasion d'échanger sur les détails, pour des raisons évidentes.

— C'est une excellente question, dit-elle.

Elle attendit qu'Archie installe sa marraine dans un fauteuil.

— C'est une des nombreuses raisons pour lesquelles j'ai souhaité vous inviter ce soir.

Il vint se placer auprès d'elle, et elle prit ses mains dans les siennes.

Tout le monde dans la pièce braqua aussitôt les yeux sur leurs mains enlacées.

— Mr Salisbury m'a fait le grand honneur d'accepter de devenir mon époux, déclara-t-elle en regardant tour à tour chacun de ses invités.

En un instant, tous les visages s'illuminèrent — à l'exception de celui de Sir William.

— Je voulais vous l'annoncer en premier. Nous contacterons la famille de Mr Salisbury demain pour leur faire part de la nouvelle.

Ce serait beaucoup moins simple qu'avec ces proches réunis autour de cette table, mais nécessaire. Elle savait l'importance des liens familiaux, et elle ne voulait pas qu'il en soit privé, lui qui avait fini par se réconcilier avec son frère mais, hélas, toujours pas avec ses parents.

La lettre de George avait déjà beaucoup contribué à

les rapprocher, malgré les divisions. Genevieve ne l'avait pas lue elle-même, mais elle avait vu le visage de son futur mari s'éclairer au fil de la lecture. Vers la fin, des larmes brillaient dans ses yeux, et elle avait bon espoir que les Salisbury redeviennent un jour une vraie famille.

Les parents d'Archie semblaient aussi horribles que son propre père l'avait été, quoique d'une manière totalement opposée — ils vénéraient le sens du devoir et les biens matériels plus que tout au monde. Cependant, il y aurait tôt ou tard des moments où ils seraient appelés à se revoir, et elle était déterminée à ce que cela ne devienne pas un sujet de commérages.

Car, elle le savait, leur mariage provoquerait bien des ragots, mais elle était prête à tout endurer si cela signifiait qu'elle avait réussi à obtenir ce que son cœur souhaitait.

— Et la duchesse m'a fait le grand honneur d'accepter de devenir mon épouse, ajouta Archie, en la regardant avec un sourire.

— Oh ! formidable ! s'écria sa grand-mère en applaudissant des deux mains, tandis que Byron sautait de ses genoux pour se précipiter dans un coin. Vous aurez une vie merveilleuse tous les deux, je vois ça d'ici.

Elle eut un petit rire. Genevieve aussi.

— Oh oui, merveilleuse, affirma Archie d'une voix basse.

Comme une promesse qu'il aurait faite à elle seule.

NOTE DE L'AUTEURE

Oui, il était extrêmement improbable qu'une femme hérite d'un duché dans l'Angleterre victorienne. Mais ce que je décris dans mon roman est déjà arrivé ! Le premier duc de Marlborough avait deux fils, disparus avant lui, et quatre filles. Grâce à une disposition votée par le Parlement britannique, il a pu faire en sorte que sa fille aînée hérite du titre. Incroyable, non ? Cette information en tête, je me suis demandé ce qui se passerait si une femme se retrouvait face à une telle situation, mais sans avoir reçu la formation nécessaire. Et le roman que vous avez entre les mains a commencé à se dessiner…

Remerciements

Merci à Lucia Macro, mon éditrice ; à Louise Fury, mon agent ; à Myretta Robens, pour tous ses conseils avisés ; et à Erin Cox, ma première lectrice. Vous m'aidez toutes à progresser, de jour en jour, et je vous en remercie du fond du cœur.

Si vous avez aimé ce roman, retrouvez les précédents titres de la série « Si j'étais une duchesse » :

1/ *Noblesse, devoir et autres balivernes*
2/ *Duchesse malgré elle*
3/ *L'aventurière et le duc*
4/ *Troublée par le duc*

disponibles dès à présent sur harlequin.fr